Le Sens de la formule

Andrea G. Pinketts

Le Sens de la formule

Traduit de l'italien
par Gérard Lecas

Collection dirigée par
François Guérif

Rivages/noir

Titre original : *Il Senso della Frase*

© 1995, Feltrinelli, Milan
© 1998, Éditions Payot & Rivages
pour la traduction française
106, bd Saint-Germain – 75006 Paris

ISBN : 2-7436-0309-7
ISSN : 0764-7786

Pour toi grand-mère,
Si rude et tendre
À quatre-vingt-dix ans
Tu bois ton vin avec une paille
Et tu me trouves si beau
Même si tu préférais grand-père ou Clark Gable.
Toi qui m'accompagnais au jardin public
Aujourd'hui tu as peur de retrouver
Ton petit jardin privé.
Ne t'inquiète pas. Cette fois c'est moi qui t'accompagnerai.

Le même soir, à la ferme dite «des chats», on a retrouvé le cadavre dévoré par les rats de l'ouvrier agricole Ersilio Capranico, âgé de soixante-neuf ans.

DINO BUZZATI

Vous la voyez venir, vous, la belle Ines ?

THOMAS HOOD

Non.

ANDREA G. PINKETTS

Préhistoire

La Déesse aux yeux bandés était nue, ivre, et pas si
fortunée
La Déesse eut une idée
Une idée horrible
La Déesse ôta son bandeau

L'ex-Déesse aux yeux bandés se découvrit nue, ivre
et pas si fortunée
Les miroirs l'apprirent aux yeux
Des yeux clairs d'ingénue
Ingénue sans bandeau

L'ex-Déesse aux yeux bandés
Plus nue, moins ivre et encore moins fortunée
Découvrit une piscine dans les lieux
Elle s'y plongea pour être moins nue
Déjà moins ivre et toujours moins fortunée

L'ex-Déesse aux yeux bandés désira de nouveau
l'ivresse
Ou mieux encore la drogue
Elle s'y sentirait plus fortunée
Elle ferma ses yeux d'ingénue
Regrettant déjà le bandeau
C'est à cet instant que le bandeau eut un geste horrible

Il trahit l'ex-Déesse immergée
En se serrant à son cou
L'ex-Déesse, étranglée,
Voulut crier, un son, un rire
Souhaitant au moins une autre mort.

Ce désir fut si fort
Qu'il fut satisfait
Au bandeau,
Se substitua le couteau.

L'ex-Déesse aux yeux bandés, à moitié étranglée
Et maintenant poignardée
Pria pour cette mort différée
Qui se présentait sans cesse mais n'arrivait jamais

La prière exaucée
De l'ex-Déesse aux yeux bandés
Se refléta dans l'eau et par ricochet
Elle but par tous les orifices
Bouche, nez, cul, sexe.

L'ex-Déesse aux yeux bandés
Mourut noyée.
Et à part deux coups de couteau
Profonds et longs comme des talons aiguille,
À part quelques marques autour de la gorge

L'ex-Déesse aux yeux bandés était morte seule.

Première partie

LES ERREURS

Toutes les notes sont du traducteur.

1

Je ne sais pas skier, je ne joue pas au tennis, je nage couci-couça mais j'ai le «sens de la formule». Le sens de la formule est Privilège, car le moindre mensonge de celui qui le possède est, sinon pris au pied de la lettre, du moins apprécié. Dans l'hypothèse où l'on se décide à émettre une vérité vraie, celle qui sent mauvais parce que aucun euphémisme n'est venu la décrasser, la sale vérité qu'on ne peut retoucher ni embellir par la chirurgie esthétique des souvenirs, la vérité poilue, la vérité en rut, cette vérité aura dans la bouche de celui qui manie le sens de la formule l'aspect un peu pute mais aussi toute l'envergure d'une belle mystification.

Le sens de la formule est le sexe de la phrase, le son et le sens même de la phrase. Le sens de la formule baptise le discours, le porte à l'extrême et même s'il le souille d'obscénités, il le sublime pourtant jusqu'à en faire un absolu. Le sens de la formule est le point d'achèvement du concept exprimé alors que les mots n'ont pas encore quitté le ventre maternel. C'est le point de non-retour. Point à la ligne. Point d'exclamation, mais surtout 666 points d'exclamation.

Diabolique sens de la formule, je te possède et te vénère. Je murmure dans les trompes d'Eustache, mais les mots résonnent dans les trompes de Fallope. C'est ainsi et cela a toujours été ainsi.

J'ignore si l'on naît avec le sens de la formule. Ce qui est certain, c'est qu'on en meurt.

Il y avait tellement d'histoires, tellement de femmes, de coups de poing et de whisky comme dans les chansons de Fred Buscaglione[1], mais surtout, tellement de discours. Certains se cristallisaient, d'autres s'atomisaient en paroles. Paroles bourrées des germes du sens de la formule. Nos paroles, les mots qui étaient les nôtres, n'étaient pas de l'argot. Ils constituaient une liturgie. Ils nous servaient de boucliers contre ceux qui ne savaient dire que « putain », « y a qu'à » et « j'veux dire ». Nous avions déjà réduit à merci les « à la limite », terrassé les « ça m'interpelle » et autres « au niveau du vécu ». Cela ne signifiait nullement que nous ne disions jamais « putain ». Non. Mais pas toujours. Nous l'utilisions dans la conversation uniquement s'il nous en venait la fantaisie, une putain de fantaisie. Une des contributions majeures à notre vocabulaire fut apportée par Pogo le Juste : Diulio Pogliaghi pour l'état civil. Diulio pour sa famille, mais Pogo le Juste pour le reste du monde.

Pogo le Juste a accouché du verbe « siphonner ». L'événement eut lieu à Cattolica, une petite ville de la côte adriatique citée dans l'*Enfer* de Dante. Pogo le Juste m'y avait transporté dans son taxi jaune, qu'il venait à peine d'acquérir après avoir jeté aux

---

1. Chanteur de cabaret des années soixante.

orties sa licence d'architecture. Nous passions nos soirées au Rose and Crown, un hybride entre le pub et le dancing, avec petit orchestre et grosses Allemandes en piste sur l'air de *Rosamunda... Rosamunda.*

Moi, fort de l'assurance d'être Lazare Santandrea et de posséder le sens de la formule, je restais à la table, tout plein de nobles pensées sur ce que j'allais faire de ma vie après avoir été successivement intervieweur de starlettes télé pour un hebdo spécialisé, auteur de thèses de doctorat signées par d'autres, professeur d'arts martiaux, chanteur à la voix rauque et faiblarde dans un piano-bar, extrémiste, amoureux, propriétaire d'une boîte de nuit tombée en faillite, détective privé de licence dont je n'avais d'ailleurs jamais été titulaire, mannequin pour catalogues de mode, héritier aux abois, écrivain underground...

Mais ce n'est pas de moi dont je voulais parler. En fait, je ne parlais pas. Je me limitais, abruti par «Rosamunda, Rosamunda, la nuit entre tes bras...» et par de trop nombreuses chopes de bière, à cultiver une sorte de nostalgie à la mords-moi-le-nœud et à observer Pogo le Juste en pleine action, tentant de l'objectiver et voulant ignorer que je le côtoyais depuis la sixième. Celui que je feignais de ne pas connaître mesurait un mètre quatre-vingt-un. Il avait le museau aiguisé, tel un chien de chasse, les cheveux sur les épaules, et sur son crâne régnait une confusion totale. Bien qu'on fût en été, il avait endossé, par-dessus sa chemise hawaïenne, un gilet vert de chasseur, avec toute une série de cartouchières provisoirement inoccupées. Il portait des santiags en faux lézard et exhibait, pendue à ses lèvres, une cigarette que, devin, j'aurais identifiée comme une Stop sans filtre.

De l'autre côté du bar, une femme. Âge : cinquante et quelques douzaines de mois, cheveux blond platine. Corsage blanc largement ouvert, œil de merlan et poches sous les yeux. Elle s'appelait Silvana et faisait la saison dans l'établissement. Elle rayonnait comme un soleil, bien qu'elle travaillât de nuit. Elle était aussi accueillante que son corsage. La nuit d'avant, j'avais commandé une bière, et tandis qu'elle me la tirait, elle m'avait demandé :

– De quel signe es-tu, beau brun ?

– Lion.

– Baiseur exceptionnel, avait-elle constaté.

Flatté d'avoir été reconnu, je m'étais concentré sur ma bière, jusqu'à ce qu'un quidam, arrivé après moi, réponde à la même question :

– Balance.

– Super niqueur, avait tranché Silvana.

J'avais piqué du nez et, appuyé au bar, je m'étais promis de ne pas quitter les lieux avant de connaître un signe du zodiaque faiblard de la libido. Il n'y en avait pas. J'eus droit à un Capricorne « sacré limeur », un Taureau, cela va de soi « superbe étalon », sans parler des Gémeaux aux attributs absolument uniques. Pour toutes ces raisons, j'étais en train de surveiller Pogo le Juste qui faisait le joli cœur, visage empourpré, bouffi et constellé de quelques boutons aux reflets hépatiques attribués au chocolat. Il ne mangeait jamais de chocolat. À l'instant où Pogo le Juste revint à la table avec un large sourire, avant même qu'il n'ouvrît la bouche, je lui lançai à brûle-pourpoint : « De quel signe es-tu ? »

18

Après une semaine de *Rosamunda*, n'en pouvant plus, je retournai à Milan. Pogo prolongea son séjour à Cattolica. C'était tout lui : un monomaniaque. Quand il se fixait sur quelque chose, que ce soit un lieu, un restaurant, une personne, une ville, l'objet de sa passion devenait une sorte de terre sainte où il se devait de porter en pèlerinage tous ses amis, qu'ils soient ou non consentants.

À six heures du matin, le téléphone interrompit mon sommeil de l'injuste.

– Oui ? répondis-je, juste avant de soulever l'écouteur.

– Lazare, je viens de me « siphonner » la Silvana.

Pogo avait, entre autres, deux particularités : sa voix était perpétuellement pâteuse, comme si les mots lui venaient d'un gargarisme. La seconde particularité était l'usage des guillemets. Pogo laissait entendre certaines paroles, les isolait tout en les mastiquant avec le respect dû à ce qui constitue le germe signifiant de la phrase. Ainsi donc, « Lazare, je viens de me "siphonner" la Silvana » donnait en fait : « Lazare, je viens de me… (pause pour le souffle) "siiiphonner"… (pause pour déguster le siphonnage) la Silvana. »

La terrifiante réalité : Pogo le Juste, signe zodiacal Poissons et en conséquence bouillaveur de première, après la fermeture du Rose and Crown, avait persuadé la Silvana de venir boire le coup de l'étrier à l'hôtel Napoléon. Le portier de nuit, un demeuré que j'avais giflé pendant mon séjour, avait demandé ses papiers à la demoiselle. Silvana, d'une grande discrétion par rapport à son âge, avait refusé et Pogo, avec une galanterie ébouriffante, avait relevé l'individu de

19

sa charge en le bouclant à l'extérieur de l'hôtel. Ensuite, sans véritables arrière-pensées, il avait escorté Silvana jusqu'à sa propre chambre afin qu'elle se rafraîchisse. Là se situait l'équivoque, car elle avait foncé tout droit sur le bidet. Durant l'opération, elle s'était hasardée à interroger Pogo : « Dis-moi, Pogo, t'es de quel signe que je m'en rappelle jamais ? » Moralité : Pogo s'était siphonné Silvana. Pour nous tous, du cercle des amis de Pogo, la Silvana avait pris place dans une mémoire collective, au même titre que le déluge universel.

Pourtant, l'essentiel se résumait dans l'expression « siphonner » qui s'était par la suite enrichie de nuances diverses. De l'originel « je viens de me siphonner la Silvana », qui renvoyait au pénis et à l'éclaboussure de spermatozoïdes, on était passé à « j'ai un coup de siphon », pour dire « je suis ivre mort », pour ensuite se complexifier en « je te trouve méchamment siphonné », qui pourrait se traduire par « t'as l'air dans une forme éblouissante ». Il ne manquait pas de variations sur le thème.

Aujourd'hui, l'abus de l'expression pourrait sembler nuisible vis-à-vis des mots auxquels elle se substitue. Il n'en va pas ainsi. Le terme « siphonner » est polyvalent, mais en vérité il est bien seul et désarmé face aux mots qu'il remplace, lesquels pourraient bien un jour s'entendre pour, d'un « coup de théâtre », retourner la situation en leur faveur et se siphonner le siphonné.

« Je ne sais pas skier, je ne joue pas au tennis, je nage couci-couça, mais j'ai le sens de la formule », disais-je en portant un toast à cette histoire. Il y avait donc en présence Pogo le Juste, dont vous avez déjà fait la connaissance, superficiellement certes, et Enrico Cargne, dit Bidoche en hommage à sa silhouette. C'était le plus jeune de nous trois. À peine plus de vingt ans, mais un visage d'angelot cerné d'une chevelure frisée et d'une barbe blondasse évoquant un Bacchus adolescent. Bidoche avait la bouche pleine, et parlait la bouche pleine. Il pontifiait, comme à son habitude, car il pontifiait sur n'importe quel sujet. Une ignorance crasse ne l'empêchait pas de cracher des opinions définitives, de la mie de pain et du jambon.

C'était un jour d'une tristesse infinie. Mon trentième non-anniversaire. N'importe qui aurait célébré son anniversaire le jour de sa naissance. J'avais refusé d'attendre la condamnation à mort biologique qui aurait entériné l'évidence que, moi aussi, je vieillissais. Je décidai donc de fêter la chose avec un mois d'avance, afin de devancer le temps et de ne pas me rendre à lui. Nous nous trouvions dans l'appartement des Poliaghi, un trois pièces cuisine situé dans la *via* Bartolomeo d'Alviano. Un après-midi d'une tristesse infinie, et Milan, quand elle s'en donne la peine, est plus décadente que Venise, dans la prison d'un intérieur petit-bourgeois, avec les rideaux tirés, papa et maman Pogo dans la pièce à côté, une table d'angle encombrée de biscuits salés comme pour une fête de gamins de douze ans. Il manquait les filles de douze ans pour flirter dans les coins et les tourne-disques qui appartenaient désormais à l'archéologie.

L'absence de bouteilles de Fanta et de Coca dénonçait l'âge des participants au banquet. Pogo avait dépassé les trente années depuis plusieurs mois.

Mais même à douze ans, Pogo et moi ne buvions le Coca-Cola qu'avec du rhum. Nous étions trois. Seulement trois, je répète. Les survivants. Antonello Caroli, trente-sept ans, notre complice, aspirant comédien, avait enfin décidé d'abandonner Milan pour Cinecittà, avec le vague espoir de faire du cinéma. Vanni Santolo, la trentaine, schizophrène depuis l'âge de dix-huit ans, errait dans la cité en parlant tout seul. Bidoche était la mascotte obèse d'un groupe dispersé.

Qu'avions-nous en commun ? Nous habitions tous encore chez nos parents et aucun de nous n'était homosexuel. Un gâteau d'anniversaire accablait l'après-midi d'un cafard sans nom. Bidoche, abruti par l'alcool, Pogo abruti par la stéréo et moi qui poursuivais la mélancolie pour mieux en pleurer. Bidoche pontifiait dans l'indifférence : « la fin du communisme… » Pogo m'observa et lança :

— Lazare, tu as un coup de siphon (Lazare, tu es bourré).

— Tu rigoles, je suis hypersiphonné (je suis en pleine forme).

Bidoche, en postillonnant une demi-tartine, lâcha sentencieusement :

— Vous m'avez siphonné. Vous m'écoutez, oui ou merde, bande de strudels ! (Bidoche était omnivore.)

Pogo, qui avait lui aussi sérieusement entamé la bouteille, se dressa.

— Lazare, ça me fait vraiment chier que tu me piques mes expressions. Siphonné, c'est moi qui l'ai inventé, tête de nœud.

Mon spleen alcoolisé se transforma en colère froide.

– Moi, je te siphonne tes expressions, sale Judas ! Pogo, rappelle-toi que c'est moi qui ai inventé ce mot. Pogo de Pogliaghi. Et Pogo le Juste de Togo le Juste, ce biscuit des années soixante-dix. En deux mots, Pogo, je t'ai créé. Sans moi, tu n'existes pas.

Bidoche intervint en médiateur, tentant de se faire entendre par-dessus la musique.

– Arrêtez de déconner !

Nous le regardâmes, nous tûmes pendant quelques insupportables secondes. Pour rompre la glace, je proposai un dernier toast. Nous trinquâmes et je m'assis. Mon postérieur ne rencontra que le vide. Il n'y avait pas de chaise. Je chutai sur un énorme pot de fleurs. Je ne brisai pas la glace, mais je me brisai le cul. Une douleur fulgurante. Je n'entendis pas mon propre hurlement. Quelque chose s'était cassé, aucun doute.

Nous achevâmes la soirée dans la mansarde de Vito Carta, dit Cartavito. Vito vit avec Doni, la fille qui lui sert de modèle. Un ascenseur dans un antique immeuble de la *via* Meda, une odeur de pisse de chat et un chat qui pissait contre un mur. Vito nous proposa les diapos qui représentaient Doni. Doni ne voulait pas.

– Mais c'est du nu artistique », protesta Vito.

Doni resta inébranlable et, après le premier cliché qui représentait le pied gauche de Doni avec les ongles laqués de rouge, Vito renonça et nous annonça cent cinquante superbes diapos dont le sujet était la Thaïlande, cette terre inconnue. Vito était un grand photographe, mais nous étions un très mauvais public. Bidoche se leva et commença à pontifier avec Doni, mielleux et solennel. Pogo s'était endormi.

Quant à moi, les effets anesthésiques de l'alcool s'étaient évanouis. C'était l'heure où je devenais plutôt désagréable. Je ramassai une poignée de fléchettes plantées dans une cible. Je visai le gros postérieur de Bidoche. La fléchette toucha la viande et retomba à terre. De même que la deuxième et la troisième. La boisson et la couche de graisse rendaient Bidoche inaccessible à la douleur. D'ailleurs, ignare et imperturbable, il continuait à pontifier de son immuable ton pontifical.

Le jeu devenait ennuyeux. La journée avait été catastrophique. La Thaïlande en miniature ne m'intéressait plus. Je m'endormis. Vito me raccompagna en voiture en me racontant des choses que j'ai oubliées.

Vint le jour suivant. Il se manifesta par la voix de Bidoche au téléphone :

– Lazare, hier en rentrant chez moi, je me suis mis en pyjama et j'ai découvert que j'avais le caleçon plein de sang. Qu'est-ce que t'as encore trafiqué, bordel !

Je raccrochai. L'agence de mannequins à laquelle je fournissais provisoirement mes services appela ensuite. Il y avait un casting. Je déclinai l'offre en prétextant un refroidissement. Un type qui s'était trompé de numéro téléphona juste après. J'avais perdu le sommeil.

Dans la cuisine, j'affrontai ma mère. Elle me dévisagea avec cette désapprobation qui, davantage que le mépris, évoquait la confiance trahie. Je n'avais pas envie de discuter et je souris.

– Va te laver les dents. C'est un conseil.

Je me lavai les dents tout en parlant au miroir : « Dans un mois, tu auras trente ans. Fais quelque chose.» Je fis quelque chose : je me rasai la moustache. Belle réussite. Je tentais d'assumer ma trentaine avec sérénité, mais sans moustache, je paraissais au contraire plus jeune. J'avais accompli le énième pas en arrière.

La voix de ma mère, qu'attendrissait l'absence de poils sur mes lèvres, innocence présumée retrouvée, me rappela :

– Aujourd'hui, tu dois accompagner ta grand-mère au jardin public.

Les choses fonctionnaient ainsi : quand j'étais petit, ma grand-mère, un être primordial descendu des montagnes du Trentino [1] et que j'adorais positivement, m'emmenait au jardin public, traumatisant la nounou, une jeune Allemande rondouillarde qui rencontrait son fiancé, un coiffeur, au square du Corso Indipendenza. À présent, ma grand-mère avait quatre-vingt-cinq ans et je mettais un point d'honneur à lui renvoyer l'ascenseur en l'emmenant au jardin public tous les jeudis, même contre son gré. En outre, depuis quelque temps, un dangereux maniaque s'acharnait sur les octogénaires en les laissant sur le carreau après les avoir violées.

J'embrassai ma mère puis, de la *piazza* Bolivar, je rejoignis la *via* Washington où habitait ma mamie. J'embrassai également ma grand-mère, lui offris une petite grappa au bar du coin, et nous rejoignîmes en taxi le jardin public. L'âge avait transformé ma grand-mère qui, à l'entendre, fut dans sa jeunesse d'une rare beauté. Elle me plaisait, ma grand-mère. Elle avait un bon fond, mais était fondamentalement

_____

1. Région montagneuse du Nord de l'Italie.

égoïste. Tout comme moi. Elle refusait de parler italien et s'exprimait dans un dialecte hybride entre le «trentino» d'avant la Première Guerre mondiale et un idiome absolument personnel.

Je la tenais par le bras tandis qu'elle me narrait sa version, revue et corrigée à la grappa, de notre arbre généalogique, quand mon épine dorsale devint une harpe entre les mains d'un musicien virtuose. Une douleur indicible. Je m'écroulai. À présent que les vertus anesthésiques de l'alcool s'étaient dissipées, le coccyx, probablement fêlé la nuit précédente, avait cédé.

Sans se soucier des tueurs de petits vieux ni des atteintes de l'âge, ma grand-mère courut jusqu'au bar Bianco, siffla une grappa puis appela police secours. Quand deux infirmiers musclés me posèrent sur une civière, ma grand-mère résuma ainsi l'épisode :

— Est arrifé que che le portais dans le chardin puplic…

Elle voulait toujours avoir le dernier mot.

Fracture du coccyx. Anti-inflammatoires ; piqûres ; lit. La pièce emplie de livres lus. Je lis au lit. Le sens de la formule. La douleur, grâce aux antalgiques, devenait supportable. L'honneur était atteint. C'est une chose que de se casser le bras au ski, mais je ne savais pas skier. J'avais le sens de la formule et je m'étais cassé le cul. Quand Bidoche l'apprit, en hommage aux fléchettes, au sang et au caleçon, il m'appela pour déclarer d'un ton facétieux :

— Qui blesse le cul périt par le cul.

L'oisiveté m'avait pourtant apporté un don : la conscience du séant. Jusqu'alors, depuis vingt-neuf années d'aventures, j'avais vécu dans l'inconscience du séant. Pour moi, le postérieur était toujours celui des autres, une protubérance qui venait souligner (ô combien) des silhouettes féminines. Je n'avais jamais pris en considération mon propre postérieur. La phase en pied de mon existence s'était écoulée au milieu des tempêtes, de l'autodestruction et de l'inconscience du séant. Chaque fois que je m'asseyais, j'ignorais la partie de moi-même, vulgairement les fesses, qui s'appuyait sur quelque chose. Je m'étais toujours représenté déjà assis. Un moi guerrier, sauvage, avec la plus parfaite inconscience du séant.

La conscience du séant était bien autre chose. Je ne l'avais acquise qu'en restant couché. Je regrettai mon postérieur et mes positions assises. Je cherchais des motifs de remords ? J'avais souhaité donner consistance à ma dépression ? J'avais réussi. J'avais enfin quelque chose à pleurer, quelque chose qui, vu d'arrière, avait toute sa noblesse. L'autre face de la planète des singes. Je possédais un séant. Toute une vie, comme dans une fable, à observer le cul des autres sans prendre garde au sien, car celui du voisin est toujours plus intéressant. Il m'aura fallu attendre les années quatre-vingt-dix et la fin du siècle pour prendre en compte mon propre derrière. Pourtant, des coups de pompe dans le cul, j'en avais reçu, moi aussi.

À côté du lit, le téléphone restait muet. Personne ne m'appelait. On pensait probablement que je me trouvais en Thaïlande, sur les diapositives de Vito. Alors, c'est moi qui décidai de décrocher le téléphone. Les trois premiers jours, j'appelai des filles que je fréquentais ces temps-ci :

– Ciao Lazare, je voulais justement t'appeler. Qu'est-ce que tu fais à la maison à c't'heure-là?...

– Écoute, l'autre jour, j'étais à une fête de non-anniversaire chez un copain. Je me suis assis dans le vide et je me suis cassé le...

Elles se marraient toutes. Ou pire :

– Tu veux que je vienne te voir?

– Non, merci. C'est moi qui viendrai quand j'aurai retrouvé l'équilibre.

– Tu l'avais, avant, l'équilibre?

– Oui, mais je viens seulement de m'en apercevoir.

Ces conversations m'humiliaient. J'étais contraint de retrouver sans cesse le même scénario simpliste : «Ciao Lazare, je voulais justement t'appeler... – Je me suis pété le cul. » En conséquence, plutôt que d'appeler les filles d'aujourd'hui, je partis à la recherche, grâce à de vieux agendas, des filles du passé. Je découvris que certaines s'étaient mariées : «Comment, tu sais pas, Laetizia s'est mariée il y a deux ans et elle vient d'avoir un beau bébé. » D'autres avaient changé de numéro et la SIP[1] n'était pas habilitée à les retrouver. La conscience du séant me donnait la mesure du temps qui passait. Le jour où j'appelai Flavia, ce fut le sommet du non-événement. Flavia était une fille d'une beauté insultante. Je l'avais égarée dans la rue plusieurs années auparavant. Flavia était pleine de vie, spirituelle, aérodynamique et d'une malice tonique. Elle travaillait comme mannequin. Un long fuseau doté de seins et d'une conscience du séant. Un hymne vivant.

_____

1. Compagnie des téléphones.

– Bonjour, c'est Lazare Santandrea. Je pourrais parler avec Flavia, s'il vous plaît ?

– Comment, vous n'êtes pas au courant ?

– De quoi ?

– Flavia est morte.

Mon silence glacé, embarrassé.

– Non, je suis désolé, je ne savais pas. Un accident de travail ?

Un accident de travail, certes, ce même travail qui la maintenait belle et vivante dans ma mémoire et sur les vieilles photos.

– Comment… comment est-ce arrivé ?

– Leucémie foudroyante.

Et alors mes pensées allèrent vers Paola qui un beau jour d'été s'était jetée du Dôme, sans motif apparent. À Monica, qui avait mis fin à ses jours en avalant des barbituriques, en ouvrant le gaz et en se taillant les veines pour être sûre de ne pas se rater. Chaque fois que je songeais à Paola et à son saut mortel du haut du Dôme, j'éprouvais regrets et amertume, mais quand je pensais à Monica, la culpabilité s'insinuait en moi en frétillant comme un petit monstre marin.

J'avais rencontré Monica dans l'obscurité : elle était entraîneuse dans un night-club. Moi qui, pour des problèmes d'état civil, n'avais pu profiter des night-clubs mythiques des années soixante-dix, j'avais entrepris, un soir du milieu de la décennie suivante, d'explorer les vestiges du strip-tease. La boîte de nuit version années quatre-vingt était plus déprimante qu'un patronage du lundi après-midi. Le désert des Tartares. En dehors des serveurs, nous étions seize. Moi et quinze entraîneuses. Les filles, même dans la pénombre, étaient aussi appétissantes qu'un fromage bouffé aux vers. Elles venaient d'Amérique latine ou d'un pays de l'Est, probablement des mères de familles maltraitées par la vie ou par leurs maris. Offrir un verre signifiait se fendre de vingt mille lires en échange d'un semblant de sourire. Peut-être avaient-elles également connu l'âge d'or dans les années soixante-dix…

Elles étaient en parfaite symbiose avec le local. Un corbillard qui voulait se faire passer pour un camping-car. Volutes de cellulite déprimée guettant un quelconque V.R.P. munichois en visite à la Foire de Milan et suffisamment éméché pour venir s'échouer dans les lieux…

Monica, en minijupe léopard, était jeune, un rien vulgaire à cause de quelques bourrelets de graisse, mais dans la pénombre elle paraissait splendide. En outre, joyeuse, communicative, en dépit du numéro de femme fatale qu'elle entretenait. Le lendemain, je la revis en plein jour. Si, la nuit, elle se déguisait en léopard, cet après-midi-là elle évoquait immanquablement un petit cochon, de ceux que les enfants utilisent pour y glisser leurs économies. Je tentai de dissimuler ma déception, et elle fit semblant d'y croire. Nous devînmes amis. On s'appelait tous les jours mais je faisais mon possible pour espacer nos rencontres en public. J'avais honte d'elle, autant qu'aujourd'hui j'ai honte de moi.

Elle s'éclipsa ensuite pendant plusieurs semaines. Je la tenais pour disparue quand elle m'appela du service neuropsychiatrique des Fatebenefratelli, où on l'avait hospitalisée après une tentative de suicide. J'allai la trouver. Elle était nue sous le drap.

– Pourquoi ? ai-je interrogé.

– Bof, répondit-elle avec un sourire.

Je lui dis qu'elle ressemblait à une tirelire et demandai où se trouvait la fente. Elle se méprit et souleva le drap. Je ne savais que faire. Heureusement, une bonne sœur entra.

– Tu me donnes un baiser ? demanda-t-elle. (Monica, pas la sœur.)

– Pas ici, je répondis, hypocrite.

– Où, alors ?

– Bof.

Je ne l'embrassai jamais plus. Je ne l'avais jamais embrassée, mais j'aurais sans doute dû le faire cette fois-là. Je quittai l'hôpital et ensuite elle m'appela de temps en temps. Je temporisais… Je renvoyais à plus tard ou faisais répondre par ma mère : « Lazare est sorti. » Je l'oubliai pendant quelques mois, jusqu'au jour où je lus sur le journal qu'elle s'était donné la mort dans un hôtel de la *via* Torino. Elle ne s'était pas tuée pour moi. Elle s'était tuée pour « bof », mais je n'avais rien fait pour l'en empêcher.

Elle avait fini seule, comme une tirelire vide.

Après quelques jours d'anti-inflammatoires, je fus en mesure de marcher, de réaliser flexions et cabrioles. Pourtant, je n'en avais aucune envie. Et c'est ici que commence notre histoire.

Je ne voulais plus quitter la maison afin d'éviter les Flavia, les Alexandra et les Monica qui avaient disparu autour de moi. Si les autres me voulaient, qu'elles viennent me trouver. J'avais mes livres et, devant mon lit, un connard de téléviseur que j'utilisais comme cendrier et porte-revues. Ma mère décida d'emmener ma grand-mère respirer le grand air au fin fond du Trentino.

– Maintenant que tu vas mieux, Lazare, je peux m'en aller. J'emmène mamie à la montagne. Figure-toi qu'elle voulait faire du camping ! Tu es sûr que tu veux pas qu'on reste jusqu'à ton anniversaire ?

– Non, merci. Je vais sans doute partir quelque temps moi aussi.

– Où tu vas ?

– Faire du camping.

– Mais tu n'as jamais fait de camping de toute ta vie !

– Précisément, je ne veux pas attendre d'avoir l'âge de grand-mère pour y renoncer.

Ma mère secoua la tête. Elle n'appréciait pas mon esprit. Mais elle avait le sens de la formule.

– N'oublie pas qu'il ne faut pas fumer dans les sacs de couchage. Lave-toi les dents et…

– Et…

– Ferme le gaz.

L'idée du suicide s'évanouit aussitôt : je détestais l'odeur du gaz. Se jeter du balcon manquait d'esthé-tisme. Je cultivais suffisamment le narcissisme pour abhorrer l'idée de mon corps disloqué sur le bitume, entouré de curieux en train de s'interroger :

– Pourquoi a-t-il fait cela ?

– Bof.

Quant aux pilules, il y avait tout ce qu'il fallait à la maison, en dehors de ce qui m'était utile. Si je commettais un excès de laxatifs, je ne mourrais que de honte. Une fin vraiment merdique… Les bonnes pilules se trouvaient en pharmacie, mais pour les acheter il me faudrait sortir et je ne voulais plus sortir. Je voulais rester là. Je passai le jour de mes trente ans dans l'aboulie la plus totale. Une amie, fiancée à un courtier en Bourse, vint me trouver pendant cette journée incolore. Convaincue que mon immobilisme était dû à la fracture du coccyx, elle insista pour m'offrir une fellation en guise de cadeau d'anniversaire. Les yeux fixés au plafond, complètement siphonné, je lui dis : « Je sens que le coccyx est en voie de guérison. » Elle ne répondit rien, c'était une jeune fille bien éduquée, contrairement à Bidoche qui, lui, parlait la bouche pleine.

Ma sédentarité se prolongea une semaine entière. Ayant épuisé les passe-temps habituels, j'en inventai un nouveau : je téléphonais à des inconnus. Si la voix me plaisait, je continuais la conversation : « Allô, c'est Lazare, pourrais-je parler à Silvia ? »

« Il y a pas de Silvia. » Click.

« Allô, c'est Lazare, je voudrais parler à Silvia. » Finalement, je pêchai une Silvia : « Silvia, c'est Lazare. »

« Lazare, espèce de sale connard ! » Il y avait un autre Lazare dans le circuit. Je continuai ainsi jusqu'à tomber sur Leone. Et là, cette fois-ci pour de bon, débute ce récit.

– Allô, c'est Lazare à l'appareil, est-ce que Silvia est là ?

Une voix chaude, rauque, féminine comme un utérus, répondit :

– Non, je suis désolée, vous devez faire erreur.

Je ne pouvais pas la perdre ainsi.

– Non, écoute. Au pire, je me suis trompé de nom, mais c'est le bon numéro. Ne raccroche pas. Je suis certain qu'on se connaît. Je me suis cassé le coccyx, je suis au lit depuis un mois et je voulais parler avec Silvia parce que d'habitude sa voix me fait du bien. Mais aucune comparaison avec la tienne. Ne raccroche pas, parle-moi, je t'en prie. Il y a un mois que je bouge pas, dis-moi quelque chose. Ne raccroche pas, je m'appelle Lazare, rappelle-toi, dis-moi : « lève-toi et marche » et je le ferai.

— Lève-toi et marche.

Elle avait mordu.

— Je sens déjà des fourmis dans les pieds. Comment t'appelles-tu ?

— Leone.

— Nettement mieux que Silvia.

— Flatteur. Qu'est-ce que tu aurais dit à Silvia ?

— Que c'est nettement mieux que Leone.

— Tu es honnête.

— Pas tant que ça. C'est que j'ai le sens de la formule. Leone, tu me donnes ton numéro de téléphone ?

— Tu viens de le composer.

— Oui, mais je croyais que c'était celui de Silvia.

— Je préfère que tu me donnes le tien.

— Tu vois, on est faits pour s'entendre, je préfère moi aussi que tu me donnes le tien.

— Je ne donne pas mon numéro à des inconnus.

— Et à qui veux-tu le donner ? Ceux qui te connaissent, ils l'ont déjà, ton numéro. Les téléphones doivent être confiés à des inconnus.

— Tu sais que tu m'intéresses ? Sur le plan professionnel, j'entends, je suis sociologue.

— Tu as étudié aussi l'anthropologie ?

— Bien sûr.

— Eh bien, je suis en voie d'extinction. Je finissais de me consumer dans la solitude.

– Écoute, il m'est arrivé de faire de mauvaises rencontres. Je peux te poser une question ?

– N'hésite pas.

– Qui a écrit la *Symphonie pastorale* ?

– Gide, pourquoi ?

– J'ai horreur des types incultes.

– Leone, c'est vraiment sûr que tu veux pas me donner ton numéro, je ne saurais pas le retrouver.

– Non, je ne donne pas mon numéro à des inconnus, mais si tu me donnes ton adresse, je viens te voir.

Je la lui indiquai.

– Demain à quatre heures ?

– C'est d'accord.

J'étais ressuscité. Je ne bougerais pas de mon lit, mais Leone viendrait m'y rejoindre. D'après sa voix, ses inflexions, je savais qu'elle serait belle. Leone. Je rugissais d'enthousiasme. Trente ans et une nouvelle voie. J'allais m'embarquer pour une seconde adolescence. Les funérailles de la première avaient représenté une intolérable autoflagellation. À présent… j'avais un futur. Pas seulement un superbe passé et un présent de merde.

Le futur se présenta avec une légère avance sur l'horaire. Quatre heures moins cinq, et l'interphone sonna. Je me précipitai. En pyjama (propre).

– Leone ?

– Quel étage ?

– Quatrième.

Je m'observai dans le miroir et remportai une approbation sans faille. « Dlin dlon », fit le carillon. « Nous y voilà », répondis-je. J'expérimentai une démarche claudicante. Je l'aurais soit par la fascina-

35

tion soit par la compassion. J'ouvris la porte. La chevelure formait un casque, les yeux étaient noirs comme les boutons d'une soutane. Le teint pâle, les traits fins et fragiles tels ceux des dames sur les camées. Mince. Belle, mais d'une beauté presque maladive. Ophélie. Leone n'avait rien d'une lionne. Elle était superbe et inquiétante. Jeans délavés sur de longues jambes. Corsage blanc. Veste écossaise. Un petit sac à dos à la place du sac à main. Un chiot plutôt qu'une lionne. Je n'étais pas déçu. J'étais déconcerté.

– Ciao, dis-je.

– Ciao, répondit-elle.

La voix non plus n'avait rien de sauvage.

– Ne reste pas à la porte, entre.

Elle entra. Elle semblait nerveuse. Elle fouilla dans le sac en reniflant fort.

– Tu veux un mouchoir ? demandai-je.

– Non merci.

La main de Leone s'agitait à l'intérieur du sac. Elle en tira une paire de ciseaux. De beaux ciseaux, longs comme ses jambes. Elle visa le cou. J'esquivai et les ciseaux se plantèrent dans mon épaule. Leone se mit à écumer. Le petit rhume se transformait en éruption baveuse, tandis que Leone, qui n'était certainement pas Leone, tentait d'arracher les ciseaux pour me les recoller dans la gorge.

Je frappai et lui éclatai le nez. Le sang se mélangea à la salive. Elle s'écroula au sol. Je la ramassai et, l'épaule ensanglantée, l'installai sur une chaise dans la cuisine. Ensuite, je la ligotai au siège avec une ceinture, mais une ceinture de chez Gucci, car je suis un type raffiné.

Je visitai le sac à la recherche d'un portefeuille ou de papiers. Il n'y avait rien. Je me regardai à nouveau dans le miroir. J'avais toujours les ciseaux plantés dans l'épaule. J'avais le sens de la formule, la conscience du séant et des ciseaux dans l'épaule.

Il n'y avait pas d'autre issue. Rester chez moi serait douloureux : c'était le moment de sortir pour affronter le reste du monde.

2

Chaque jour, on découvre quelque chose. Il s'agit souvent de révélations désagréables, comme une trahison ou même une simple réalité. D'autres découvertes se révèlent utiles, tels le téléphone ou la pénicilline. Parfois, rarement, on découvre des coupables. Mais les trahisons, la pénicilline et les coupables, une fois mis en évidence, accèdent au rang de certitudes. La belle trouvaille ! Il existe d'autres types de découvertes. Non divulguées. Il y a ceux qui s'aperçoivent qu'ils possèdent le sens de la formule, ceux qui détectent la conscience du séant et enfin il y a ceux qui découvrent la «Blessure d'automne». La différence entre ces trois dernières «découvertes» et les précédentes réside dans le fait qu'avec les trahisons, la pénicilline, les coupables, il est impossible de plaisanter. Une trouvaille comme le sens de la formule, la conscience du séant ou bien la «Blessure d'automne» se doit d'être prise à la légère. Pour ne pas en mourir.

L'homme découvrit le feu, mais il se convainquit à coups de proverbes, la sagesse des imbéciles, et de phrases toutes faites qu'il ne fallait pas «jouer avec le feu». Le sens de la formule, la conscience du séant et la «Blessure d'automne» provoquent des brûlures insupportables. Il faut donc ricaner, exploser d'une joie feinte afin de couvrir les hurlements de douleur. Qui découvrit la «Blessure d'automne»? Et comment?

Le garçon ne s'appelait pas Ivan, mais cela lui aurait plu. Quand ses copains de quinze ans lui demandaient «comment tu t'appelles?», le garçon répondait «Ivan» avec une telle conviction que tout compte fait, ce nom, il l'avait bien mérité. D'ailleurs, cet après-midi d'un automne des années 1970 brillait d'un éclat printanier et si Ivan avait dû choisir le titre d'un film qui aurait résumé sa vie, il aurait opté pour «Le printemps d'Ivan». Un long-métrage. Long comme Ivan. Long comme *Le Docteur Jivago*.

Ivan était grand et heureux et il avait rendez-vous. Son nez était droit, ses yeux clairs, ses jambes longues, il avait quinze ans et une réputation de dur dans les bars tabac de la *via* Millelire. Il avait mille lires en poche, plus un beau gros billet de dix mille qu'il avait prélevé directement dans le sac de sa mère, pour les cigarettes, le cinéma, les préservatifs et le luna-park.

Ivan se croyait d'une beauté irrésistible. Il ne l'était pas, tout comme il ne s'appelait pas Ivan. Il était persuadé d'être la plus belle chose au monde, enfin pas tout à fait. La seconde. La première place étant détenue par la fille avec laquelle Ivan avait rendez-vous à San Siro. Pas au stade, bien qu'on fût

38

dimanche, ni à l'hippodrome, bien qu'Ivan eût l'intention de se défaire au plus vite du billet de dix mille.

Le rencard d'Ivan mesurait à peine plus d'un mètre soixante. Elle était légèrement grassouillette avec deux tétons protubérants dont elle se montrait particulièrement orgueilleuse. À tel point qu'en sortant de chez elle, il lui fallut dégrafer son soutien-gorge pour respirer un peu sous la chemisette couleur mauve. Ivan et son rencard allaient se rencontrer pour des motivations différentes mais pas incompatibles. Ivan se rappelait fort bien les tétons de son rencard. Il les avait déjà vus respirer tout seuls, et à présent, il envisageait avec bonheur de leur pratiquer la respiration artificielle. Le rencard d'Ivan, au contraire, n'entendait pas aller au-delà d'un sain exhibitionnisme.

Ivan lui avait dit : « T'as les nichons qui parlent. » Elle l'avait trouvé romantique. Le rencard d'Ivan s'appelait Lucy, du moins autant qu'Ivan s'appelait Ivan. Deux mensonges convaincants et convaincus valent mieux qu'une vérité inacceptable.

Le lieu du rendez-vous était un banc situé sur la très résidentielle *via* Don Gnocchi. Loin du centre-ville où policiers et étudiants s'expliquaient alors de bon cœur. San Siro, c'est la banlieue. Le Dôme était loin. Le centre était loin. Le seul et unique centre que Lucy et Ivan identifiaient comme tel était constitué d'un banc, au beau milieu de leur imaginaire.

Quand ils se rencontrèrent, Ivan se redressa pour donner consistance à sa maigre silhouette. Lucy inspira fort pour bien gonfler les tétons. « Ciao. – Ciao. » Après les ciao, Ivan reprit la courbure scoliotique qui était la sienne et Lucy se dégonfla. Ils déambulèrent côte à côte, intimidés, embarrassés par des préliminaires qu'ils ne savaient pas encore affronter.

– Belle journée.

– Ouais.

– Ça te dit d'aller au cinéma ?

Le cinéma était l'endroit idéal pour une séance de pelotage.

– Tu vas un peu vite.

Ivan ralentit la foulée, Lucy sourit :

– Mais non, je parlais pas de ça. C'est la deuxième fois qu'on se voit et tu veux déjà m'emmener au cinéma.

Ivan soupira :

– Tu sais, il n'y a rien de mal à ça. À l'Arc-En-Ciel, ils jouent *Django défie Sartana*.

– Je n'aime pas les westerns. Au Porpora, il y a *La Mélodie du bonheur*.

– Ah, tu as regardé le programme des cinémas, hein ?

Lucy rougit. Elle avait également déjà choisi le film et la salle. Elle était même allée jusqu'à imaginer les mains calleuses d'Ivan se glisser sous une cuirasse couleur mauve. Les trois quarts de ses amies faisaient déjà l'amour. Et fumaient. Et avaient lu les *Pensées* de Mao. Elle était décidément en retard. Elle venait juste d'achever *Piccole Donne*[1]. Avec Ivan, elle voulait déguster cette tranche de vie que ses parents rétrogrades avaient enfermée dans le frigo. La vie était un gâteau. Et quel est le destin d'un gâteau, sinon d'être dévoré ? Lucy se sentit gour-

_____

1. Roman mélo sentimental qui eut un grand succès.

mande et se passa la langue sur les lèvres. Ivan se méprit.

– Parfait. Allons voir tout ce que tu veux, mais allons-y tout de suite.

Ni l'un ni l'autre ne verraient jamais *La Mélodie du bonheur*.

Une voiture de sport les accosta.

– Eh, où est-ce que vous allez ?

Ivan reconnut ses amis « riches ». Ils avaient quelques années de plus que lui mais le traitaient en égal. Ivan ignorait qu'on pouvait à son égard utiliser l'expression « se foutre de la gueule de ». On aurait dit des frères, mais ils ne l'étaient pas. Maoïstes, certainement. Petit livre rouge, comme la Ferrari.

– Mignonne, ta copine.

Lucy se sentit flattée et troublée en même temps.

– Qu'est-ce que vous faisiez ?

Ivan eut honte d'avouer qu'ils allaient au cinéma.

– Rien… On se baladait.

– Venez avec nous, il y a une fête.

– On est à pied.

– T'inquiète pas, la fête est chez Paolo.

Le petit râblé qui répondait au nom de Paolo acquiesça. Ivan sonda Lucy du regard. Lucy avait gonflé les tétons. Mauvais signe pour Ivan.

L'appartement de Paolo était effectivement voisin. Cinq pièces et, écoutez bien, deux salles de bains. Ivan vivait dans un deux pièces avec sa mère et son frère. Le père s'était volatilisé.

Pietro et Paolo, apôtres de la « Blessure d'automne », persuadèrent Lucy de danser avec eux. Lucy était vaguement effarouchée, mais elle n'avait jamais vu une chaîne hi-fi aussi belle. Elle ouvrit donc le bal. Ivan la détesta. Il détesta Pietro et Paolo puis se détesta lui-même. Pietro lui montra le bar. Ivan choisit une bouteille, alluma une cigarette, une des choses qui lui réussissaient le mieux dans la vie, et se mit à fumer. Et à boire. Et à boire. Et à fumer. Et à boire, à boire, à boire, à boire, à boir, à boi, à bo, à b, à. Son anté-antépénultième souvenir précis fut Lucy commençant à danser sans la musique à la demande de Pietro et Paolo. Pietro avait coupé la stéréo et Paolo ricanait.

L'antépénultième souvenir d'Ivan : Paolo et Pietro qui le poussaient vers la porte : « Deux paquets de Marlboro… » et un inoubliable « t'auras qu'à garder la monnaie ».

L'avant-dernier souvenir d'Ivan : lui-même titubant dans les rues obscures et sans vie à la recherche d'un tabac. Ivan s'appuyait aux portails. S'arrêtait. Se secouait pour repartir. Pas de lumières. Aucun tabac. L'estomac d'Ivan se révulsa et un jet de vomissures baptisa son jean tout neuf, arboré pour l'occasion. Errant désormais loin des immeubles, Ivan, cherchant un point d'appui, s'agrippa à un banc. Il le reconnut. Mais cette fois-ci, ce n'était plus le banc de ses rêves, c'était un banc de cauchemar. Ivan dégueula le peu d'âme qui lui restait sur les lieux sacrés. Le banc n'avait plus l'odeur de Lucy. Il sentait le vomi.

Dernier souvenir d'Ivan : un Ivan chancelant qui retrouvait le chemin de la maison. Celle de Paolo. interphone. Il prit l'ascenseur, honteux des taches sur le pantalon. Pietro lui ouvrit la porte. Ivan le trouva moins fanfaron, et petit, tout petit. Pietro était pâle comme la cire. Ivan vacilla et chuta là où il y aurait dû y avoir un tapis persan. Il n'y en avait pas. Il n'était plus là. Lucy non plus n'était plus là. Ni Paolo. Paolo revint à ce moment-là. Sans tapis et sans Lucy.

Ce fut à cet instant qu'Ivan remarqua le sang par terre. Le sang sur les mains et sur les pantalons. Pietro et Paolo vinrent le relever, mais une part d'Ivan, celle qui conservait l'équilibre, se trouvait exactement à l'endroit où était Lucy. Où qu'elle fût. Et les larmes de Pietro et de Paolo avec les larmes d'Ivan se mélangèrent aux vomissures et aux taches de sang, stigmates qu'Ivan avait récoltés dans sa chute. Quelque chose de vivant naquit de toutes ces taches. Une plaie qui ne cicatrisait jamais. Une condamnation obscène et invisible. Ivan découvrit «Blessure d'automne».

Après avoir quitté l'appartement de Paolo, Ivan balança les dix mille lires qui n'avaient pas servi. À partir de là, il cessa de s'appeler Ivan, il reprit son nom d'état civil, et ne vint plus jouer au flipper dans le bar de la *via* Millelire. Lucy disparut comme elle était venue sans avoir vu *La Mélodie du bonheur*. Et si quelqu'un signala la disparition de Lucy, Ivan ne le sut jamais, vu que Lucy ne s'appelait pas Lucy et que son corps ne fut jamais retrouvé.

Entre-temps, la blessure avait gagné sournoisement du terrain, dévorant le garçon qui s'était fait appeler Ivan. Lucy, plus que de mourir, avait surtout disparu, tandis qu'Ivan, tout écorché, couvert de plaies automnales, continua d'agoniser dans le corps de l'adolescent devenu homme. Elle s'insinuait dans sa mémoire, afin de le confondre. Souvent, le garçon qui s'était appelé Ivan perdait le souvenir des événements de cet après-midi d'automne, dans les années soixante-dix. La chronologie de la disparition (il n'osait pas prononcer le mot *mort*) de Lucy se dissipait en zigzaguant entre les plaies du garçon. C'étaient les périodes où la «Blessure d'automne» se faisait la plus douloureuse. L'oubli étant prohibé, ne demeurait qu'un voile claustrophobique d'incertitudes au milieu duquel un vague sentiment d'innocence ne faisait qu'affleurer : peut-être Lucy n'avait-elle jamais existé, disait la Blessure. Puis, à l'improviste, elle mordait Ivan. Car «Blessure d'automne» avait des dents.

— Et alors?

Les yeux clairs et profonds de ma psychanalyste me dévisageaient. On ne pouvait pas fumer et pourtant je tirais sur un mégot de cigare. Il était interdit de sympathiser entre analyste et patient en dehors du cabinet, et pourtant elle et moi avions sympathisé pour l'unique et irrévocable motif que nous nous trouvions mutuellement sympathiques.

Elle avait un peu plus de quarante ans, un fils, un mari, un chien, un chat et tout un tas de patients. Mais moi, j'étais son patient préféré. Quand je lui racontais quelque chose et qu'elle s'illuminait, certaine de m'avoir compris, j'abondais dans son sens afin de ne pas lui déplaire. Nous avions débuté par le training autogène, deux ans plus tôt. Ensuite étaient venues les confessions réciproques.

Elle me connaissait mieux que quiconque mais moins bien que les autres patients. Elle détenait la vérité. La vérité apprivoisée par la sympathie et par le sens de la formule. Avec elle, j'étais sincère à propos des grandes valeurs absolues, mais pas vraiment en ce qui concernait les petites choses inesthétiques qui composent notre vie quotidienne. J'en omettais certaines. Pour lui rester sympathique.

Elle portait un corsage blanc identique à celui de Silvana, la fille de Cattolica, avec la différence que si je lui avais révélé que j'étais natif du Lion, elle n'aurait pas répondu « super baiseur », mais aurait gribouillé un truc illisible sur son carnet.

L'idée d'avoir en location l'attention totale d'une personne me plaisait. Elle voulait savoir comment tout cela finirait. Elle voulait que je guérisse de moi-même. Elle voulait retourner l'autodestruction en autoconsidération. Elle voulait me faire abandonner le tragique pour le comique, sans passer par la farce. Elle voulait mon bien, et davantage que mon argent, la vérité.

Un jour, c'est elle qui offrit de me payer, à condition que je sois d'une totale honnêteté. J'acceptai. À partir de ce jour-là, ce fut chacun notre tour. Elle trouvait injuste qu'à trente ans je vive encore avec ma mère ou que j'eusse mille inconstantes fiancées. Elle soutenait que je m'agrippais à un unique cordon ombilical tout en explorant mille utérus. Je me représentais plongé tout au bout d'un cordon ombilical au sein d'un océan d'utérus. À l'intérieur d'un préservatif scaphandre. Elle tenait à moi, elle était mon supporter. J'aurais pu lui mentir pour toujours, mais pas la décevoir. Je décidai d'être sincère.

– Comment avez-vous vécu le fait d'avoir trente ans ? Qu'est-ce que ça a changé en vous ?

– Depuis mes trente ans ?

– Oui.

– Je n'aborde plus les filles dans la rue.

– Non ? (Elle semblait déçue.)

– Non. J'attends qu'elles montent sur le trottoir.

Elle riait en prenant des notes. La pièce baignait dans la ouate. Deux estampes. Un petit lit. Moi et elle, séparés par un bureau encombré de presse-papiers, de pierres, de météorites, de poignards et de bronzes.

– Écoutez, je voudrais vous raconter quelque chose.

– C'est-à-dire ?

– Ce qui a changé dans ma vie depuis que j'ai trente ans.

– En positif ? s'illumina-t-elle.

– Couci-couça. J'ai une prisonnière.

Elle était ma prisonnière. Je l'avais gardée à la maison. Leone n'avait plus rappelé. Ma mère était toujours avec la mamie et moi j'avais à mon entière disposition la fille qui avait tenté de me tuer à coups de ciseaux. Nos conversations fonctionnaient ainsi :

– Qui es-tu ?

– Dans le cul.

– Écoute, tes parents vont s'inquiéter. Si tu me dis qui tu es et pourquoi tu voulais me tuer, je te laisse rentrer chez toi.

– Dans le cul.

Le deuxième jour, je lui donnai à manger et l'obligeai à se laver dans la baignoire, car elle commençait à sentir mauvais.

– Déshabille-toi et lave-toi.

– Sale porc.

Je la giflai pour la première fois. Elle éclata en sanglots. Je la giflai pour la seconde fois. J'ai horreur des pleurnicheuses. Je la nourrissais avec du thon en boîte. J'évitais de lui donner le couteau ; avec la fourchette, j'écrasais le thon et elle mangeait à petites bouchées. Le troisième jour, elle cessa de mastiquer. Elle se contentait d'avaler. Elle se comportait comme un animal introverti. Je lui prêtais mes chemises et mes pantalons de pyjamas, et elle s'habillait pudiquement sous mes yeux à peine fermés. Non que je fusse un voyeur. La vérité était qu'elle me foutait la trouille, et bien qu'aucun de nous deux ne pût l'admettre, elle restait probablement là parce qu'elle n'aurait pas su où aller ailleurs.

Le troisième jour, elle sourit. Je fis quelques nouvelles tentatives mais elle persistait dans le silence.

– Comment est-ce possible que personne ne te cherche ? Que tout le monde te considère disparue ?

Ce fut là qu'elle sourit.

La disparition, l'effacement, la tentaient. Je la libérais de ses liens uniquement pour qu'elle puisse se laver ou manger. Autrement, je la maintenais ligotée, mais jamais avec une corde. Seulement avec une ceinture de luxe. En outre, je me mis à affectionner sa présence. Un matin, elle me lança, évitant pour la première fois de dire «dans le cul»: «Je veux rester ici pour toujours.» Je décidai de la libérer et de la renvoyer au diable, là d'où elle venait probablement. Je l'observai, ensevelie dans une de mes chemises écossaises, le regard cerné, sa beauté fragile rendue encore plus fragile par une alimentation à base de thon à l'huile.

– Tu sais quoi ? Si tu veux partir, vas-y. Tu n'es pas ma prisonnière. C'est moi ton prisonnier. Cela fait des jours que je reste ici pour m'occuper de toi. La blessure, heureusement pour moi et pour toi, était superficielle. Je m'en fous de savoir qui tu es, pourvu que tu t'en ailles définitivement.

– Pourquoi ? interrogea-t-elle avec des yeux devenus soudain d'une grande douceur.

– Parce que je voulais rester enfermé chez moi, ne jamais plus en sortir. Maintenant, je suis obligé de le faire. Je ne suis ni un kidnappeur ni un maniaque. Ou du moins modérément. Tu sais pourquoi j'ai pas appelé la police quand tu m'as poignardé ?

– C'étaient des ciseaux, précisa-t-elle.

Les prémisses d'une conversation.

– … quand tu m'as ciseauté ?! Pour deux motifs essentiels. La police ne me plaît pas et toi tu me plais. Je te dois des excuses pour t'avoir ligotée, giflée, retenue contre ta volonté…

– Pas contre ma volonté.

– Comment ?!

– Je voulais rester ici.

Je marchai dans la combine. Je défis la ceinture Nazareno Gabrielli qui avait remplacé la Gucci et la laissai libre. Elle eut un sourire mauvais, puis s'empara du coupe-papier qui trônait sur mon bureau poussiéreux. Elle le soupesa. Elle souriait. Je souris. J'évaluai la puissance d'impact. « Il te plaît ? Je t'en fais cadeau », fis-je en voulant rester accommodant.

Elle accepta l'offrande et tenta de me la restituer immédiatement dans la région du cœur. J'esquivai avant de frapper. J'étais habitué. Cette fois, je ne lui cassai pas le nez. À peine se reprit-elle qu'elle éclata

en sanglots. Pendant que je la re-ligotais, en la relé-
guant dans les recoins obscurs de mon existence, elle
m'embrassa. Sa langue s'insinua traîtreusement dans
ma bouche. Je reculai dans l'attente de la morsure,
mais elle n'avait pas l'intention de mordre. Je défis
la ceinture. Elle vint se coller à moi. Cela n'était ni
prévu ni justifié, mais de quelque étrange manière,
nous fîmes l'amour. Ou plutôt nous baisâmes. Sans
passion ni affection, mais dans deux positions, l'une
avec lien, l'autre sans lien. Je m'éloignai d'elle, le
pantalon de pyjama encore sur les chevilles. Elle me
fixait avec une expression qui résumait à la fois son
mépris et le mien à mon encontre. «Attache-moi»,
me dit-elle. J'obéis.

Une fois délaissée cette sombre réalité, j'errai au
hasard dans les rues de Milan. Il y a des jours où il
semble que Milan m'appartienne. Comme si elle se
trouvait ligotée à une chaise de cuisine. J'avais
donné rendez-vous à Bidoche.

– Mais comment, tu n'étais pas paralysé?

– J'étais, paralysé. On se voit au White Bear.

Le White Bear est un bar de la *via* Vincenzo
Monti. Vincenzo Monti en tant que poète ne cassait
pas des briques, mais la *via* Vincenzo Monti est une
rue où se conjuguent idéalement la vie et la mort. La
vie est symbolisée par les bars que fréquentent les
mannequins américains assoiffés de couvertures gla-
cées et de cappuccinos. La mort, c'est la sobriété de
la *via* Vincenzo Monti. Immeubles d'époque, une
caserne et une théorie d'arbres qui constitueraient la
toile de fond idéale pour n'importe quel enterrement.
La *via* Vincenzo Monti est le point de rencontre entre
Éros et Thanatos.

Au White, quelques années plus tôt, j'avais ainsi passé des journées entières à flotter entre des regards bien vivants et des feuilles mortes. Le bar était vaste, et les murs couverts de photos de mannequins. Une tapisserie humaine. Clichés du présent et du passé. Je n'y avais pas mis les pieds depuis au moins deux ans et plusieurs directions s'étaient succédé. Mais aucun des nouveaux propriétaires n'avait osé se débarrasser des portraits de beautés du Wisconsin aujourd'hui disparues. Il y avait même une photo de Flavia qui, avant de mourir de leucémie foudroyante, avait laissé son empreinte sur le mur.

Il était sept heures du soir, deux heures de retard par rapport au *las cinco de la tarde*. Aucune couverture de magazine dans les parages. Des nouveaux barmen et des nouveaux propriétaires pour qui j'étais un parfait inconnu. Pourtant, ils étaient eux-mêmes des inconnus, mais d'une autre race que la mienne. C'était ce genre de types qu'on rencontre dans le métro et qui vous saluent alors qu'on a oublié leur nom et qu'il faut simuler, lancer « ça fait un moment qu'on s'est pas vus » afin de reconstruire un passé commun. Moi, j'appartiens au White Bear au même titre que les photos sur les murs. Mais eux, les étrangers, les patrons, l'ignoraient. Ils avaient même changé les marques de bière. Aucune ne m'était familière.

Je me sentais comme un homme plongé en hibernation et qui, une fois la glace fondue, retrouve sa propre maison peuplée d'étrangers. Du reste, chez moi, il y avait effectivement une étrangère, même si je venais de lui faire l'amour. Finalement, la porte d'entrée sut récompenser mon attente en livrant passage à une figure connue. Un mètre quatre-vingt-dix, un visage chevalin, un corps émacié, l'esprit embrumé d'un blues permanent. Antonello Caroli, cheveux blonds et regard bleu liquide, désespéré. Ou peut-être seulement résigné. Antonello Caroli, comédien, éternel second rôle, éternel déprimé. Antonello Caroli, acteur dont la carrière ne verrait jamais le crépuscule, car elle n'avait pas connu l'aube. Antonello Caroli, qui s'était obstiné à faire du cinéma à Milan alors que le cinéma se faisait à Rome, un peu comme si Jésus-Christ avait évoqué une page du Coran.

Et Antonello Caroli était un pauvre chrétien. Un être surréaliste dans l'âme et le corps. Un Don Quichotte qui par myopie donnait des coups de tête dans les moulins à vent. Myope, presbyte et poète. Je l'interpellai, histoire de me sentir moins seul : « Eho, Antonello ! » Il se retourna, m'aperçut et s'empourpra.

– Antonello, tu n'étais pas à Rome ?

Antonello était tout en jambes. Il se tassa et se décida à me dire la vérité :

– Excuse-moi Lazare, je t'avais parlé de Cinecittà, mais c'était une blague. Ça ne me disait rien de partir. Mais… (il s'illumina) j'ai une grande nouvelle.

– Laquelle ?

– J'arrête. Le cinéma, je veux dire. (Il en parlait comme s'il était Méliès ou Steven Spielberg.) Il y a que j'en peux plus. Tu te rappelles que, l'année dernière, j'ai pu obtenir un boulot de pion, grâce à mon oncle sénateur. Tu sais pourquoi j'ai accepté ? Parce que pour moi, c'était comme de jouer un rôle. Au bout de quelques mois, ils voulaient me titulariser ! Alors, j'ai laissé tomber. Tu m'offres un verre ?

J'acquiesçai. Ordinairement, Antonello Caroli boit du café. Une trentaine par jour. Cela expliquait peut-être sa nervosité permanente. Il portait un pull bleu de deux tailles trop étroit. Appartenant probablement à son oncle sénateur. Antonello Caroli ne nageait pas dans le fric, il s'y noyait.

Je n'osais pas le regarder dans les yeux, je fixais ses socquettes blanches. Aussi courtes qu'il était long.

— Caroli, ça m'a fait de la peine que tu viennes pas à ma fête de non-anniversaire, lui ai-je reproché.

— Je voulais venir, Lazare. Mais je n'ai pas pu. Quelque chose a explosé en moi.

— De quoi tu parles, crétin ?

— Une « Blessure d'automne ».

— Mais on est en été.

— Justement. Je ne pouvais pas venir en plein été avec une « Blessure d'automne ». J'ai repris mon poste de secrétaire avec la Comtesse.

La Comtesse était une vieille salope, qui malgré cela, ou peut-être pour cette raison, était une véritable comtesse. Des années plus tôt, le comédien Antonello Caroli avait rempli la fonction de secrétaire particulier de la Comtesse après avoir répondu à une petite annonce de *Secondamano*[1]. La Comtesse voguait vers les soixante-dix ans bien qu'elle en avouât trente-huit. D'après l'annonce, elle recherchait quelqu'un pratiquant deux ou trois langues étrangères et sachant danser le tango. Antonello Caroli ne parlait qu'une langue, la sienne, et il bougeait d'une façon totalement désynchronisée, même quand il marchait. Pourtant, cela avait suffi à la Comtesse.

---

1. « Seconde main », revue spécialisée dans la vente entre particuliers.

Caroli n'avait jamais estimé être un gigolo. Il s'était contenté, suivant son habitude, de considérer cet épisode de sa vie comme un rôle qu'il était tenu d'interpréter. Il n'avait ainsi aucun problème de conscience. Antonello Caroli jouait les gigolos exactement comme il avait joué les pions dans un collège.

– Tu m'offres à boire ou non ?

– Bien sûr. Tout le fric qui me reste est dans ma poche. Et bizarrement, il arrive sur la fin.

– Je te crois pas. Tu es riche.

– Des conneries. Comme toi, j'ai toujours joué au riche. Mais je suis à sec. Il faut que je me décide à faire un truc sérieusement. À condition que ce soit pas un truc sérieux.

Caroli en convint.

– Je suis d'accord. Tu sais pourquoi j'ai arrêté de faire le pion ? C'était un personnage qui demeurait intangible jusqu'à la mort. S'ils m'avaient offert d'interpréter le proviseur de temps en temps, j'aurais accepté, mais tu crois qu'un acteur comme moi doit jouer les pions toute sa vie ?

– Certainement pas.

Je regardais Caroli et son gros nez tordu. Je regardais Caroli boudiné dans son pull-over bleu, et il me donnait envie de lui raconter toute l'histoire de ma prisonnière. Il me devança.

– Lazare, il faut que je te raconte une chose. Une chose que je n'ai jamais racontée à personne… (S'il n'était pas plus honnête que moi, il était sans conteste plus rapide.)… mais d'abord, offre-moi un verre. J'ai mille lires sur moi.

– D'accord, qu'est-ce que tu prends ? Le trente et unième café ?

— Non, Lazare, un whisky.

Ce fut à cet instant que je m'aperçus que Caroli avait bu. Caroli qui était d'une sobriété exemplaire. Il eut un sourire qui n'était celui d'aucun personnage. Caroli ingurgita son whisky et dit :

— Il y a longtemps, très longtemps, je me faisais appeler Ivan…

Le récit de Caroli emplit de lointaines présences le White Bear à moitié vide. Les présences d'un Caroli adolescent, de Pietro et Paolo, les deux immondes exécutants d'une crucifixion dilatée par le temps. Mais le récit de Caroli emplit également le White Bear d'une ABSENCE. Une absence qui, un automne lointain, ne s'était PAS appelée LUCY.

Et cette absence constituait le premier symptôme contagieux de la « Blessure d'automne ». L'Antonello Caroli qui s'adressait à moi n'était pas le Caroli habituel, lunaire et mal luné. Il hurlait une antique douleur jamais apaisée. Sous la pleine lune.

— Tu vois Antonello, il y a au moins deux choses que je voudrais te demander.

— Vas-y.

— Je ne sais pas si tu t'en es rendu compte, mais tu as raconté l'histoire à la troisième personne. Tu as dit « Ivan était un type de quinze ans », au lieu de « j'avais quinze ans et je m'appelais Ivan », ou mieux tu m'as dit qu'Ivan c'était toi, puis tu m'en as parlé comme d'un étranger.

Caroli amorça un sourire triste :

— Tu as raison. C'est que je n'ai pas l'étoffe du rôle.

— Ensuite, je t'ai bien reconnu dans ta description lyrique des tétons de la fille, mais excuse-moi, tu parles d'Ivan comme d'un garçon avec un beau petit nez…

Caroli se toucha l'appendice :

– On me l'a cassé d'un coup de pelle des années après.

Il n'y avait rien d'autre à dire, sinon :

– Pourquoi m'en avoir jamais parlé ? Pas du coup de pelle, mais de la « Blessure d'automne ».

– Parce que, avec moi-même, j'évitais le sujet. Au moins à haute voix. Tu vois, quelques jours après cette histoire, j'avais presque oublié. Pietro et Paolo m'ont contacté. Ils m'ont pas menacé, tu piges. Ils ne se comportaient pas comme des coupables. Ils se comportaient comme des complices. Pour ce que j'en sais, même Ivan aurait pu faire disparaître la fille. Je n'ai plus voulu y penser jusqu'à récemment. Au fond, disparaître, ce n'est pas vraiment comme mourir, non ?

En le dévisageant, je repensai à mon hôte. Ma prisonnière. Elle aussi avait probablement disparu aux yeux de quelqu'un d'autre. Je ne voulais pas que la « Blessure d'automne » vienne aussi m'infecter. Qui que soit ma prisonnière, à peine chez moi je l'aurais libérée, même contre son gré. Je me sentais observé et ce n'était pas les nouveaux barmen. C'était les portraits. Les clichés cartes de visite des filles disparues et collées aux murs. Le White Bear était bourré d'absences.

Une présence corpulente se fit sentir. Un habit blanc et une barbe blonde tirant sur le rouquin. Ce n'était pas Jésus. C'était Bidoche. Jésus, à travers son père le dieu biblique et vindicatif, aurait fait justice de Pietro et Paolo, les deux Judas réunis. Mais ce n'était que Bidoche, pantalon blanc, veste blanche, chemise blanche. Il nous salua, cérémonieux et solennel. Il demanda à Caroli : « Tu n'étais pas à Cinecittà ? » et, sans attendre la réponse, commanda un sandwich géant au barman que ce supplément hors programme indisposa profondément.

La « Blessure d'automne » se trouvait interrompue. Renvoyée à plus tard. Moi et Caroli lui en fûmes tacitement reconnaissants. Je n'avais pas encore remarqué combien étaient durs les sièges installés par la nouvelle direction. Bidoche le fit observer à peine son gros postérieur l'en eut-il informé.

— Des chaises de fakir. Dans le temps, les sièges…

Il commença à pontifier. Je l'interrompis avant l'ultime vagissement de sa logorrhée.

— Comment tu fais, à manger tout le temps ? T'as le ver solitaire ?

Bidoche crachouilla à travers son « spécial » :

— Je ne l'ai pas. J'en suis un. On en est même tous les deux.

Il avait raison, parfois. Ou plutôt, plus que d'avoir raison, il n'avait pas tort. Un anchois s'échappa du sandwich et vint se plaquer contre la poitrine de Bidoche. Une légion d'honneur gastronomique. Bidoche, aussi vif qu'un lézard, harponna l'anchois et le jeta dans sa bouche.

J'éprouvai une virulente envie de le gifler pour lui exprimer physiquement mon affection et ma reconnaissance. Au lieu de ça, je dis :

— Cet endroit n'est plus le même.

Bidoche ne put s'empêcher de pontifier :

— Non, cet endroit est bien le même. C'est nous qui avons changé.

Caroli dédramatisa la rhétorique bidochienne :

– … surtout toi, Lazare, tu t'es coupé la moustache.

– Le bar va fermer, fit l'un des serveurs, impavide.

– Pourquoi ?

– Ben, il est neuf heures et il n'y a plus de clients.

– Et nous ?

– Sans vous vexer, il en faudrait au moins vingt.

– Aucun problème. Vingt bières, dont dix Guinness.

Ce n'était pas la première fois que nous gardions un bar ouvert au-delà de l'heure de fermeture. Mais ce jour-là, bien que Bidoche ne le sût pas, il nous fallait absolument rester au White Bear tant que le brouillard de la « Blessure d'automne » n'était pas dissipé. Dans le cas contraire, nous n'y aurions plus jamais mis les pieds. À cet égard, Bidoche se montrait un recours précieux, gros garçon, jovial troubadour des temps nouveaux et fossoyeur des jours mauvais. En ce qui nous concernait, ce n'était pas même une journée entière que nous devions enterrer, mais un unique quart d'heure, celui de la confession de Caroli, le temps d'une « Blessure d'automne ». Beaucoup moins ou beaucoup plus que mille ans.

Après un rot sonore, Bidoche prit la parole :

– Est-ce que tu te souviens de Nicky, Lazare ?

– Qui c'est Nicky, une actrice ? divagua Caroli.

– D'une certaine manière, répondis-je. Nicky était un pilier du White Bear.

– Elle était d'une laideur sans nom, jugea Bidoche.

– Non, coupai-je avec la maturité supposée des trentenaires, plus que laide, elle était… elle ressemblait à ces oiseaux préhistoriques… comment s'appellent-ils… Elle avait dix-huit ans il y a cinq ans et des yeux

57

d'une très grande profondeur. Elle avait l'air d'une junkie, mais n'en était pas une. Elle circulait entre les tables comme si elle avait été d'une beauté rare. Elle était d'une présomption fascinante. Tu connais ce bar, non ? Les mannequins se montrent leurs books pour comparer leurs photos. Nicky se comportait comme si elle avait été la plus belle d'entre toutes.

— Alors qu'elle était horrible, conclut Bidoche.

— Tu l'as jamais vue, Caroli ?

— Bof.

— Belle réponse. Si tu l'avais vue et connue, tu ne l'aurais pas oubliée. Nicky était une mythomane pathologique.

Bidoche se redressa, en dépit d'un début de somnolence alcoolique.

— Une fois, elle m'a dit qu'elle était la fille de Joan Collins et d'un peintre italien.

— À moi, elle a raconté que son père possédait une chaîne d'hôtels à Malibu et que sa mère…

— … était Joan Collins ? plaisanta Caroli.

— … avait été un très grand modèle de nu.

Bidoche s'empourpra :

— Une autre fois, elle était devenue la fille d'un diplomate apatride. Elle m'a dit cela quelque temps après l'histoire de Joan Collins. Elle avait dû oublier.

Je me pris au jeu.

— À moi, elle a affirmé qu'elle était la nièce d'Arnoldo Mondadori et qu'elle allait bientôt hériter de la maison d'édition…

Bidoche et moi nous comportions comme des gamins. C'était à celui qui rapporterait le plus gros mensonge inventé par Nicky. Mais c'est Caroli qui remporta la palme.

– Ah, j'ai compris de qui vous parlez. Une fille qui ressemblait à un perroquet. Un jour, elle m'a accroché ici, elle m'a dit qu'elle était mannequin. Elle m'a même montré son book.

– Elle avait dépensé une fortune pour le faire. Elle avait l'air moins laide sur les photos.

– Ouais, reprit Caroli, je m'en souviens parce qu'elle m'a raconté que son fiancé était champion de surf. Mort dans un accident. Elle s'est même foutue à chialer.

C'était bien Nicky. Elle finissait par croire aux sottises qu'elle racontait.

– Elle est venue aussi pleurer sur mon épaule.

Bidoche, heureusement, intervint avec son sens de l'opportunité coutumier.

– Et tu te rappelles quand elle se promenait avec le petit boudin rondouillard ? Celle avec les yeux bleus délavés, elle la faisait passer pour sa sœur. Il y en avait une qui était grande et maigre, et l'autre un tonneau à roulettes. Nicky expliquait qu'elles avaient la même mère mais des pères différents. La barrique répétait derrière elle. Ou elle croyait aux blagues de Nicky et voulait en profiter, ou elle y croyait pas et voulait quand même en profiter.

– Troisième hypothèse : c'était une mythomane autant que Nicky. Mais pas avec la même classe. Nicky croyait à ses mensonges. Elle en pleurait. Qu'est-ce qu'elle a pu devenir ?

– On l'a plus jamais vue, répondit Bidoche, beurré et pensif.

En comptant Nicky, il y avait maintenant trois filles disparues à la table. Il fallait le sens de la formule pour le dire, la « Blessure d'automne » pour en souffrir et la conscience du séant pour se lever et aller faire autre chose.

En retournant chez moi, je repensai à Nicky. Elle était partie en 1985. L'année 1985 était terminée et, pour moi, Nicky aussi était arrivée à sa fin. Je l'avais vue pour la dernière fois en 1986. Près de la Scala. Un endroit où il y a des gens qui chantent et d'autres qui viennent les écouter chanter. Parfois, ils dansent. Parfois, ils font de la musique et ils dansent. Mais ce n'est jamais joyeux, et cette fois-là non plus.

Nicky se promenait au bras d'un type jeune, nouveau et anonyme, comme le manteau en loden qu'il portait.

– Comment ça va ? lui avais-je demandé.

Nicky avait emprunté un accent toscan que je ne lui avais jamais entendu :

– Oh, 'a va pas 'rop mal. 'u 'onnais mon fiancé ?

– Nicky, depuis quand t'as l'accent toscan ?

– Ah, 'u le savais pas. Je suis 'oscane. Ma grand-mère est 'oscane. Depuis 'elques mois je suis ave' elle et alors…

Le fiancé avait tout gobé. Je n'avais pas osé demander à Nicky depuis combien de temps sa grand-mère était toscane.

À peine arrivé chez moi, je libérai la prisonnière. Elle me sourit. Elle était de bonne humeur. Provisoirement. Il n'y avait pas de ciseaux à portée de mains.

– Allez, va-t'en.

Je la poussai dehors. La sonnette retentit. Je rouvris la porte blindée.

– Écoute, va-t'en. Il y a sûrement quelqu'un qui doit te chercher, non ? C'était plutôt bien… non, c'était pas bien. J'ai eu honte de moi-même… non, je t'ai pas violée. Ça me ferait beaucoup de peine. On était d'accord, non ? Même si t'as rien dit… Oh écoute, dis-moi quelque chose !

La prisonnière ne dit rien. Elle ne chercha pas non plus à me poignarder. Le téléphone sonna. J'allai répondre.

— Lazare, excuse-moi si je t'ai pas rappelé plus tôt, c'est Leone à l'appareil. J'aurais dû le faire depuis longtemps, mais j'ai eu des problèmes, il y a ma cousine qui a disparu.

— Leone, elle ressemble à quoi, ta cousine ?

— Ben, une fille difficile… pourquoi tu me demandes ça ?

— Leone, si je te rends ta cousine, qu'est-ce que tu me donnes en échange ?

3

Pogo le Juste déambulait, les narines frémissantes, les bottes en faux lézard enfoncées dans le sable. La plage de Cattolica était totalement déserte, comme si une « Blessure d'automne », tel un holocauste, en avait éradiqué toute forme de vie. Pogo avait lui aussi sa « Blessure d'automne », bien qu'il ne sût pas la nommer ainsi. La « Blessure d'automne » de Pogo était une sorte d'angoisse hypnotique qui le contraignait à abandonner Milan au volant de son taxi jaune, afin de rejoindre Cattolica.

Depuis la fin de l'été, trois fois, sans le moindre motif, Pogo le Juste avait contraint son passager, payant et occasionnel, à descendre du taxi avant la fin de la course. Le passager protestait :

– Mais je dois aller *via* Melzi d'Eril.
– Descendez immédiatement.

La réplique péremptoire de Pogo, où se côtoyaient des accents de commandement divin et une menace bien terrestre, ne tardait pas à convaincre le passager récalcitrant, qu'il fût avocat ou putain, de quitter le taxi avant d'arriver à destination et d'abandonner chauffeur et véhicule jaune à leur destin. Ensuite, Pogo fonçait en direction de l'autoroute, attiré par le chant des sirènes. Mais, hors saison, il n'y avait plus de sirènes à Cattolica. On ne pouvait même plus siphonner la Silvana. Les hôtels, bars, restaurants étaient pour la plupart fermés. Il ne restait à Pogo que la ressource d'errer en bord de mer, les oreilles dressées à l'affût de messages silencieux, comme un chien à truffes renifle, précisément, les truffes.

Enfin, Pogo le Juste reprenait sa voiture et se précipitait dans le snack le plus proche pour trouver quelqu'un avec qui boire et s'engueuler. Histoire de reprendre ses habitudes, feignant d'avoir oublié le secret que la mer, le vent ou peut-être le cadavre d'un goéland lui avait livré. Un homme étrange, Pogo. Un penchant pour l'alcool et certaines obsessions le faisaient paraître, aux yeux d'un observateur superficiel, comme un type de trente ans extravagant, propriétaire de son taxi et donc maître de son existence. Un personnage extraverti. Une petite tache de Rorschach.

Ensuite, à l'improviste, dans le cours d'une conversation banale, ce qui avait semblé pittoresque et folklorique devenait inquiétant, car Pogo, puisant dans quelque mystérieux refuge mental, quelque réserve de savoir emmagasiné dans une vie antérieure, se mettait à comparer Arquà Petrarca, dans les Colli Euganei, avec Arqa Tagh dans la chaîne du Kum Lun où se trouvent l'Ulugh Muz Tag et ses 7 723 mètres d'altitude. Ses interlocuteurs demeuraient bouche bée : que Pogo connaisse les noms de toutes les rues de Milan se justifiait aisément par son emploi provisoire de taxi, mais qu'il puisse énumérer d'insoupçonnables informations sur les chaînes montagneuses de la Chine occidentale, sur les grands mammifères, le travail du verre, les crustacés décapodes bracuri ou sur Randit Singh, le lion du Penjab, teintait le mystère d'un grand mystère.

Pogo était un homme antique. Peut-être l'avait-il toujours été. Et il pouvait se montrer aussi dangereux qu'une créature abyssale de Lovecraft. Le client de Pogo qui demandait : « Pourriez-vous m'emmener à Premadio. C'est un lieu-dit de... » s'entendait immédiatement répondre :

– ... de la commune de Valdidentro, où il y a la centrale hydroélectrique, d'une puissance de 144 mégawatts.

– Étonnant. Comment le savez-vous ?

– C'est mes affaires, tête de nœud.

Pogo, ce jour-là à Cattolica, avait flairé quelque chose. Le chien de chasse qui était en lui frissonna. Ce n'était pas le froid. C'était la « Blessure d'automne » qui s'approchait. Pogo ignorait la confession de Caroli au White Bear. Il ignorait où se trouvait Lucy, vingt-deux ans après sa disparition. Il ignorait jusqu'à l'existence de Lucy. Et il n'avait jamais vu ni rencontré Nicky, la mythomane pathologique de Bidoche. Mais à la différence de Bidoche, Caroli et Lazare Santandrea, s'il l'avait aperçue ne serait-ce qu'une seconde, il ne l'aurait pas dépeinte, à l'instar de ses amis, comme un oiseau préhistorique, mais aurait reconnu en elle un *Archaeopterix foemina*, de dimensions insolites. Non seulement cela. Si Pogo avait connu l'histoire de la prisonnière de Lazare et sa cousine Leone, son frisson aurait atteint les régions les plus profondes de son âme.

Pogo pressentit quelque chose de tout ce qui allait suivre, et à la chair de poule succéda la peau de l'ours. Celle qu'il ne faut pas vendre trop vite. Un taxi jaune ignorant les limites de vitesse avec un chauffeur ignorant ses propres limites foncèrent en direction de Milan.

Ainsi, je fis la connaissance de Leone. La rencontre avait été annoncée par l'inconscience du séant et la réclusion de sa cousine. J'étais préparé au mieux, vu que le pire, par personne interposée, s'était déjà présenté sous mon toit.

Après lui avoir renvoyé une cousine inhabituellement docile, je l'avais invitée à dîner. J'attendais quelques explications, certes, mais surtout je l'attendais, elle. Ce n'était pas la première fois qu'une voix rencontrée par jeu ou par hasard prenait pour moi forme humaine. J'imaginais une Leone différente, certes, mais pas aussi différente.

Elle était installée dans un petit bar au fond d'une ruelle. Les termes « petit bar » et « ruelle » auraient déjà dû me renseigner sur la composante infantile du personnage. Serrée qu'elle était dans une petite robe de petite laine noire, Leone n'avait pourtant rien d'infantile. Petite robe, petite laine, petit bar, ruelle. Leone profitait des diminutifs pour paraître superlative. Elle n'était pas belle, ne voulait pas l'admettre, et ne permettait pas que les autres l'admettent.

Une cascade de cheveux roux, une petite bouche (petite bouche, ruelle, petit bar, petite robe, petite laine) en cœur, un nez en pomme de terre. Pomme de terre, pas petite croquette. Deux jambes grosses. Des troncs d'arbre recouverts de soie. Pas de soutien-gorge et deux mamelons proéminents comme des capuchons de stylo. Des yeux énormes. Écarquillés en permanence. Elle voulait se montrer provocante mais ne parvenait qu'à être inquiétante. Je tentai de dissimuler ma déception. Leone n'acceptait pas la déception, simplement parce qu'elle n'imaginait pas qu'elle puisse la provoquer. Le serveur m'adressa un clin d'œil. Leone le regarda. Fixement. Ensuite, elle se passa la langue sur les lèvres.

J'aurais voulu partir, mais Leone commanda du vin blanc pour nous deux.

— Où est-ce que tu m'emmènes dîner ?

— Je voudrais d'abord obtenir quelques renseignements au sujet de ta cousine.

— Et qu'est-ce que tu veux savoir ? C'est une personnalité perturbée. Elle ne supporte pas d'être moins belle que moi. (Comme menteuse, Leone aurait rendu des points à Nicky : sa cousine était nettement plus jolie qu'elle. Elles n'avaient en commun que leurs pupilles dilatées.) Tu auras remarqué que ma cousine souffre d'un complexe d'infériorité.

Le serveur, tout en voulant passer inaperçu, glissa un billet à Leone.

– Leone, je m'en vais, dis-je.

– Pourquoi ? gronda-t-elle.

– Je n'aime pas le vin blanc, je n'aime pas cet endroit, je n'aime pas le serveur et par-dessus tout, toi, tu ne me plais pas.

Les ongles de Leone étaient laqués de rouge. Et très très longs. Je notai le détail, tandis qu'ils jaillissaient comme des flèches en direction de mon visage. Ça devait être une habitude dans la famille. Je parai l'attaque et giflai violemment Leone. Le serveur se précipita : saint Georges sauvant la dragonne. Son format était aussi réduit que son local. Un petit mec dans le petit bar d'une ruelle. Je l'envoyai valdinguer d'une manchette et gagnai la sortie.

– Adieu Leone.

– Au revoir, dit-elle.

Ne me demandez pas pourquoi je me mis à sortir avec Leone. Je ne saurais pas vous répondre. Le lendemain, je ne m'attendais certes pas à ce qu'elle rappelle. Elle le fit, comme si rien ne s'était passé :

– Tu m'emmènes où ce soir ?

– Je passe te prendre à quelle heure ? parvins-je seulement à rétorquer.

Depuis qu'on m'avait retiré le permis, je me déplaçais en taxi ou à pied. Pogo et son véhicule se trouvaient à Cattolica, donc je me mis en marche vers l'antre de Leone. Un bâtiment imposant du début des années soixante, *via* Gustavo Modena. Ces immeubles qu'on a l'impression d'avoir déjà vus, avec ces interphones qu'on a l'impression d'avoir déjà utilisés.

– Comment est-ce que ça me va ? me dit Leone, en allusion à un vêtement quasiment identique à celui de la veille.

– Ce truc a un air familier.

– Exact. Je voulais juste te mettre à l'épreuve. Tu as vu comme ça me moule bien ?

J'étais irrité contre elle et contre moi, à cause de ma présence dans ces lieux.

– Tu as changé de culotte ?

– Tu veux la voir ?

– Laisse tomber.

Ces jours-là, je découvris que Leone était bien une véritable sociologue, mais une sociologue nymphomane. Il est assez normal pour une sociologue de se montrer sociable, mais Leone dépassait les bornes. On ne pouvait pas la laisser seule cinq minutes pour aller aux toilettes transformer une bière en pipi sans la retrouver avec le regard planté dans celui d'un inconnu, en pleine transe sexuelle. Si le pipi se prolongeait, Leone parvenait à échanger des numéros de téléphone. En marchant à ses côtés, il arrivait qu'elle m'interrompît : « Arrête-toi. Tu as vu ce type comment il m'a regardée ? Et tu ne fais rien ? »

Nous ne consommâmes jamais autre chose que du vin blanc. Leone, après avoir susurré d'une voix rauque : « Dis-moi que tu me désires », en pleine place du Dôme, au milieu des pigeons, des touristes japonais, des Sénégalais vendeurs de bibelots, se replongeait avec avidité parmi les regards de la foule. Elle ne voulait pas faire l'amour. Elle voulait être désirée. Une fois obtenu le désir, m'avait-elle confié, elle se laissait pénétrer passivement, se réfugiant dans une frigidité qui la conservait vierge et inaccessible aux péchés de la chair et du latex.

Un après-midi, elle m'invita chez elle pour le thé. Je n'éprouvais aucun intérêt ni pour le thé ni pour elle, mais j'y allai pourtant. Pourquoi ? « Bof. » Mais « bof » était le motif pour lequel Monica, ma copine entraîneuse, s'était suicidée.

Une domestique répondit à l'interphone :

— Leone est occupée.

— Allez lui demander si je peux monter une seconde.

J'attendis. Je n'avais rien à faire. Oubliée la « Blessure d'automne » de Caroli, oubliés les vieux mensonges de Nicky. Je ne voyais ni Pogo ni Bidoche depuis un moment. Je n'allais pas aux castings, je n'écrivais pas une seule ligne. J'avais été simplement trop occupé à essayer de comprendre Leone. Je n'étais pas amoureux. Tout compte fait, elle ne m'était même pas sympathique. Et alors, pourquoi « bof » ? Peut-être parce qu'elle me semblait étrange. Comme Pogo, comme Bidoche, comme Caroli, comme ma grand-mère, comme Nicky, comme moi. Comme la psychanalyste dont j'avais négligé la dernière consultation sans même l'en avertir.

— Leone dit que vous pouvez monter, fit la domestique dans l'interphone.

La porte était ouverte. La femme de chambre, une Philippine au teint jaunâtre, s'empourpra en disant : « Leone est par là. »

Par là désignait une pièce dans laquelle Leone, totalement nue, gisait sur un divan-lit, les yeux fixés sur un écran géant où se déroulait un match de boxe. Je ne prêtai nulle attention aux boxeurs. Je me contentai d'observer mon ex-prisonnière, la cousine, tout aussi dénudée, accroupie sur la moquette qui dissimulait son pubis, en train de vernir les ongles de pieds de Leone avec une expression rêveuse.

Il y avait quelque chose d'obscène ; pire : elles dégageaient toutes les deux le parfum de la mort.

M'affranchir de Leone fut plus facile que prévu. Ce fut même imprévu. Rien n'est plus facile que l'imprévu. L'imprévu est un enfant pas compliqué qui te sourit spontanément, sans se préoccuper des conséquences. C'est un avion qui s'écrase, un coup de foudre amoureux, un avion qui s'écrase sur un couple qui venait juste d'avoir le coup de foudre.

En quittant le paradis artificiel de Leone, je pris la direction du centre-ville où les rares cinémas ayant sur-vécu à la télévision étaient protégés comme des monu-ments historiques. Des couples, des *single*, sortaient d'une salle en s'égaillant dans la rue, et aussi des groupes contaminés par le sentiment de leur propre inutilité. Après une heure et demie de grand écran, ils se réunissaient sur le trottoir pour dénigrer le spectacle, comme des ringards éclairés au néon qu'ils étaient.

— T'as vu le mec ? T'as déjà vu un type qui se prend une balle et qui court encore comme un cabri ?

J'étais ému et furieux.

— Qu'est-ce que t'en sais, toi ?

— C'est à moi que tu parles ?

L'homme m'observa, protégé d'un épais manteau et d'une foule d'amis.

— Oui, c'est à toi que je parle, ducon. Qu'est-ce que vous en savez, toi et ces têtes de nœuds, de ce qu'on éprouve quand on reçoit une balle ? Ce n'est pas réaliste ? Peut-être que ça ne l'est pas pour toi. Mais la réalité, ça te semble réaliste ? Tu ne lis pas les journaux, ducon ? Tiens, tu connais pas deux filles qui habitent dans la rue Gustavo Modena ?

— Il est ivre, fit une fille moche comme la vertu en pointant le doigt sur moi.

— Pas cette fois-ci, petit tromblon. Pas encore. Mais je compte y remédier au plus vite. Si vous n'aimez pas le cinéma, si vous comprenez pas la règle du jeu, pourquoi vous y allez ?

Le compagnon du tromblon eut un accès de courage.

— Eh toi, doucement…

Enfin un adepte de l'expérimentation empirique : il voulait savoir ce qu'on ressentait après s'être morflé trois bastos. Le *corso* Vittorio Emanuele se transforma de but en blanc en tribunal. Ça c'était du spectacle. Si j'avais eu un pistolet, j'aurais tiré trois fois sur l'autre pour lui montrer qu'on peut y survivre.

« On peut survivre quasiment à tout, sauf à soi-même. » Le public se faisait toujours plus nombreux, le show était gratuit. Avant que les flics n'arrivent, je coupai court, je fendis la foule, tranchant net, aiguisé comme la colère, tout ce qu'il y avait à trancher, puis je m'apprêtai à rentrer chez moi. Mais à la hauteur du *corso* Magenta, au mépris de tout danger, j'entrai dans un cinéma d'art et d'essai.

Ma mère ne rentrerait que dans quelques jours. L'automne, à peine entamé, se voulait déjà froid. Le journal annonçait un hiver inflexible. Inflexible. Bof ! Le journal n'avait pas le sens de la formule. Il aurait suffi d'écrire que l'hiver à venir allait se montrer singulièrement « hivernal ». « Inflexible » : le slogan idéal pour une minerve, une prothèse de jambe ou un pénis en érection.

C'était l'époque à laquelle les fourmis commençaient à épargner et les cigales à se faire du mouron. Les chauves-souris ne volaient plus à ras de terre. Pour moi qui avais horreur des chauves-souris, c'était déjà une belle conquête. La seule. Il y avait trop longtemps que je n'avais plus entrepris la conquête de qui que ce soit. Depuis au moins deux semaines. Trop longtemps que je n'entrais plus dans la vie d'une inconnue pour en saisir quelques informations, pour en goûter l'haleine, en sucer le sang par les blessures superficielles qui s'ouvraient dans la conversation de deux étrangers, afin qu'en échange elle suçât à sa convenance la partie de moi qu'il lui plairait.

« Sucer le sang. » Tout était là. Je détestais les chauves-souris, probablement pour cette raison. J'enviais tout vampire potentiel. Vampire privilégié de n'avoir qu'à suivre son instinct. Mon instinct à moi était au contraire dénué de toute direction précise. Je suis violent et j'ai horreur de la violence. « Que faire ? » s'était demandé Lénine. Moi, j'avais la réponse. Il fallait vivre, marcher en restant attentif aux feux rouges des carrefours, marcher vite et ne s'arrêter que pour entrer dans la vie d'une inconnue.

Mon copain Tulipo, qui était scénariste de bandes dessinées pour le *Journal de Mickey*, s'entêtait à me parler de « gens ordinaires ». « Ceux que tu vois dans les autobus. » Je les connaissais mal. Je me déplaçais à pied ou en taxi, mais les rares fois où j'avais emprunté le bus ou le métro, les passagers m'étaient apparus tout autres qu'ordinaires. Anonymes que leur présent faisait enrager, automates sursautant à chaque virage, pickpockets, curés touchant le cul des non-paroissiennes. Peut-être trouvait-on parmi eux des gens ordinaires : ils descendaient une station trop tôt, avant de se découvrir, de se déclarer ordinaires.

Moi, je marchais. J'étais libre de m'arrêter quand j'en ressentais l'envie ou le besoin. Les autres, je pouvais les suivre jusqu'à chez eux. Avec le temps et l'argent qui me restaient, j'avais ce qu'il fallait pour m'occuper de ceux qui retenaient mon attention. Eh oui, Tulipo mon ami, les gens ordinaires que tu vois dans les autobus, tôt ou tard, finissent par descendre de l'autobus.

L'homme ordinaire mit au jour une chose qui n'était pas ordinaire. Et pourtant ces rôles-là auraient pu être inversés. L'homme ordinaire n'était pas si ordinaire que ça puisqu'il lui manquait un œil et une jambe. Il pêchait, enclavé dans son side-car « Spécial handicapé », au bord d'un fleuve au nom stupide.

Quant au cadavre, aussi ordinaire que les milliers de néo-cadavres qui apparaissent chaque jour, il avait été conservé dans le formol pendant une longue période avant d'être jeté à l'eau. Conservation et décomposition avaient fait du cadavre un étrange hybride. Un poisson ayant vécu hors de l'eau. Pour être plus précis, une sirène hors de l'eau, car conservation et décomposition s'étaient acharnées sur un corps féminin.

L'homme au side-car était borgne, unijambiste, mais possédait un chien. Ce n'était pas le chien qui conduisait, évidemment, bien que le side-car ait été fabriqué sur mesure par une société de Zurich et que les Suisses prévoient tout. Le chien bondit hors du

side-car et saisit entre ses mâchoires un poisson frétillant à l'intérieur de la cavité thoracique du cadavre.
L'homme, le chien, le poisson et le cadavre donnè-
rent la vie et la mort à ce morceau de fleuve ordinaire
et pas ordinaire, pollué, et au nom stupide.

Durant mon absence, délits et châtiments s'étaient
succédé dans le reste du monde. Tandis que je vivais
l'aventure Leone, ailleurs une lionne s'était échappée
d'un zoo et une autre lionne, pas la même, car le don
de l'ubiquité est le privilège (et la damnation) de
quelques-uns, avait été vendue à un autre zoo. Les
lions n'aiment pas les zoophiles, tandis que le cyno-
phile est adoré des chiens qu'il aime. Mais les chiens
aiment n'importe qui. En tout cas, dans l'échelle de
préférence entre les chiens, les lions et Leone, Leone
se révélait physiquement plus facile à aimer. Lors de
notre premier contact téléphonique, elle avait
déclaré : « Je ne donne pas mon numéro à des inconnus. » Elle avait raison. Elle ne donnait pas son
numéro à des inconnus, elle s'offrait elle-même tout
entière. Ou peut-être seulement une partie de son
corps, celle qui éveillait la concupiscence.

Leone m'appela une dernière fois.

— Salut, c'est Leone.

— Écoute…

— Il t'est arrivé quelque chose ? On se voit ?

— Tu parles. C'est pas qu'il m'est arrivé quelque
chose, c'est que…

— Tu es un moraliste.

— J'admets que je suis un moraliste.

— Allez, on se voit.

J'ignore pourquoi, mais je cédai. Elle m'attendait

chez Cova, le plus vieux salon de thé de Milan, où le moindre *cannoncino*[1] est proposé au prix d'un canon de chez Krupp.

— Je t'ai scandalisé ? commença-t-elle.

— Non, Leone. C'est pas le problème, mais le fait est que tu es plutôt laide.

Elle me jeta un *cannoncino*. Je l'attrapai au vol et le lui écrabouillai sur le rouge à lèvres. Leone éclata en sanglots. Les serveurs, avec une discrétion appuyée, tournèrent le regard ailleurs et dressèrent les oreilles.

« Je n'y peux rien s'ils sont tous amoureux de moi », déclara Leone, le visage inondé de larmes et de profiteroles. Elle poursuivit : « Appelle-moi à ce numéro, je pars dans ma maison à la montagne. »

Je lui arrachai le numéro qu'elle avait inscrit sur une serviette en papier du feutré et lugubre café Cova. Elle se dressa, aussi orgueilleuse que Moby Dick, la baleine blanche, et sortit en attirant comme un aimant les regards de quelques messieurs nés en 1910 et qui avaient auparavant les yeux fixés sur quelques dames nées en 1940.

Je bus ma Guinness au milieu de la curiosité et de la désapprobation générales. Leone ne m'attendait pas dehors. Elle ne m'avait pas attendu du tout. *Piazza* San Babila, j'appelai un taxi pour la rejoindre, avec la certitude illusoire que, bouleversée par la noblesse de mon geste, elle avait décidé de rentrer chez elle et de m'y attendre, pleine de repentir. Elle était bien là, sous le porche, à l'entrée. Sous

---

1. Petit gâteau en pâte feuilletée garni de crème.

le porche, il y avait aussi une voiture de police. Une seule voiture, donc en toute logique, rien de très grave. Et en fait, il n'y avait rien de très grave.

Leone baisait avec un flic dans la voiture. Je m'en allai avant que les autres policiers, ceux qui avaient quitté la voiture pour aller fumer une cigarette au coin de la rue, ne m'appréhendent comme voyeur.

Avant le retour de ma mère, je décidai de prendre à nouveau possession de la conscience du séant. Je m'enfermai à la maison pendant deux jours en attendant du nouveau. Pogo le Juste n'était pas repérable, même par le radio-taxi, Antonello Caroli, comédien, vagabondait avec sa «Blessure d'automne», Bidoche était le seul disponible. On l'avait engagé pour photographier des manifestations d'étudiants. Mais les étudiants manifestaient de moins en moins. Sans parler des ouvriers qui étaient Dieu sait où. Peut-être à l'intérieur des machines qui les avaient définitivement remplacés tout en abattant le triple de leur travail sans balancer de cocktails Molotov. Le siècle allait se terminer et moi avec lui.

J'arrivai au White Bear en pensant à Bidoche. Et Bidoche était installé à une table en compagnie d'une jeune fille... Un petit mètre soixante, absence totale d'attributs féminins, absence supplémentaire de la légèreté qui transforme le manque de poitrine en privilège.

Bidoche, en dépit d'un état d'ébriété avancé, m'adressa un clin d'œil. La fille, si mince qu'elle semblait une enfant, si déplacée dans son pantalon fuseau prévu pour d'autres jambes, disait à Bidoche : «Ma mère, c'est Joan Collins. Mon père, un peintre italien. » Des fantasmes acceptables, comme n'importe quel fantasme. À part que Nicky, la propriétaire exclusive de celui que la fille racontait, n'était plus là.

– Mais tu n'avais pas par hasard un père diplomate apatride ?

La nouvelle Nicky me regarda.

– Comment t'appelles-tu ? lui demandai-je.

– Nicky, répondit-elle.

Bidoche ne broncha pas, c'était tout lui. Elle était jeune, menue, et Bidoche avait plus de tétons qu'elle.

– Tu as un fiancé ? demandai-je en lui prenant la main.

– Oui, mais il est mort. (Elle éclata en sanglots.) C'était un champion de surf.

Les mêmes bobards (?) que Nicky. Comment connaissait-elle les choses que Nicky avait racontées, cet embryon de femme, cette parodie de Nicky, faible et fragile mais à l'œil moins rapace ? Cette créature, qui ne simulait pas, comme la fausse sœur de Nicky avait feint d'être la sœur de Nicky, mais qui possédait, exhibait les souvenirs de Nicky ? Pourquoi tout cela ?

– Maintenant, je dois partir, dit-elle.

– Où ?

– Partir.

– Pourquoi ?

– Bof.

Elle sortit.

Nicky avait disparu. Une nouvelle silhouette qui connaissait tous ses fantasmes l'avait remplacée. Au moment où elle allait sortir, non sans claquer la porte vitrée sur laquelle était dessiné un ours débonnaire appuyé à une bouteille aussi grande que lui, je l'interrogeai à brûle-pourpoint :

76

– Nicky, elle est d'où, ta grand-mère ?

– Ma grand-mère, elle est tos'ane.

La fille avait pris possession des mensonges de Nicky. Mais comment ? Quand ? Et où se trouvait Nicky ? Je me mis à secouer Bidoche. Parti comme il l'était à pontifier en pleine soûlographie, il n'avait pas prêté la moindre attention aux propos de la fille en face de lui. Il parlait encore, le visage enflammé d'un rush cutané. Il parlait, aussi implacable que la télé.

C'était là la véritable personnalité de Bidoche. J'avais mis des années à le comprendre. Pendant un certain temps, j'avais simplement cru que, n'ayant pu vivre 68, car il n'était alors qu'un nouveau-né, il s'était bâti une mythologie de l'omniscience en lieu et place de toute expérience. Je pensais qu'il montait en chaire pour effacer les années passées au berceau. Je m'étais fourvoyé. Bidoche parlait à flot continu sans jamais écouter personne, car il n'était en réalité qu'une gigantesque radio. Un meuble radio années cinquante. Un meuble secrétaire barbu et obèse enfermant un récepteur réglé sur une fréquence unique : la sienne.

Pour cette raison, Bidoche n'avait pas saisi au vol la « Blessure d'automne » durant la rencontre avec Caroli au White Bear. Pour le même motif, il n'avait pas senti son sang se glacer en entendant les mots de Nicky dans une autre bouche. Bidoche n'avait pas écouté.

Peut-on être ami d'une radio avec une seule fréquence et un speaker bourré ? On peut, on peut.

J'accrochai Bidoche à mon épaule, en souhaitant que le dos tienne le choc et que les reins soutiennent le dos. Puis, sans me soucier de la menace pressante des mensonges ressuscités, je quittai le bar.

4

Deux regards. Le premier, celui de la réceptionniste : intéressé et désintéressé. Intéressé parce que
ma mâle myopie pouvait passer pour fascinante.
Désintéressé parce que la demoiselle se foutait de ma
fascination au point que si je lui avais offert ma
photo en poster, après l'avoir observée d'un œil cri-
tique et d'un sourcil arqué, elle l'aurait refilée pour
Noël à une de ses copines de dix-huit ans située pas
très haut dans l'échelle de ses amitiés.

— La *dottoressa* est arrivée ?

— Elle vous attendait.

— Ne me vouvoie pas. Tu me donnes l'impression
d'avoir trente ans.

— Pourquoi, tu en as combien ? demanda la nouvelle réceptionniste, avec une grimace provoquée par
le chewing-gum.

— Trente. Et je ne veux justement pas me sentir
comme à trente ans. Depuis que je les ai, je vis des
jours étranges et tristes. Je te donne le choix : traite-
moi comme si j'en avais encore vingt-neuf, ou bien
déjà trente et un.

La fille réfléchit tout en ruminant. Elle n'était pas
moche, mais physiquement inachevée. Elle évoquait
une greffe entre une Lolita et une ménagère insatis-
faite. Matrone, mais teenager encore pour un an.

Je tentai :

— Ça te plairait, un poster ?

— De qui ? demanda-t-elle, modérément curieuse.

— Laisse tomber. Tu sais faire des bulles avec le
chewing-gum ?

Cette fois, j'avais ciblé à l'intérieur du cercle de ses compétences. Elle gonfla un petit ballon rose. Elle avait un certain talent. Le ballon sortait de ses lèvres, ectoplasme de caoutchouc d'une médium sans grande motivation. Quand la bulle explosa, je pénétrai dans le saint des saints de mon analyste. Le second regard. Bleu compatissant, comme un vrai sourire. Je n'étais pas totalement convaincu par l'analyse transactionnelle, mais je l'étais par les sourires, ça oui. Pas les sourires sur papier glacé des pin-up épinglées sur les murs du White Bear. Ni le sourire aussi hébété qu'énigmatique de Mona Lisa. Non, un sourire empli d'expectative, d'informations à déchiffrer. Cette fois-ci, le corsage était bleu.

– Je vois que les choses ont changé depuis ma dernière visite.

– Vous parlez du corsage ? C'est que, malheureusement, ma mère est décédée.

– Mais pourquoi bleu ?

– Voyez-vous, Lazare, je ne suis pas croyante, ma mère l'était. Le bleu est une sorte de dernier hommage. Elle aurait tant aimé aller au paradis. Elle l'imaginait couleur azur. J'ignore où se trouve exactement ma mère aujourd'hui, si ce n'est au cimetière communal, mais à supposer qu'elle soit au paradis, j'imagine qu'elle apprécierait ce corsage.

– À votre mère, je ne sais pas, mais à moi il me plaît.

– Bon, dites-moi, Lazare, vous avez manqué quelques rendez-vous. Il vous est arrivé quelque chose de positif ?

Je me mis à tripoter son presse-papiers.

– Je vous ai déjà parlé de Nicky… (Elle griffonnait frénétiquement, de son écriture indéchiffrable.) Vous prenez des notes en sténo ?

– Non.

– Au lycée, j'avais un prof qui passait son temps, et le mien, à dicter des notes. Je m'étais aperçu que personne, à commencer par lui, ne connaissait la sténo. Je fis semblant de la pratiquer. Je couchais des gribouillis informes sur mes cahiers. J'ai toujours détesté prendre des notes. Cela a duré deux mois. Il dictait et moi, perdu dans mes pensées, je labourais des pages de signes informes.

– Comment cela s'est-il terminé ?

– Un jour, il m'a demandé de relire mes notes.

– Lazare, vous me parliez de Nicky et de la fille qui racontait les mêmes mensonges.

– Ah oui. Pardon. Une chose m'a donné à réfléchir, c'est que personne ne savait rien de *vrai* sur Nicky. Aujourd'hui, des années après, il y a cette fille qui se présente au White et…

– Pardonnez-moi, mais la fausse sœur de Nicky, celle qui l'accompagnait dans ses jeux ?

– Laissez-moi poursuivre. On va y arriver. Voyez-vous, je suis coutumier de l'étrange. Je n'ai que des amis étranges et même vous, si vous me permettez, dans votre genre… Mais le facteur qui m'a rendu inquiet encore plus que perplexe est la prolifération de pistes à suivre, d'histoires à déchiffrer. Pogo qui ne donne plus signe de vie. Je l'appelle chez lui et sa mère me répète qu'il est dans son taxi. Pogo a changé de circuit et d'habitudes. Il ne fréquente plus les lieux où on pouvait le repérer. Il n'appelle plus, alors qu'il m'appelait trois fois par jour. Et puis, il y a Caroli et sa «Blessure d'automne», qu'il avait ensevelie pendant des années au milieu de ses excentricités et qui ressort aujourd'hui comme une pustule infectée. Quant à Leone, je ne comprends pas ce qui m'arrive. Je n'ai pas la moindre attirance pour elle, mais dès qu'elle m'appelle, j'accours. Même après l'avoir vue en compagnie de sa petite cousine esclave, mon ex-prisonnière, j'ai encore mordu à l'hameçon. Et enfin, il y a le clone de Nicky. Quand je l'ai entendue parler, j'ai éprouvé un grand froid intérieur. J'ai eu la certitude que puisqu'elle avait hérité de toutes ses histoires, Nicky, elle, devait être morte. Je me suis mal exprimé, la fille n'est pas le clone de Nicky, elle en est l'héritière.

– Et alors?

– Alors… eh, un moment… (Je la fixai droit dans les yeux et elle cessa d'écrire.) Cela vous ennuierait-il de relire vos notes?

J'affrontai un par un les mystères de la trentaine. Je commençai par Antonello Caroli. Il vint me trouver, montrant une allégresse insolite, plus décharné que jamais, son gros pif exposé à tous les coups de pelle, chaussures anglaises pointure quarante-cinq, pantalon de flanelle grise, veste bleue, cravate à motif cachemire.

– Eh, t'es bien élégant.

– Je viens d'aller à un enterrement.

– Comment c'était?

– Pas mal. C'était l'enterrement d'un voisin. Dans le cortège, j'ai fait connaissance de sa belle-sœur. Lazare, tu peux me croire, elle avait une paire de poires comme ça.

Caroli dessina dans l'espace une paire de poires comme ça.

– On en mangerait, commentai-je.

– Allons faire un tour en ville.

Le 50, l'autobus qui aurait dû nous emmener jusqu'à la *piazza* San Babila, démarra au feu vert tandis que nous courions derrière lui.

– On attend le prochain.

– Pas question. Un homme qui s'arrête est un homme perdu. On va prendre ta Rolls ou ma Ferrari, dis-je à Caroli, qui était aussi fauché que j'étais dépourvu de véhicule.

– Tu chausses du combien ? m'interrogea-t-il.

– Du 44, pourquoi ?

– Alors prenons le 44 et le 45.

Nous traversâmes Milan à pied. Avec Caroli, j'avais fait du cinéma et de la radio. Caroli roulait les *r* avec un accent inexplicablement prolétaire. S'ajoutant aux intonations nasales, aussi contondantes qu'un coup de pelle, l'ensemble n'en faisait pas un modèle de diction. J'étais préoccupé par son futur et par mon présent. Il avait déjà trente-sept ans.

– Tu sais, Antonello, on m'a dit qu'on va réaliser une énième version des *Promessi Sposi*[1]. L'agence m'a téléphoné pour me parler d'un casting. Tu veux venir ?

– J'ai rompu avec le cinéma.

– Pourtant, il faudrait qu'on se décide à faire quelque chose.

– J'ai une autre idée. Je voudrais fonder une coopérative d'acteurs.

---

1. Le grand monument de la littérature italienne du XIXe siècle.

– Tu viens juste de me dire que tu ne voulais plus entendre parler du cinoche.

– Justement. Une coopérative au sens propre. Un regroupement de tous les comédiens déçus comme moi, afin d'organiser des travaux à l'intérieur d'une coopérative agricole.

– Le retour à la terre, hein?

Au mot «terre», Caroli se rembrunit. Il avait certainement songé durant une fraction de seconde à l'endroit où se trouvait inhumée l'antique Lucy. Puis un sourire, certes attristé, se dessina sur le lourd masque blond qui était son visage. Le Caroli désespéré qui s'était fait jour lors de notre dernière rencontre avait sereinement retrouvé son simple malheur coutumier.

En cette saison, Milan semblait indécise. Il y avait des journées ensoleillées oubliées par l'été, qui alternaient avec le gris élégant du smog. La population s'était enrichie de deux nouvelles espèces de citoyens: les *vù cumprà*[1] et les jeunes mamans. Les *vù cumprà* s'étaient multipliés en l'espace de quelques années. Leur peau était diversement colorée, mais le regard était identique, celui qu'on a quand un sourire sans espoir prend le pli de la désillusion.

Je faisais mon possible pour résoudre le problème des immigrés, en achetant au moins une douzaine de briquets Bic par jour. Je les achetais un par un, à des vendeurs différents. Il faut que l'argent tourne. Ils se rassemblaient en petits groupes, vers l'heure du

---

1. Pour *voi comprate*, «vous achetez», expression par laquelle on désigne les Africains vendeurs de bibelots.

repas, autour des bancs dans les jardins publics. Pas beaucoup de verdure mais beaucoup de noir. Tandis que les gens ordinaires, mes ennemis jurés, s'asseyaient à table, ou mangeaient un sandwich au bar à côté du bureau, les Africains consommaient en plein air le rite du repas, en cherchant à oublier le froid qui arrivait avec l'hiver. Ils étaient assistés par des bouteilles de bière grand modèle, acquises dans des supermarchés où on ne les accueillait qu'avec méfiance. Ils me plaisaient peut-être à cause de cette passion commune pour la bière.

Les jeunes mamans, c'était une autre affaire. Il y a toujours eu des jeunes mamans, mais pendant la période du recul démographique, elles furent frappées d'une tendance collective à l'individualisme. Je les identifiais de dos, à la façon dont elles marchaient le long de la *via* Torino. Elles avaient des fesses rondes, des cheveux tirant sur le blond avec des turbans. Elles semblaient adolescentes. En les dépassant, on les voyait de face. Elles avaient un visage bronzé, de l'été précédent, de la lampe à infrarouges, des Maldives, quelques rides à peine marquées. Ligne impeccable dans les jeans moulants, accessoires qui dénonçaient le niveau de vie et la classe sociale. On ne pouvait pas savoir qu'il s'agissait de jeunes mamans, on pensait à des femmes atteignant la trentaine dans une forme éblouissante, et puis elles pilaient devant la vitrine du magasin de jouets ou de «Tout pour l'enfant». Elles n'étaient pas enceintes, visiblement. Mais même sans poussette, leurs regards connaisseurs et tendres ne laissaient aucun doute : il s'agissait bien de jeunes mamans, élémentaire mon cher Lazare. Jeune filles mères, mères et toujours jeunes filles.

À la hauteur des colonnes de San Lorenzo, Caroli m'en désigna une du doigt :

— Lazare, je tente le coup.

— Mais comment, tu n'as aucun respect pour les mamans ?

— Pour la mienne, si. Mais celle-là…

— Ne sois pas égoïste, Antonello, donne-lui au moins le temps de divorcer.

Peut-être que Leone n'avait pas tous les torts : tout au fond, j'étais un foutu moraliste.

C'est un moment étrange que quatre heures de l'après-midi. La *via* Torino était bourrée de gens de tous les âges. Des simili-punks, qui stationnaient devant les fast-food, des jeunes mamans, des *vù cumprà*, mais surtout cette race de gens ordinaires qui, sans motif apparent, ne travaillaient pas. Beaux. Laids. Des mannequins aux visages indolents et aux jambes de libellules consultaient des plans de Milan, à la recherche d'une rue, d'argent, d'un cappuccino, de cocaïne, d'amitié. Des gamines en patins à roulettes distribuaient des tracts annonçant des « Soldes monstres ». Des Témoins de Jéhovah aux visages butés offraient leur journal, *La Tour de garde*, annonçant la fin du monde. L'été s'achevait à peine et ils voulaient déjà la fin du monde.

Il y avait aussi des vendeurs de saucisses, un Péruvien qui jouait du charanco, et deux skaters qui traînaient depuis un moment derrière nous. J'ignorais depuis combien de temps ils nous suivaient, mais la *via* Torino est beaucoup trop encombrée pour y faire du skate-board. Aussi, sans avertir Caroli, je décidai d'aller nous faire suivre, si tant est qu'on nous suivait, dans un territoire plus adapté à la glisse.

Sur le *largo* Corsia dei Servi se dressait le théâtre de Poche, le temple du porno-show milanais. On y voyait s'exhiber les Ilona, les Moana, les Petra et leurs disciples. À deux reprises, j'avais pénétré dans les lieux, la première fois à l'époque où j'étais journaliste afin d'interviewer Ilona[1]. La seconde fois pour satisfaire le voyeurisme que le nécessaire standing professionnel de ma première visite avait laissé inassouvi. Ce fut une double déception. Je préférais le western. À proximité du théâtre de Poche, il y avait un parc souterrain, et juste au-dessus, les adeptes du skate-board qui avaient remplacé les *paninari*, les *scapigliati* et les *carbonari*[1] de l'autre siècle.

Les deux types qui nous avaient suivis jusque-là ne se mélangèrent pas aux autres. Ils étaient d'une certaine manière différents. Privés du walkman qui aurait accompagné leurs évolutions. Comme piétons, ils s'étaient montrés dilettantes, sur leurs skate-boards ils se déplaçaient avec agilité. Sans plaisir apparent, pourtant. Sans exhibitionnisme. Je pivotai sur moi-même comme pour allumer un cigare en me protégeant du vent et je les observai. La trentaine, visage anonyme, genouillères de couleur. Ce que je vis me déplut. Je pris Antonello par le bras.

— Ça te dirait de voir un spectacle porno?
— C'est toi qui régales?
— Naturellement.
— Vendu.

---

1. Référence à Ilona Staler, la «Cicciolina».
2. Ces trois termes désignent des mouvements culturels ou politiques dont les membres avaient arpenté les lieux en d'autres temps.

Caroli me suivit. Nous descendîmes l'escalier. Sur la scène, une fille aux cheveux rouges avec de grandes bottes en plastique se masturbait à l'aide d'un objet imprécis, tout en chantant sur un play-back une chanson dont les paroles étaient plus ou moins les suivantes :

> *Mon corps est un vrai porc*
> *Il m'étouffe et me brûle par chaque pore*
> *Mon corps est tout en feu*
> *Lèche-moi, frotte-moi, c'est un jeu.*

— Shakespeare, commentai-je.
— Elle est un peu maigrichonne, dit Caroli.

Je n'arrivais pas à distinguer ses traits. « Je deviens de plus en plus myope », me dis-je en aparté. Pendant un instant, je crus qu'il s'agissait de Leone en train de se déchaîner. Le public était essentiellement constitué de retraités, de quelques militaires, d'un Japonais et d'une pléiade d'hommes de quarante-cinq ans qui se comprimaient le bas-ventre avec leur attaché-case. Je donnai un coup de coude à Caroli, mais il était comme absent.

La rouquine invita un spectateur quelconque à monter sur scène. Avant que je puisse le retenir, Caroli se proposa, se dressant sur ses jambes. Quelques retraités s'étaient portés candidats, mais le mètre quatre-vingt-dix tout en os d'Antonello se révélait plus spectaculaire. La vigueur de son désir ridiculisa les misérables petits ruts témoins d'une andropause galopante. Caroli galopa vers la scène.

La rouquine lui tendit le micro.
— Quel bel étalon, quel est ton nom ?

– Antonello Caroli, je suis comédien.

– Oh, un acteur… (La rouquine émit un petit hoquet.) C'est pour ça, parce que tu es acteur, que tu viens au théâtre ?

Ça se voulait un mot d'esprit. Personne ne rit. Par jalousie.

– Mais non, je suis un acteur de cinéma…

Un vieux assis à côté de moi tenta de siffler, et un filet de salive lui dégoulina sur le menton. Je ne pus résister et explosai d'une de ces toux nerveuses qui s'achevaient en spasmes nauséeux. C'était toujours ainsi quand j'étais le spectateur involontaire d'une chose qui perturbait mon sens de l'esthétique : un clochard agonisant, une chevelure avec des pellicules épaisses comme du gravier, le vomi des autres, le cérumen dans les oreilles, la salade russe. Le vieux à côté de moi, par pur esprit d'émulation, se mit à tousser jusqu'à s'en étouffer. On toussait tellement fort qu'on couvrait le play-back de *Mon corps est un vrai porc* ainsi que les facéties de Caroli avec sa rouquine. Mon compagnon de toux eut finalement le geste terminal, celui qui allait m'achever, moi qui étais dur de partout mais faiblard de l'estomac : il enleva son dentier.

C'était trop, je bondis sur mes pieds et rejoignis Caroli sur la scène en tenant un mouchoir devant la bouche.

– Quelle fougue ! dit la rouquine. Comment tu t'appelles ?

– Lazare.

– T'as une vilaine toux. Touche-moi ici, on va la soigner tout de suite.

Elle me prit la main et la posa sur son sein. La salle tout entière se mit à tousser.

– Du calme, du calme, maintenant je vais descendre parmi vous, annonça la *diva* pas si *casta* que ça. Dis-moi Lazare, y a-t-il quelque chose que tu voudrais me demander ?

Caroli, qui se prenait de jalousie à mon encontre, me devança avec une de ces questions débiles que seuls les journalistes inventent :

– Tu as un hobby ?

– Oh oui. Je fais des mots croisés.

– Je parie que tu restes à l'horizontale, toussai-je.

J'aurais dû m'abstenir. La rouquine était dotée d'un certain sens de l'humour et croyait en l'astrologie.

– Tu es de quel signe ? me demanda-t-elle en oubliant complètement le public.

C'était exactement la répétition d'un moment déjà vécu. Quelle que soit ma réponse, la demoiselle conclurait « Super baiseur ».

– Lion.

– Joli signe. Très chaud.

La rouquine, à sa manière, maîtrisait l'euphémisme.

Caroli, fou de jalousie, se précipita :

– Moi aussi, je suis du Lion.

Dans la salle, le public se faisait houleux. Il attendait la déesse nue pour en profiter, les mains moites.

La déesse me regarda, puis Caroli, et loin du microphone, nous dit :

– Excusez-moi, il faut aussi que je travaille.

Elle descendit parmi les aspirants peloteurs, vêtue seulement de ses bottes en plastique.

Elle s'installait pendant quelques brèves secondes sur les genoux d'un assoiffé d'amour qui montrait, à sa façon, des velléités d'introspection. Sur autrui. Ensuite, elle changeait de rang.

Caroli et moi restions sur la scène, orgueilleux, figés, impuissants comme des statues de sel. Enfin, Lady Godiva sans cheval revint à nos côtés pour annoncer à ses maquignons lubriques : « Le spectacle est fini. Allez en paix », relique d'une éducation catholique.

De la scène, nous descendîmes dans la salle, et de la salle nous rejoignîmes une galerie où, à l'intérieur d'une sorte de niche, un bar offrait aux *aficionados* la promesse de pouvoir échanger quelques mots avec les belles de jour, le jour, avec les belles du soir, le soir. Les belles de nuit, non. Elles étaient indésirables. Le porno-show n'avait rien à voir avec la prostitution. Il était plus proche, peut-être, du psychodrame. J'étais sur le point de régler une somme astronomique à un barman ennuyé – une bière pour moi, un café pour Caroli et un jus de fruit défendu pour la rousse – quand elle prévint mon geste : « Laissez tomber, les garçons, c'est moi qui offre. »

Caroli était hypnotisé par l'évidence que la rouquine était une fausse maigre. Son visage était gracieux et bucolique. Une belle fille, qui avait refusé le tiers-monde de la campagne autant que la vie de demi-mondaine. Elle avait atteint en pleine jeunesse le « juste milieu » confucéen. Je quittai un instant Caroli et notre conquête, en dépit de son regard déçu.

Je remontai l'escalier pour examiner les alentours. L'obscurité d'après la sieste. Il faisait nuit. Aucune trace de nos suiveurs en skate-board. Voie libre. Je rejoignis Caroli et la rousse.

– Excuse-moi, rouquine. Il faut vraiment qu'on y aille.

– Je m'appelle Luana.

– Un pseudo ?

– Non. Une prédestination, sourit-elle.

Caroli tenta de protester, mais je fus inflexible.

– Antonello, je dois te parler. On nous avait suivis. On peut revenir demain ici, si tu veux.

Nous abandonnâmes Luana à son destin pour nous occuper du nôtre. Caroli était rêveur.

– Tu sais, Lazare, elle m'a raconté l'histoire de sa vie.

– En cinq minutes ?… Ben, pourquoi pas, elle est si jeune sous le maquillage.

À l'extérieur du théâtre de Poche, il y avait le reste du monde. On pouvait le respirer à pleins poumons. Et ensuite tousser, tousser, et rêver, peut-être.

– Pourquoi est-ce que tu m'as bousculé ? interrogea Caroli.

– On était suivis. J'ai préféré partir, parce que, après notre exhibition, j'ai eu peur qu'on nous demande un *bis*.

– Et ça ne t'aurait pas plu ?

Caroli était fasciné par les lumières de la scène, peut-être parce que leurs faisceaux ne l'avaient jamais qu'effleuré. Ils l'avaient touché, certes, tout comme la lumière d'une torche électrique rencontre un angle mort pour immédiatement se poser ailleurs. Mais Caroli était un angle obtus : il n'avait jamais rendu les armes. Il vivait sa carrière surréaliste avec une ignorance consciente et orgueilleuse. Si Strehler l'avait appelé pour jouer au *Piccolo Teatro*[1] de Milan,

_____

1. Littéralement « petit théâtre ». La principale institution théâtrale italienne.

91

Caroli aurait répondu avec ingénuité : « Mais ça ne serait pas possible dans un théâtre plus grand ? Je suis un professionnel, moi. »

Et il l'était vraiment. Professionnel de lui-même. L'unique, l'inimitable Antonello Caroli. L'homme qui se vantait de n'avoir lu que deux livres dans sa vie : les *Confessions* de saint Augustin, en pensant que c'était un polar, et *Bardot, Deneuve, Fonda*, la biographie amoureuse de Vadim avec Brigitte, Catherine et Jane.

— Nous sommes au grand air, Antonello. Imagine que ce soit le printemps.

— C'est l'automne, et il y a la Blessure.

— Imagine que tu es amoureux.

— Je venais juste de tomber amoureux et tu m'as fait perdre Luana, avec tes conneries.

— Imagine que tu es riche.

— À propos, Lazare, t'aurais pas dix mille lires à me filer ?

— Antonello. Imagine que tu es quelqu'un d'autre ! Tu es la mort de l'imagination !

Ils apparurent sur leurs planches dans l'espace désert.

Ils étaient revenus. Revenus pour nous. Ils s'étaient couvert le visage avec des masques antipollution. Je les montrai à Caroli :

— Regarde, ils sont revenus.

— Et alors ? demanda-t-il, juste avant d'apercevoir les rasoirs.

Le skater aux genouillères rouges se mit à tourner autour de nous, tel un faucon. Son complice aux genouillères jaunes se lança dans une exhibition à base de sauts et d'évolutions diverses, faisant miroiter la lame du rasoir. Puis il chargea. Le rasoir ouvrit en deux l'épaulette de la veste d'Antonello. Juste une petite démonstration. Ensuite, ils feraient couler le sang. Caroli tenta de le frapper, mais Genouillères jaunes, avec une souplesse étonnante, s'éloigna d'un coup de reins non sans ouvrir au passage le lobe gauche de l'oreille d'Antonello. Caroli, au sol, hébété par la vélocité du skater plus que par la douleur, ne parvenait même pas à se relever.

Genouillères rouges fonça sur moi. La scène avait l'incroyable véracité du cauchemar. Tout près de nous, la foule nocturne du *corso* Vittorio Emanuele; mais là où nous étions, un silence si lourd que les paroles obstruaient la bouche, que tout appel à l'aide s'étranglait dans la gorge. Dans les dernières semaines, je n'avais fait que gifler des femmes. Des parentes qui plus est, Leone et sa cousine. Le moment était venu de passer à l'action.

Je me débarrassai de ma veste pied-de-poule et, tel un torero, j'incitai Genouillères jaunes à charger, permettant ainsi à Caroli de se redresser. Je sais, il aurait mieux valu agiter une veste rouge, mais peut-être que Genouillères jaunes n'était pas un taureau, ni même du signe du Taureau (baiseur exceptionnel). La peur avait disparu. La peur n'est que l'attente de l'événement. L'action en est l'antidote. Tandis que Genouillères jaunes se préparait à m'attaquer, je pris l'initiative: je lançai un hurlement guerrier et c'est moi qui le chargeai. Il ne s'attendait pas à ça. Je lui volai dans les plumes et nous roulâmes sur le trottoir. Cette fois-ci, ce fut lui qui se cassa le cul. Il ne voulait pas lâcher le rasoir. Je soulevai son skate-board et lui plantai l'engin dans le plexus solaire.

Genouillères rouges fendit l'air. La lame était brandie quand la poigne de Caroli se referma sur lui. Il lâcha le rasoir. De toutes ses forces, Caroli propulsa l'homme et la planche. Genouillères rouges tenta de reprendre le contrôle, mais il défonça la vitrine du cinéma Mediolanum et s'écroula sur la caisse.

Je frappai Genouillères jaunes avec le skate-board :

— Qui est-ce que t'es, putain !

Quand… quand un groupe d'innocents skaters, une quinzaine de gros balourds de sportifs en herbe, rompit le silence dans lequel le duel s'était déroulé. Ils se méprirent. Il y avait en effet de quoi se méprendre dans le spectacle qui se présentait à eux. Un grand échalas à l'oreille ensanglantée et son digne compère étaient en train de torturer un pauvre skater.

— En avant les gars ! brailla l'un d'entre eux.

Ce n'était pas le moment d'expliquer que c'était nous les « bons ». Je balançai la planche sur le groupe en criant à Caroli :

— Tirons-nous !

Caroli ne se le fit pas répéter. Nous courûmes, avec le souffle de la vengeance sur nos épaules. Nous traversâmes la foule comme des flèches. Nos poursuivants ne renonçaient pas. Nous atteignîmes en haletant la station de taxis de la *piazza* San Babila. À présent, les types nous avaient quasiment rejoints. Les chauffeurs de taxis observaient la foule, en attendant la fin du service.

Je m'approchai du skater en chef qui s'apprêtait à donner le signal de la curée et, d'une voix puissante et irritée, j'improvisai :

— À qui t'as dit sale taxi de merde ?

Les chauffeurs se réveillèrent. Ils ressuscitèrent. Ils guérirent, qui du mal de vivre, qui du mal aux reins.

– Je… je… balbutia le *Duce* à roulettes.

– Tu quoi, tête de clown, demanda le *Duce* des taxis, un type d'une soixantaine vigoureuse avec une veste en peau aussi fatiguée qu'un journal porno dans une prison pour mineurs.

– Je… je…

Rien à faire. La voiture poussera l'homme à disparaître. C'est ainsi que Tango 34, une Citroën, décolla sans douceur, grimpa sur le trottoir et fonça sur la bande de planchistes afin du skate-board faire table rase. Avant que la police ne se pointe, Caroli et moi étions déjà dans une rame de métro.

– Et maintenant, dis-moi tout. Qui sont-ils ?

– Qui sont qui ? Tu les as pas vus ? Des taxis et des skaters !

– Fais pas l'idiot. Je parle des deux qu'ont voulu nous découper au rasoir. Ils nous ont suivis pendant tout l'après-midi. Ils ont attendu qu'on ressorte du théâtre de Poche. Ils en avaient après toi.

– Pourquoi après moi ? Pourquoi pas après toi ?

– Peu probable. Tous ceux qui m'en voulaient vraiment ne sont plus en circulation. Je n'ai que des amis. Le monde entier m'adore.

– C'est peut-être une vieille histoire ?

– Et pourquoi est-ce qu'ils auraient attendu aussi longtemps… à moins que… Leone, peut-être…

– Leone ?

– Leone Pavesi… ou bien sa cousine… Leone est une sorte de nymphomane…

– Tu me la présentes quand?

– Caroli, ça te semble le moment? Comment va l'oreille?

Antonello devint pâle.

– Non, non. Ne m'y fais pas penser.

– Je ne savais pas que tu avais aussi peur du sang. Au fond, ils t'ont coupé un morceau de viande inutile.

– Et au cinéma, tu y penses? Quel rôle on va me donner avec un lobe en moins?

– C'est vrai que tu aimes prêter l'oreille à tes partenaires.

– Ne plaisante pas, Lazare. Avec le cinéma, j'ai rompu définitivement.

– Fais du théâtre. Tu pourrais jouer dans le *Marchand de Venise* et quand Shylock te réclamerait «la livre de chair humaine qui lui est due», tu pourrais répondre: «Mais je vous ai déjà fourni un acompte.»

Caroli ne connaissait pas Shakespeare. Il me connaissait. Et moi, je le connaissais.

– Dis-moi la vérité, Antonello, récemment tu as fait quelque chose... à quelqu'un. Comment ça se passe avec les chevaux?

– Ceux sur lesquels je parie n'arrivent jamais. Du reste... (Un sourire juvénile illumina ses traits pendant une fraction de seconde.) Du reste, s'ils gagnaient, je me sentirais trahi.

– T'as pas d'ennuis avec les books, alors?

– Non.

– D'accord. Je ferai semblant de te croire, mais s'il y a quelque chose, il vaudrait mieux que tu craches le morceau tout de suite.

Je songeai au dentier, à la salive du vieux au théâtre de Poche et je fus plié par ma toux nerveuse.

– Lazare, tu devrais arrêter de fumer, commenta Caroli plus maternel que paternel.

– Et de boire, non ? Tu sais Caroli, ce qui m'a vraiment plu dans cette soirée ?

– Quoi ?

– Qu'il n'y ait pas eu Pogo le Juste parmi les chauffeurs de taxis.

Que Caroli m'ait ou non dit la vérité, au fond… je ne pouvais pas compter sur son nez pour le savoir. Ce n'était pas Pinocchio. Il s'agissait d'Antonello Caroli et de sa protubérance nasale évoquant un coup de pelle entré désormais dans la légende. D'ailleurs, Caroli m'avait raconté la vérité, toute la vérité, sauf la vérité, sur sa « Blessure d'automne ».

Le problème était peut-être là : s'il arrive qu'une personne avoue toute la vérité, il se crée autour d'elle un vide si grand qu'il faut le remplir de mille petits mensonges. Et mille petits mensonges, c'était tout ce que je savais de Nicky. Pour ce motif, j'étais aussi troublé : je ne savais d'elle que ce qui était faux. Mais ce « faux » la maintenait en vie, qu'elle fût absente ou présente. Aujourd'hui, qu'une autre se soit appropriée ce « faux » me laissait croire que Nicky avait définitivement disparu tandis que ses mystifications lui avaient survécu. Tout cela me plongeait dans un abîme que je ne désirais pas explorer : Dieu.

Moi qui ne croyais en Dieu que de temps en temps, j'avais ces jours-là besoin de croire que Dieu, tout baratineur qu'il fût, existait vraiment. Mais si ce qu'on rapportait de la parole de Dieu subissait le même traitement que les paroles de Nicky, il pouvait fort bien exister des milliers de Nicky sans que l'original ait jamais vu le jour. Toutes leurs petites histoires étaient peut-être nées d'une génération spontanée, et Dieu, pas plus que Nicky, n'existait. Il n'y avait rien d'autre que le témoignage d'une personne qui l'avait reçu d'une autre personne l'ayant elle-même recueilli ailleurs.

Et le Narrateur, le grand prêtre des mensonges de Nicky et de Dieu qui n'existaient pas, les déclamait à voix haute, comme une liturgie obsessionnelle, afin qu'au moins UN être vivant, même incrédule, les apprenne par cœur pour en assurer la pérennité.

Je m'éveillai trempé de sueur. Quelqu'un tira un coup de feu. La télé était allumée devant mon lit et il y avait un western. Pas tout à fait du même niveau que le théâtre de Poche. À tel point que j'avais une belle érection. L'érection disparut rapidement, aussi vite qu'une sonnerie, une seule, de téléphone.

– Allô !

– Lazare, c'est Bidoche.

– Quelle heure il est ?

– Deux heures.

– PM ou AM ?

– PJ. Les flics ont fait une descente au *Merlino e Mago*. Bordel, dommage que t'aies pas été là, t'aurais vu ça !

Bidoche, qui n'avait pas connu l'époque dorée des batailles rangées contre la police, tentait de les revivre dans le plus petit détail.

– Et tu m'appelles pour me raconter ta vie de révolutionnaire d'arrière-boutique ?

– Non. Je voulais m'excuser pour hier. Comme tu m'as parlé de tes idées fixes sur la fille qui racontait les

98

mêmes histoires que Nicky, j'ai essayé de retrouver la petite grosse pour me racheter du fait que tu m'as raccompagné chez moi rond comme une aubergine.

– La graisse attire la graisse.

– Tu te rappelles, celle que Nicky présentait comme sa frangine. Celle qui rentrait complètement dans son jeu.

– Résultat ?

– En ce moment, elle traîne dans le centre-ville. Elle fréquente un des ces mecs, tu sais ces barjots qui se baladent en skate-board.

Une piste. De skate-board.

– Et alors ?

– Alors on y va demain après-midi.

La différence entre « demain après-midi » et « cet après-midi » se situe dans un laps de temps qui appelle le sommeil. Les jours ne passent pas. Ils se rejoignent. Le temps ne vole pas. Il patauge. Vers le grand large, où se trouve qui sait quoi. Les colonnes d'Hercule. Les colonnes de San Lorenzo. *Largo* Corsia dei Servi.

Bidoche avait insisté pour m'accompagner. La place du Dôme nous noya sous une nuée de pigeons. Je détestais les pigeons, pas autant que les chauves-souris, mais presque.

Bidoche s'était « déguisé en skater ». On n'y croyait pas. Pantalons latex, genouillères, walkman dénué de cassette, une planche serrée à bras-le-corps, telle une cuisse de veau entière.

Ignorant mes démêlés récents avec les skaters, Bidoche se montrait serein et, comme d'habitude, il pontifiait. Cette fois-ci à propos du sexe.

– Tu vois, Lazare, selon moi la femme, la vraie femme, doit avoir le pubis imberbe.

Je lui lançai un coup d'œil mauvais et m'enfermai dans un silence tourmenté. Puis soudain :

– Bidoche, regarde celle-là. T'as vu un peu cette chatte ?

– Où ça, laquelle ? me fit-il écho.

Je lui montrai une gamine qui devait avoir sept ou huit ans.

– Mais elle a dix ans, dit Bidoche, qui exagérait toujours.

– Aucun doute, mais tu parlais de pubis imberbe !

N'importe qui d'autre se serait découragé. Pas Bidoche. Tout en se proclamant anarchiste, il possédait un fort esprit d'entreprise. Souvent, trop souvent, il me proposait de monter une affaire avec lui. Il aurait fourni les idées et moi les derniers restes du patrimoine de la tante Olghina, décédée à Forli, à l'âge respectable de quatre-vingt-cinq ans, en 1977.

– Lazare, voilà une bonne idée. On ouvre à Milan un magasin style Amsterdam : «Le paradis du pédophile».

– Bidoche.

– Ouais.

– Va te faire foutre !

La fausse sœur de Nicky avait maigri. Ce n'était plus une petite grosse.

Ce n'était plus une menteuse.

– Ciao, tu te souviens de moi ?

– C'est… Lazare, pas vrai ?

Les skaters ne me prêtaient aucune attention, distraits par le costume de Bidoche. Un seul d'entre eux fut effleuré d'un soupçon :

— Eh, hier soir par hasard, t'étais pas…

C'était le seul à y être allé. Je le fixai droit dans les yeux :

— Non, ce n'était pas moi. Et si j'y étais, c'était par hasard.

La fausse sœur de Nicky n'était plus la fausse sœur de Nicky. Outre d'une dizaine de kilos, elle s'était débarrassée du rôle de sœur fictive et avait acquis un vrai nom : Claudia.

— Tu t'es arrangée, lui dis-je.

— Tu trouves ? rétorqua-t-elle avec coquetterie.

— Oui. Tu ressemblais à une truite farcie.

— Et maintenant ?

— Seulement à une truite. (Elle s'assombrit.) Je plaisantais, pardonne-moi. Je voudrais que tu me racontes tout ce que tu sais vraiment de Nicky, à commencer par ce qu'elle est devenue.

Claudia rougit, puis ajouta :

— D'accord, mais pas ici.

— Où ?

Un skater bronzé s'approcha :

— Nicky, il t'ennuie ?

Claudia, qui avait fait d'évidents progrès, se tourna vers son présumé prétendant :

— Claudia. Je m'appelle Claudia. Je t'ai dit mille fois que maintenant il faut m'appeler Claudia !

5

– Mourir est dispersif. Surtout si on vous enterre dans le caveau de famille. Comme tante Olghina, vous savez, celle qui m'a laissé de quoi acquérir l'indépendance. Je voudrais la remercier de temps en temps, lui porter des fleurs, mais elle est inhumée à Forli dans le caveau de famille. Quand j'y vais, je dois lire en plus de son nom tout un tas d'autres noms qui me sont inconnus. Tante Olghina n'était pas vraiment ma tante. Elle avait quatre-vingts ans alors que j'en avais seize. En vérité, c'était ma cousine au quatrième degré. Vierge à quatre-vingts ans, un mètre cinquante de hauteur et deux mètres de stature morale. Ses petits-fils les plus proches étaient beaucoup moins sympathiques que moi, et elle m'a légué ses terres. Je les ai vendues, naturellement, mais je reçois encore *L'Écho de la betterave*, un mensuel spécialisé. Personne n'a dit à *L'Écho de la betterave* que je n'avais plus rien à voir avec les betteraves ou les pieds de vigne.

– Mais vos parents n'étaient pas du Nord ? demanda mon angélique analyste, visiblement désorientée par cet excès d'autobiographisme associé à une certaine carence de métaphores.

– Du côté de ma mère, oui. Du côté de mon père, c'étaient des Romains. Ma mère me racontait que dans le Trentino, quand elle était petite, on mangeait les chats. Du côté de Rome, au contraire, on bouffait du curé, ajoutai-je, comme pour tout expliquer.

– Vous me disiez que la mort est dispersive.

– Certainement. Je m'en souviens. (Je perdais toujours le fil, avec toutes les conséquences qui en découlaient pour Thésée, Ariane et le Minotaure.) Ben… chaque fois que je vais trouver la tante Olghina, une fois par an, je lui porte des fleurs. Puis je me retrouve devant sa tombe. Elle est énorme, plus haute qu'elle n'était. Tous les noms des ancêtres y sont gravés. C'est frustrant. Comme d'aller voir un moribond à l'hôpital ou un détenu au parloir. Trop d'histoires à l'intérieur du même lieu, on ne peut pas souffrir pour une seule. On est porté à l'indifférence. Ma tante Olghina m'évoque le Soldat inconnu. Je lui laisse les fleurs, puis je vais boire un coup dans un café.

— Pourquoi m'avez-vous parlé de votre tante Olghina ?

— Parce que je vous paie avec son argent, et puis ces jours-ci je pense beaucoup à la mort.

— La vôtre ?

— Non. À la mienne, j'y pense tout le temps. Je songeais à la mort de Nicky. La vraie. Dans son cas, il vaudrait mieux parler de la fausse, mais je me réfère à Nicky, la première, l'originale.

Une semaine s'était déjà écoulée depuis ma dernière rencontre avec la psy. En une semaine, la confusion avait augmenté au point d'acquérir une sorte d'épaisseur physique. Plus progressaient mes enquêtes décousues, plus je m'approchais du chaos.

La clé se trouvait peut-être là. Dissimulée à l'intérieur du chaos. Je retournais au chaos, celui qui avait précédé le big bang cosmique et les bang bang des coups de feu échangés. Je régressais. Retour à la case départ. Poussière tu étais, poussière d'étoiles tu deviendras. Je m'étais rasé la moustache et, au lieu de vieillir, j'étais en train de rajeunir. Mais ma jeunesse n'était pas éternelle, elle était plus tragiquement un phénomène biologique inversé : j'allais vers la mort en marche arrière. J'étais en train de mourir tout en me rapprochant de ma propre naissance. Je repasserais par l'adolescence, puis l'enfance et j'atteindrais enfin l'état de nouveau-né. À ce point-là, les mots n'existent plus. De simples vagissements, mal interprétés par les adultes. L'incommunicabilité. Jusqu'au retour dans l'utérus. Puis de l'utérus dans le pénis, au milieu d'anonymes et indiscernables spermatozoïdes. Pire que la mort, la non-vie.

La secrétaire de la semaine passée n'était plus à son poste. Miss chewing-gum avait disparu. La remplaçante devait avoir une cinquantaine d'années, elle arborait des lunettes à la monture austère, munie de verres épais. Une allure sèche, hostile.

– Excusez-moi, qu'est devenue la jeune fille qui était là la semaine dernière ?

– Elle était enceinte.

Elle prononça ces mots avec un léger dégoût et une lourde désapprobation. Elle, n'était pas enceinte et ne le serait jamais.

– De fait, elle me semblait un peu rondelette. Cela datait de combien de mois ?

– Pas plus de deux jours. Elle n'est plus venue parce que le père l'a su et lui a infligé une correction.

– Le père de l'enfant ?

– Non, le père de la fille.

Et voici retrouvé le fil d'Ariane. Pour cette raison, j'avais raconté à mon analyste mes souvenirs de la tante Olghina. Mais à présent que le fil retombait entre mes mains, j'avais un goût d'amertume dans la bouche. C'était sans doute un fil dentaire.

– Lazare. La semaine dernière, vous m'avez parlé de la rencontre avec… (Elle consulta ses notes.) avec Claudia. La sœur fictive de Nicky. Qu'est-il arrivé ensuite ?

Son sourire optimiste était un défi. Que je relevai.

Claudia me raconta tout ce qu'elle savait de Nicky. Je la rencontrai devant le musée des Sciences et Techniques. Pour éviter la tentation romantique. Le musée des Sciences et Techniques n'est pas très éloigné de la prison de San Vittore et du théâtre où Gianni Colla exhibe ses marionnettes.

Le lieu du rendez-vous décourageait toute forme de vie : les marionnettes, mort-nées, à proximité d'un pénitencier où se comptaient et décomptaient les années d'existence. Enfin le musée, qui même ouvert respirait la tristesse, était fermé : les Sciences et les Techniques prenaient du repos. Comme la conscience du séant, le sens de la formule et «Blessure d'automne».

Un vent glacial et malin souleva la jupe de Claudia. Comme toutes les ex-grosses, elle avait ses pudeurs. Elle rabattit la jupe en se justifiant :

– Je n'ai pas de slip.

– Nicky non plus ? lui demandai-je pour revenir à l'argument.

– Je sais pas. Tu vois, je la connaissais pas bien. En réalité, je la connaissais même plutôt mal. On pourrait pas aller dans un endroit où il y a moins de vent ?

– Tu préfères la prison ou les marionnettes ?

– La prison.

– Moi aussi. Il y a un bar devant San Vittore.

Nous remontâmes la *via* degli Olivetari, dépassant

des voitures de flics à l'arrêt mais potentiellement menaçantes. Je la pris par la main et elle me demanda «Pourquoi?», juste avec les yeux.

Je lui répondis :

– J'ai une gueule patibulaire. On demande jamais d'explications à deux amoureux, si idiots soient-ils.

Elle acquiesça. Le bar tabac était naturellement bourré de flics. L'endroit idéal pour extorquer une confession. Claudia commanda un cocktail de fruits. Moi une bière. Tout le monde observait Claudia, l'ex-rondouillarde. Personne ne faisait attention à moi, j'avais l'air suffisamment équivoque pour être un flic en civil.

– Comment as-tu connu Nicky ?

– Difficile à t'expliquer. J'allais au White Bear avec des copines de classe pour voir les mannequins.

– Où est-ce qu'elle était, ton école ?

– Aux *Marcelline*. Là-bas derrière.

– Continue.

– Il y avait un type qui me plaisait, un certain David. J'en étais dingue. Un jour Nicky m'a abordée et m'a demandé si David me plaisait. Je lui ai dit oui, bien sûr, et elle m'a présentée à lui. Elle parlait anglais, parfaitement. Mais il y avait un problème…

– Laisse-moi deviner. Tu avais quatorze ans et David était pédé.

Claudia me fixa :

– Presque. J'avais quinze ans et David était bisexuel. Il vivait avec un type. Un nommé Georges. Georges était jaloux.

– Et alors ?

– Je vais te sembler conne, mais je suis tombée amoureuse de Georges.

– Voyez-vous ça. Moi aussi je tombe amoureux en moyenne deux fois par jour. Parle-moi de Nicky.

– C'est là que Nicky m'a... comment dire... conquise. Elle m'avait fait connaître David et Georges. Elle était plus âgée que moi et... tu te rappelles, j'étais grosse et complexée, tandis qu'elle qui était affreuse, ça oui, se comportait comme si elle était la plus belle femme du monde.

– Comme Leone.

– Qui ?

– Laisse tomber...

– Nicky me fascinait. C'est pas facile à t'expliquer. Elle me racontait des histoires qui étaient sûrement des craques... mais moi, à cette époque, j'avais besoin d'histoires. Tu comprends. Après avoir fréquenté le bar quelques semaines, je me suis rendu compte que j'y allais plus pour l'univers de Nicky que pour David et Georges. Nicky était moche mais s'était fait faire un book. Nicky me montrait chaque nouveau modèle qui se pointait au White et me disait : « C'est mon ex-mec. » Nicky n'avait pas honte de connaître les gens. Elle se sentait tellement « super canon » qu'au fond, pour moi, elle l'était vraiment. Un jour, elle m'a proposé de devenir sa sœur et j'ai accepté. Tu penses, c'était formidable de devenir la sœur de Nicky, tu piges ?

– Pas tout à fait. J'ai toujours préféré être une légende plutôt que la sœur d'une légende.

Elle s'illumina.

– Alors tu comprends Nicky ?

– Oui. Mais seulement maintenant.

Après trois cocktails de fruits, Claudia devenait franchement bavarde :

107

– Nicky venait me prendre à la sortie du collège. Mes copines me demandaient qui c'était et je répondais : ma demi-sœur. Moins faux que si j'avais dit ma sœur, non ?

– Bien sûr. Mais tu n'as jamais cherché à découvrir la vérité ?

– Non, j'en voulais pas et j'en veux toujours pas. Quand Nicky a disparu, d'un seul coup, je me suis mise à dire partout que je m'appelais Nicky.

– Tu sais qu'il y en a une autre ? Je l'ai vue il y a quelques jours. Au White, elle a raconté les mêmes conneries que Nicky. Ça m'a rendu bizarre. Mais au fond… Nicky est une sorte de rite d'initiation, pas vrai ?

Elle me regarda, troublée.

– Je ne sais pas, moi, je ne racontais pas les mêmes histoires qu'elle. J'avais pris que son nom. Je préférais m'inventer toute seule mes propres mensonges.

– Comment t'as décroché ?

– T'en parles comme d'une drogue. Alors disons avec la méthadone. J'ai arrêté petit à petit. À l'intérieur de chaque délire, je mettais un peu de vérité, jusqu'au jour où les délires ont totalement disparu.

– Et maintenant ?

– Maintenant, je m'appelle Claudia.

– Tu me donnes ton numéro de téléphone, Claudia ?

J'avais le numéro de téléphone de Claudia. Je ne l'appellerai probablement pas. Je recueille toujours ainsi des numéros, des promesses de futur que je ne tiendrai jamais. Je n'appelle pas, car, au bout de quelques semaines, le nom me semble aussi inconnu que le téléphone. La Sainte Trinité, nom, numéro, image de la personne, ne se réalise pas.

Soit j'appelle et je tombe subitement amoureux, soit je les mets en réserve pour l'hiver et je n'appellerai jamais, parce qu'elles m'auront oublié autant que je les aurai oubliées. Pour cette raison, je me fiançais simultanément avec une dizaine de filles. Pour les faire durer plus longtemps. Cartouches d'amour, jamais tirées.

La Foire de Milan était un terrain de chasse de prédilection. J'entrais dans un pavillon quelconque, Milan Mode ou Milan Médical, je tombais amoureux de deux top models ou de deux pharmaciennes, mais je finissais par n'appeler qu'un seul top model et une seule pharmacienne. Quand mes réserves d'enthousiasme pour le premier mannequin et la première pharmacienne allaient en s'épuisant et que j'étais sur le point de rappeler le second mannequin et la seconde pharmacienne, une nouvelle Foire s'annonçait au calendrier : Milan Défonce, et je courais prendre le téléphone de deux junkies ou d'une paire de dealeuses. Toujours deux. Je me demande où sont passés les chiffres trois.

Je m'interrogeais surtout sur le destin de Nicky. Je ne me préoccupais plus beaucoup de Pogo. Où qu'il fût avec son taxi, Pogo le Juste était en mesure de s'en tirer par ses propres moyens.

Ma mère, ma grand-mère et mon chien furent de retour. Ensemble. Pas dans cet ordre. Ils reprirent possession des espaces délimitant leur territoire affectif. Ma mère n'était pas ma mère : c'était la *mamma*. Dans les moments difficiles, il m'arrivait de la détester. Dans les bons moments, je l'aimais. Dans les moments normaux, quand je n'étais pas là, je l'oubliais. Comme tout le monde.

Elle proclamait d'un ton dramatique : « Quand je serai morte, tu te rappelleras du mal que tu m'as fait ! » Quand elle voulait se sentir consolée, elle disait : « Tu es mon *bambino*. » Je détestais, j'aimais et j'oubliais ma mère, comme tout le monde.

J'épluchai les journaux après une nuit d'insomnie. Partout, je recherchais Nicky. Bien que tenant sa mort pour certaine, je la cherchais partout ailleurs que dans les rubriques nécrologiques, car si elle était effectivement morte, je n'aurais jamais trouvé sa trace sous le nom improbable de Nicky.

Je passais en revue les nécros, avec leur dose involontaire d'humour macabre. L'horreur des autres est un spectacle. Un junkie avait injecté de l'héroïne dans les veines de sa grand-mère malade, pour tenter de la remonter. La vieille était dans le coma et on avait bouclé le petit-fils. Il proclamait sa bonne foi, avec peu de succès. Enfin, miraculeusement, la grand-mère était sortie du coma. Sortir du coma laisse toujours un sentiment de dépaysement. C'est comme de quitter un hôtel de grand luxe par les portes à tambour.

Interrogée par le personnel médical qui s'informait de sa santé, la presque victime avait déclaré : « C'était merveilleux. Je ne me suis jamais sentie aussi bien. »

Voilà, je cherchais Nicky et je trouvais des comédies, des tragédies et des farces, aiguillonnant d'ailleurs mon besoin physiologique de comédies, de tragédies, de farces. L'histoire de la mamie et du petit-fils me donnait par exemple à réfléchir sur le problème social des vieux. Pourquoi les enfermer dans des hospices portant le pseudonyme de Maisons de retraite. C'était un authentique délit. L'euthanasie, non. Pourquoi les expédier vers des voyages mortels, « forfait tout compris », pour Lourdes ou le lac de Garde, dans des autocars affrétés par la paroisse. Non. La solution, un petit-fils paumé et drogué l'avait peut-être eue à portée de seringue : le voyage.

Un voyage d'héroïne qui, à quatre-vingts ans ou plus, n'est pas susceptible de ruiner la jeunesse. Un voyage vers les paradis artificiels, une sorte de *prime time* au paradis définitif. Ne vous défoncez pas. Shootez vos grands-parents. Ils ont déjà résisté à la syphilis, ils viendront bien à bout du sida.

Je cherchais le visage de Nicky dans la rubrique nécrologique et je trouvai celui de sa mère, sa prétendue mère Joan Collins, dans le carnet rose. Parmi les corps anonymes en mal d'identité qui parfois revenaient s'offrir à l'inattention publique, un cadavre ne m'échappa pas : on l'avait retrouvé près d'un fleuve au nom stupide et il était la conséquence d'un premier cadavre. Un handicapé physique qui pêchait à partir d'un side-car au bord d'une rivière pas très poissonneuse avait accroché à son hameçon un corps dont la décomposition avait été préalablement ralentie par un bain de formol. L'article était ainsi rédigé qu'il devait arracher un sourire aux cyniques. Le détail du formol rendait la plaisanterie morbide. Je notai sur mon agenda la localité où la mort s'était divertie et la vie tant ennuyée qu'elle avait cru bon de s'enfuir avant de passer au crible d'autres disparitions.

Aucun skater ne tenta de m'égorger les jours suivants. Je fréquentais à nouveau les castings. Je me mettais de profil et je souriais sans même en avoir envie. En outre, il fallut que je refasse ma fiche, car sur la photo j'arborais encore la moustache qui, avec les bracelets, la chaîne en or, la chemise bariolée et les poils sur la poitrine, transformaient la partie supérieure de mon anatomie en arbre de Noël.

Je parvins même à écrire deux nouvelles pour la revue *Underground*. La première évoquait une sociologue nymphomane, la seconde la disparition d'une menteuse pathologique. Je mis également à jour mon C.V. en expédiant ici et là quelques copies afin de répondre aux pressions maternelles.

— Lazare, tu dois songer au futur.

— Impossible. J'ai trop à faire avec le présent et le passé.

J'employais mon temps libre (mon temps était absolument libre, je ne permettrai jamais au temps qui me reste de finir emprisonné) à stationner au White Bear pour y guetter l'ultime et fragile chaînon me reliant encore au fantôme de Nicky : la dernière disciple. La mythomane décharnée, presque rachitique, qui avait hérité de ses mensonges.

Je priai Bidoche et Caroli de me relayer. Caroli accepta avec enthousiasme, mais il n'avait jamais vu la nouvelle Nicky. Bidoche se montra encore plus empressé, considérant qu'au fond c'est lui qui l'avait laissé échapper. Sans résultat. La nouvelle Nicky avait disparu. Je souffrais du mal de Nicky. Je commençai à prendre en considération l'idée de me rendre dans les lieux que j'avais relevés sur les journaux, afin d'y remuer, qui sait, les eaux d'un fleuve au nom stupide.

Et un jour, je l'aperçus. Petite silhouette fragile vêtue d'un manteau à capuche rouge sur la *piazza* Cavour, devant l'immeuble abritant le siège des quotidiens. Ce fut à cet instant que je compris à quel point le sort s'acharnait contre moi. Nicky Chaperon rouge était à pied. Moi en tram. Il n'y aurait rien de singulier là-dedans si ce n'est que moi, je ne prends jamais le tram. Depuis qu'on m'a retiré le permis, je me déplace en taxi ou à pied. J'étais prêt à parcourir des kilomètres plutôt que de monter dans un tramway.

Les trams me faisaient penser à des os broyés sur les rails. Les miens. Je voyais le sang, j'entendais mes cris. Même les trams immobilisés au dépôt ne me semblaient pas inoffensifs. Mais ce jour-là, un tram à moitié vide m'avait abordé à la hauteur de l'arrêt de la *via* Manzoni. Il m'avait chargé, comme un routier prend une auto-stoppeuse en short. Les avantages du transport m'avaient poussé à négliger mes phobies et, surpris de mes propres réactions, j'avais grimpé dans le n° 1, comme un automate. Sans volonté.

Chaperon rouge, que je cherchais sans succès depuis si longtemps, était là, à portée de regard. Il fallait que je l'intercepte. Descendre. L'interroger. Je me mis à frapper contre une vitre. Elle me fixa et entre ses yeux et les miens circula un courant à forte intensité. Puis elle pivota sur ses talons, ne laissant à mon regard affamé que la seule capuche rouge. Je pressai le bouton pour descendre avant l'arrêt. Le conducteur s'en foutait.

Désespéré, je criai : « S'il vous plaît, laissez-moi descendre ! » La vérité se trouvait, peut-être, à portée de main, et un amas de ferrailles me retenait prisonnier, impuissant.

– Ouvre, ducon! hurlai-je encore.

Les passagers maugréèrent. Le tram poursuivait son chemin, toujours plus loin de Chaperon rouge. Mon premier juron fut suivi de diverses réactions. Une grosse aux artères variqueuses fit à un ex-colonel radié pour lâcheté devant l'ennemi :

– Tous ces Nègres, il faudrait pas les laisser entrer en Italie.

Je me tournai vers elle.

– Quels Nègres ? Je me suis juste fait un peu d'ultraviolets, sac à merde !

L'ex-colonel se leva, aussi digne qu'un poisson surgelé.

– Vous êtes un mal élevé.

Je le forçai à se rasseoir d'une bourrade et me précipitai vers l'avant. «Il est interdit de parler au chauffeur», informait un écriteau. Parler ? Qui parlait de parler ! Je saisis un bras du conducteur. Je ne pus rien faire d'autre. Les passagers, qui m'avaient semblé être en petit nombre, se levèrent. Ils étaient jeunes, vieux, d'âge moyen, de sexes opposés. Ils n'avaient qu'une seule chose en commun : ils étaient aigris, furieux, des mille affronts que la vie leur avait imposés. Ils montraient les dents. Même les dentiers étaient aiguisés. Tous voulaient mordre.

Je frappai du coude le premier des morts-vivants qui m'agressa. J'enfonçai le poing dans une bedaine d'âge moyen. Pourtant, mes adversaires se multipliaient. Je les avais sur le dos, cannibales, des fous dans la foule, ordinaires et monstrueux. Submergé par le nombre, je m'écroulai. Ils s'acharnèrent, poussés par un chœur muet réclamant du sang. Un pied énorme contenu dans une chaussure à talon aiguille

114

me cloua la main, immobile et douloureuse. Un second pied, masculin, m'écrasa l'autre main. Je ne pus discerner les propriétaires des pieds, mais je ressentis pareillement la douleur des deux clous humains s'enfonçant entre mes doigts.

Ils étaient en train de me massacrer, ils le faisaient inconsciemment, sans s'être concertés. Une bouche aux dents cariées s'approcha de mon cou. Je balançai un coup de tête, plus douloureux pour moi que pour ma cible affamée. Lazare crucifié.

Les portes du tram s'étaient ouvertes, mais au lieu de descendre, les monstres, de nouveaux monstres, montaient encore. On pouvait facilement trouver un motif pour me faire mal, à moi ou à n'importe qui d'autre. Ils ne voulaient pas me tuer. Pour tuer un homme, il fallait un autre homme. Eux se contentaient, foule en folie, de me réduire en pièces.

Avant de refermer les yeux, ou de les laisser ouverts pour toujours en attendant que d'autres vers viennent les manger, je cueillis au vol l'image d'une silhouette mince dans un manteau rouge. Elle me fixait. Elle était montée dans le tram que je n'avais pas réussi à quitter. J'éclatai en quelque chose qui pouvait être aussi bien des pleurs qu'un éclat de rire.

– Vous voulez porter plainte ?
– Contre qui ? Contre le reste du monde ou contre l'ATM [1] ? demandai-je au policier.

J'étais allongé sur un lit d'hôpital, propre comme un cercueil, raide comme une civière. On m'avait interrogé dès que j'avais repris connaissance.

---

1. La compagnie des tramways milanais.

– J'ai été agressé. Mon nom est Lazare Santandrea. J'ai une carte de presse. Non seulement ça, je suis ami avec la fille du préfet, je connais le président de la Foire de Milan, ma famille est liée à celle du commissaire Olivieri, de la brigade mobile, vous pouvez l'appeler si vous voulez. Ah j'oubliais, quand j'étais petit, j'étais chef blaireau dans les scouts. Vous me croyez pas, vous voulez des preuves ?

J'entonnai :

> *Pompon bleu et blanc,*
> *Fleur de lys à la poitrine*
> *En avant, en avant, toujours en avant !*

– Vous me croyez ?

– Sûr que je vous crois.

Le flic était jeune, sensible, et peut-être me trouvait-il sympathique.

– Vous n'auriez pas par hasard averti ma mère ?

– Non. Vous n'êtes ici que depuis deux heures.

– Tu peux me tutoyer. Je suis dans quel état ?

– Pas si mauvais. Mais ils veulent te garder en observation.

– Pas question. Je veux retourner chez moi.

– Je pense que tu devras signer un papier pour cela.

– Excuse-moi si je te pose la question, mais je suis curieux. Comment se fait-il que tu aies aussi confiance en moi ?

– Sans tenir compte de la fille du préfet et du commissaire Olivieri ?

J'aimais bien ce type. Je tentai un sourire mais sentis un élancement.

– Sans tenir compte de ceux-là.

– Parce que moi aussi j'étais dans les scouts.

– Ça, c'est sur le plan émotionnel. Et professionnellement ?

– Parce que, quand nous sommes intervenus, la foule s'est dispersée. Ils ne font jamais ça. D'habitude, ils veulent tous témoigner, et chacun fournit toujours un témoignage différent. Cette fois, ils ont tous fui.

– Un peu comme s'ils s'étaient brusquement rendu compte qu'il n'y avait pas une seule raison valable pour me mettre en morceaux, hein ?

– Tout à fait. Comment tu te sens ?

– En morceaux.

Lui put sourire. Je l'observai mieux. Il devait porter environ douze ans et demi sur chaque jambe, ce qui lui en assurait bien vingt-cinq. Olivâtre comme une olive, mais blond comme une bière blonde.

– On se connaît ? demandai-je.

– Oui.

– J'ai aucun souvenir de toi. Certainement à cause du choc. C'est comment ton nom ?

– Alfredo.

– Je suis dans le brouillard.

– Au bar Magenta. Il y a deux ans. J'étais en civil.

– Ah oui. Ceux qui sont convaincus que tout le monde ignore qu'ils sont flics en civil.

– C'est cela.

– Tu étais vraiment dans les scouts ?

– Tu n'y crois pas ?

> *Pompon bleu et blanc,*
> *Fleur de lys à la poitrine*
> *En avant, en avant, toujours en avant !*

– Si tous les flics étaient comme toi, je saurais quoi faire de ma vie. Je m'engagerais dans la police.

Il rougit, en dépit de son teint olivâtre.

– Écoute Alfredo, c'était un accident. Tu sais comment sont les gens ordinaires. Tu leur donnes un doigt et ils cherchent à t'arracher le bras dans un tram. Si tu fais le nécessaire, je signe et je retourne chez moi.

Alfredo baissa les paupières. Il avait de longs cils.

– Écoute, Lazare…

– Oui ?

Il semblait dans l'embarras.

– Je me suis déjà porté garant pour toi auprès de mes collègues. Je leur ai dit que je te vois depuis des années au bar Magenta et que, tout compte fait, t'es un brave garçon.

– Tout compte fait ? lui fis-je écho, puis j'acquiesçai.

– Ben, continua Alfredo, toujours moins olivâtre, je te voyais circuler au milieu de tout ce bordel du Magenta, toujours impatient. On aurait dit un lion en cage.

– Un lion en cage ?

J'acquiesçai encore, cette fois vaguement troublé.

– Oui, tout à fait comme un lion en cage.

– Alfredo, c'était un vrai plaisir de te rencontrer, mais je crois que le moment est venu de nous séparer.

– Dommage, non ?

– Ouais. On se reverra sans doute au Magenta ou dans un autre hôpital.

– Tu sais ce qui me plaisait chez toi, Lazare ?

– Je ne suis pas certain d'avoir envie de le savoir.

– Tu étais tellement sûr de toi. Même quand tu étais ivre, tu titubais d'un pas ferme. Et même aujourd'hui que tu viens juste de te faire massacrer, tu sembles tellement plein de vie.

– C'est le secret de tous ceux qui s'appellent Lazare. On a tous la présomption de croire que, tôt ou tard, on nous fera ressusciter.

Il ferma les yeux avant de les rouvrir.

– Comment tu me trouves, Lazare ? Moi, je te trouve vraiment sympathique.

Cela m'ennuyait de rester couché pendant qu'Alfredo était debout. Je parvins à m'asseoir sur le lit en faisant l'expérience de la douleur au niveau de chaque cellule de mon corps.

– Moi aussi je te trouve très sympa, répondis-je avec la certitude d'avoir prononcé une de ces phrases qui enrichissent le patrimoine de l'inutile.

– Je ne parlais pas de ça, Lazare. Je te demandais simplement comment tu me trouvais sur le plan physique.

Cette fois, ce fut moi qui rougis.

– Ben, t'es un beau garçon.

Phrase périlleuse, délétère.

– Tu le penses vraiment ?

– Pour être sincère, je ne l'ai pas vraiment pensé. Tu m'as posé une question et je t'ai répondu. Non. Tu n'es pas laid, c'est sûr.

– Je ne suis pas laid ?

Il semblait déçu.

– Non, je te le répète. Bon. Mais excuse-moi, pourquoi tu me demandes ça ?

Il ne répondit pas, digne comme devait l'être un représentant de l'ordre, mais avec un point d'interrogation dans l'œil à cause du désordre qui régnait à l'intérieur de lui-même.

– Bon, Alfredo, à présent il faudrait que je m'en aille.

– On peut se revoir ?

– Bien sûr, fis-je avec une allégresse feinte et complice.

– Tu me donnes ton téléphone ?

– T'as un stylo ?

Il en avait un. Je gribouillai mon numéro avec un chiffre erroné, comme l'avaient fait la plupart de mes pseudo-conquêtes.

À la maison. La maison. Chez maman. La *mamma*. Mais surtout la maison. Casbah, douce casbah. Mes rêves doucement éparpillés sur la moquette. Les livres lus et à lire faisant office de tapisserie. Une théorie de billets avec des numéros de téléphone griffonnés dans des lieux de fortune avec des moyens de fortune. Des boîtes de cigares. Qu'il était bon de souffrir chez soi. En baver comme un chien qui aurait quelques murs pour patron.

À l'hôpital, la souffrance était demeurée en dehors. Les infirmières, les étrangers, un policier amoureux. Ma douleur s'était maintenue dans des limites pudiques. Une fois rentré chez moi, ma mère s'était imposée au premier plan. Anxieuse. Le chien me faisait la fête. Le rideau tomba sur les vieilles colères de ma mère. Maman devint totalement *mamma*. Elle me mit au lit. Elle contrôla mes points de suture. Je laissai faire, passif.

Mes pensées galopaient à la poursuite de Chaperon rouge, des tueurs en skate-board, de l'absence de Pogo le Juste. Mais mon corps, lui, pouvait enfin se reposer. C'était un jeudi, mais je n'aurais pas accompagné ma grand-mère au jardin public, malgré le maniaque nécrophile. C'était un jeudi où j'allais me faire regarder par la télévision. Le poste éteint. La télécommande au poing, comme un vieux revolver inutilisé. Somnifères et beefsteaks saignants. Cette fois, mon séant se trouvait en difficulté. Je peinais à me lever. Benvenuto, le chien, venait parfois me lécher, la langue de travers. Je n'arrivais pas à me remuer. Je désirais peut-être l'immobilité. Au lit, j'avais la certitude de ma souffrance. Dehors, debout, il aurait fallu que je serre les dents.

– Tu as besoin de quelque chose, Lazare ?
– Non.
– Non merci.
– Non merci. Écoute, maman, ça t'ennuierait pas de chercher le numéro du commissaire Olivieri ?
– Quoi ?
– Le numéro du commissaire Olivieri.
– Comment est-ce que ça s'écrit… ?

Elle me voyait affaibli par la maladie, me voyait retombé en enfance. Elle n'avait pas tous les torts. Elle attendait un « s'il te plaît ». Elle aimait l'idée de m'avoir élevé « bien élevé ».

– Alors, tu me donnes le numéro d'Olivieri ?
– Pour…
– Bon Dieu ! Donne-moi le numéro d'Olivieri !

Ma mère n'eut pas le temps de s'exécuter que le téléphone sonna près de mon auguste couche.

– Allô !
– Lazare. C'est Pogo…

121

Dieu merci. Pogo le Juste avait enfin refait surface. Il n'était ni mort ni disparu. Lui au moins existait. Résistait.

– Lazare. Je viens de me siphonner Leone.

– Tu t'es siphonné Silvana. Je sais. Histoire ancienne, mais où est-ce que t'avais disparu tous ces temps-ci ?

– Non Lazare, ça me gêne un peu de te l'avouer, mais je me suis siphonné Leone.

Banquise. Le combiné se transforma en glace brûlante. Leone, le cauchemar avait pénétré le sommeil de Pogo. Leone s'étirait, lascive.

– Mais tu ne connais pas Leone !

– Si, je la connais. Et comment ! Le mois dernier, Lazare, j'étais à Cattolica. J'ai flairé le vent de la mer et j'ai compris qu'il y avait péril dans l'air. Je ne t'avais pas vu depuis ton anniversaire. Depuis que tu t'étais cassé le cul, tu n'étais plus le même. Tu avais disparu et moi, qui suis, ou ne suis pas, ton meilleur ami, j'étais préoccupé à ton sujet. Alors je suis revenu à Milan et je t'ai pris en filature, avec le taxi. Je t'ai vu avec Leone. J'ai cru qu'elle était la cause de ton comportement bizarre, et j'ai décidé de lui parler, d'homme à homme. Enfin, d'homme à femme. J'ai attendu que tu partes de chez elle et je l'ai affrontée. Je croyais que c'était une psychopathe.

– Tu croyais bien, et alors ?

– Alors… (Sa voix rauque eut une fêlure. Pogo cessa de marmonner. Il gazouilla.) Alors on est tombés amoureux.

Pogo le Juste amoureux de Leone : possible, au fond Pogo était barjot. Il tombait amoureux de patelins comme Cattolica, il tombait amoureux de bars et les fréquentait jusqu'à l'épuisement nerveux des amis qu'il obligeait, nuit après nuit, à l'accompagner au même endroit parce Pogo était généreux et partageait tout avec les amis. Pogo était un monomaniaque, je crois l'avoir déjà dit. Mais par chance, à sa passion obsessionnelle d'un lieu, d'une phrase, d'un objet, d'une personne, se substituaient rapidement d'autres lieux, phrases, objets ou personnes. Sa monomanie s'universalisait, se fixant sur de nouveaux cultes.

Pourtant, avec Leone, les choses étaient différentes. Leone, qui restait l'unique sujet digne d'un culte, n'attendait qu'un adorateur absolu comme Pogo. Un Pogo à la fois prêtre et martyr immolé au culte de Leone.

– Suis-moi bien, Pogo. Cette fille n'est pas amoureuse de toi. Elle fait pareil avec tout le monde. J'ai le vague soupçon qu'elle s'est branchée avec toi pour prendre une revanche sur moi. Ce n'est pas toi qui l'as siphonnée. C'est elle qui t'a siphonné. Tu piges le sens de la formule ?

– Lazare, je peux imaginer que tu sois jaloux. Leone m'a expliqué combien tu étais amoureux d'elle, à tel point que je n'ai pas eu le courage de t'avouer aussitôt que je l'avais siphonnée.

– Et tu as gobé ça ?

Pogo avait gobé et n'avait plus le sens de la formule.

Dans le lointain, Leone rugissait, languide et putride comme une vieille carcasse en chaleur. Le silence de Pogo à l'autre bout du fil était plus éloquent qu'un verdict de condamnation : la sienne.

Je fus donc contraint de me montrer brutal :

– Pogo, fais-moi confiance, c'est une salope.

123

– Lazare, tu es mon meilleur ami, mais je ne te permets pas de parler ainsi de ma fiancée.

Il raccrocha.

Je rappelai immédiatement chez lui. Sa mère me répondit qu'elle ne le voyait pas depuis plusieurs jours. Elle savait où il se trouvait, naturellement. Mon doigt composa le numéro de téléphone d'un appartement de la *via* Gustavo Modena. Je m'arrêtai avant le dernier chiffre. Achever mon geste aurait provoqué chez Leone un orgasme féroce.

De même que j'avais toujours su que Nicky était morte, à cet instant je sus que Pogo le Juste ne s'appellerait jamais plus ainsi. Il resterait Pogo, mais «le Juste» était mort et enterré, comme Lucy, comme Nicky.

Comme tous les surnoms.

6

Les villes sont pressées. En vérité, le temps ne vole pas, ne fuit ni ne s'enfuit. Il se contente de se laisser poursuivre, convaincu que nous avons tous autant que lui beaucoup de temps à perdre. On est à peine venu à bout d'un lundi que déjà dimanche s'annonce.

Les villes sont pressées. Fin novembre apparaissent les premiers *zampognari*[1]. Le 2 novembre, le

---

1. Joueurs de cornemuses rudimentaires qui se produisent traditionnellement dans les villes en fin d'année.

jour des Morts, la voix des disparus, tel Bing Crosby, entonne déjà *Noël blanc* et *Jingle Bells*. Ma compagne de lycée consultait dès les premiers jours de février les dépliants touristiques du mois d'août. J'avais du mal à m'y faire, je lui demandais :

– Il n'est pas un peu tôt ?

– Oh toi, tu vis au jour le jour, répliquait-elle.

Erreur. Je vivais à la nuit la nuit. De l'heure de l'apéritif à celle des sorcières. Incompatibilité d'humeur. Je voyais le futur éloigné. Cristina voyait le futur proche ; ses parents voyaient son futur très loin de moi. Et puis Cristina surveillait sa montre tandis que je n'avais aucune notion de l'heure. J'avais hâte de retenir le temps.

En tout cas, depuis ma dernière conversation avec Pogo, aux jeunes mamans et aux immigrés étaient venus s'ajouter les *zampognari* et les premiers Pères Noël. Les têtes de nœuds, en revanche, se reproduisaient durant les douze mois de l'année, par un phénomène d'ubiquité permanente.

Milan semblait attendre Noël avec impatience. Et le nouvel an. Certaines journées sentaient la barbe à papa, d'autres le désinfectant pour chiottes de gymnases à culturistes. Milan était pressée, et celui qui ne contrôlait pas sa course se retrouvait toujours adolescent à trente ans. Trente années bousillées.

Pogo avait disparu. Même Bidoche ne le rencontrait plus au *Merlino e Mago*. Leone l'avait aspiré. Leone, au lieu de lui prendre un doigt pour l'accrocher à son bras, lui avait pris le pénis et l'âme avant de l'engloutir à jamais dans une abyssale fellation.

Je passais mes soirées dans la mansarde de Vito et Doni qui avec le temps étaient parvenus à me montrer

125

toutes, je dis bien toutes, les diapos de la Thaïlande. Le jour, je partais à la recherche de Chaperon rouge afin de découvrir ce qu'était devenue Nicky, l'originale. Unique, mais à l'évidence duplicable. J'avais cessé de me préoccuper des skaters qui m'avaient agressé en ce jour désormais presque lointain, en compagnie d'Antonello Caroli, presque comédien. Je m'étais promis, avec succès, d'éviter le Magenta et son policier amoureux.

Ma grand-mère souffrait toujours de crises d'asthme tandis que je fumais sans cesse des cigares afin d'en souffrir aussi. J'exhibais un gros pardessus noir à la place des chemises hawaïennes. Je passais de l'euphorie au désespoir en moins d'un quart d'heure, comme d'habitude.

Je l'aperçus devant la Rinascente[1], la confondant de loin, à cause de ma myopie, avec Chaperon rouge. À mesure que je m'approchais d'elle, je me rendis pourtant compte qu'il ne pouvait s'agir de l'héritière de Nicky. Elle n'était ni mince ni rachitique. Elle était grande. Avec les patins à roulettes, elle dépassait presque mon mètre quatre-vingt-trois. Elle était déguisée en Père Noël. Sans barbe postiche, je la voyais telle qu'elle était : taille 1,75, poitrine 90, hanches 65, yeux bleus, cheveux châtain foncé. Ou si l'on préfère : *height 5.9, breast 35, waist 25, hips 35, blue eyes, brown hair*. Elle distribuait des prospectus en déambulant sur le *corso* Vittorio Emanuele. C'était difficile de lui refuser un prospectus. J'en acceptai un, qui vantait le magasin Felix Sport. Je froissai le tract sous ses yeux avant de le glisser dans ma poche.

---

1. Chaîne de grands magasins, style Galeries Lafayette.

– Tu ne le jettes pas ?

– Non, je le garde comme souvenir.

– Alors pourquoi tu l'as déchiré ?

– Parce que je voulais un souvenir de toi, pas de Felix Sport.

Elle ouvrit la bouche comme pour faire « Ah », mais elle ne fit rien. Mère Noël à la fin novembre. Les dents ne lui servaient pas pour manger mais pour sourire. Son sourire n'était pas de circonstance, quand les lèvres se contractent par habitude ou par courtoisie. Un passant lui murmura : « Belle chatte. » Elle ne rougit pas. Elle était habituée. À moi, en revanche, elle n'était pas habituée.

– Tu crois dans l'amour coup de foudre ?

– Non.

– Moi non plus, ça nous fait déjà quelque chose en commun.

Il m'en fallait vraiment peu pour transiter du désespoir à l'euphorie. Je ne la connaissais pas, si ce n'est par intuition. Puis, après l'euphorie, le désespoir revint en force. Elle s'en aperçut.

– Qu'est-ce que tu as ?

Je songeai à mon amitié perdue avec Pogo le Juste.

– Tu t'en es aperçue, hein ? J'ai perdu un ami, mais rien de grave. Qui perd un ami trouve un trésor.

– Je ?

Elle aurait dû dire « moi », mais je lui pardonnai. Elle n'était pas italienne, pas complètement. Sa langue natale était l'allemand. Elle s'appelait Ulli, alléchant diminutif d'Ulriche. Elle venait du Alto Adige[1], avec

---

1. Province italienne des Alpes suisses, de culture germanique, qui rejette tout lien avec le reste du pays.

une façon de rouler les *r* qui vous coupait le souffle avant de vous l'arrondir en forme de cœur.

— Tu as quel âge, Ulli?

— Dix-neuf ans, pourquoi?

— Quand tu es née, j'étais déjà un homme mûr.

— Tu avais quel âge?

— Onze ans. Mais j'étais un *enfant prodige*[1].

Ulli étudiait à Milan, mais était originaire d'Ora, au-delà de Bolzano. Les gens qui sortaient de la Rinascente nous frôlaient, mettant en péril le précaire équilibre d'Ulli sur ses patins ainsi que mon équilibre mental tout aussi précaire. L'haleine de la foule gonflait involontairement autour de nous un petit nuage privé.

Je la trouvais superbe et elle me découvrait sympathique. Bien sûr nous avions l'habitude, moi des très jolies filles, mais pas comme ça, elle des ex-amis sympathiques, mais pas comme ça. Nous nous plûmes simultanément, mais pas comme ça.

— Tu veux rencontrer ma mère? lui demandai-je.

— Et toi, tu veux voir la mienne?

— Pas encore…

— Moi non plus. Maintenant, il faut que j'arrête et que j'aille à la danse.

Elle dansait, voilà le secret. Qu'elle fût sur la pointe des pieds ou sur les patins, elle volait toujours quelques centimètres au-dessus du trottoir. Elle ne se changea pas. Je l'accompagnai jusqu'à l'arrêt du 24 qui devait l'emmener jusqu'à la *via* Bellezza, à son école de danse. Tout en échangeant d'excitantes banalités, nous laissâmes passer deux trams de la

---

1. En français dans le texte.

ligne 24. Quarante-huit en tout. Ulli s'aperçut qu'elle était en retard. Un chien plus égaré que nous fut à deux doigts de finir sous un tram. Il esquiva de justesse l'impact mortel du tas de ferraille et traversa la voie pour aller finir Dieu sait où. Ulli et moi nous regardâmes au fond des yeux et du regard nous poussâmes un soupir de soulagement.

— Je possède un chien, déclarai-je.

— Moi j'ai un chat, dit-elle.

— Je suis allergique aux chats. Ils me font éternuer.

— Moi aussi, mais je les aime bien.

Elle aussi me plaisait bien, plus que n'importe quel chat pouvait lui plaire.

— Il est à Milan ou à Bolzano, ton chat ?

— J'en ai un à Milan. Dans ma famille, dans l'Alto Adige, on en a plusieurs. Il y a plus de chats que de gens là-bas. Tu sais que souvent, quand une chatte fait des petits, il y a des gens qui préfèrent les étouffer à la naissance pour qu'ils ne risquent pas de se faire écraser par une voiture.

— J'aime pas les chats, mais je la trouve plutôt horrible, ton histoire.

— Moi aussi. Seulement tu vois, ils considèrent cela comme une sorte d'euthanasie. C'est quand même mieux que s'ils mouraient de faim, non ?

— Mais Ulli, c'est inhumain !

— C'est vrai. Je ne m'y suis jamais habituée. Chez moi, j'ai un beau gros chat en peluche.

Je tombai amoureux d'elle.

Tandis qu'Ulli et moi copulions avec les pupilles, un troisième 24 lui fila sous le nez, loin d'elle et de la leçon de danse.

– Imbécile, dit-elle.

Le 24 s'éloignait, bourré de gens ordinaires.

– Moi ? me mépris-je.

– Non, le 24, sourit Ulli.

– Bof, si c'était pas un imbécile, ça serait pas un tramway.

Et me voilà amoureux pour un automne. Je tenais quelque chose qui aurait réchauffé mes rêveries hivernales. Pour les pieds, une bonne paire de chaussettes allait suffire. Ulli, plus que remplir le vide, justifiait le plein. Elle était la cheminée de la maison de campagne que j'avais perdue au jeu. Milan était pressée. Bolzano un peu moins, peut-être.

Le jour où l'on tombe amoureux, on a envie de le raconter à un ami. Pogo, l'ex-Juste, était prisonnier d'une paire de cuisses dans la *via* Gustavo Modena. Bidoche se baladait en faisant des photos. Antonello Caroli, acteur, se trouvait heureusement chez lui. Il vivait dans une cité aussi anonyme qu'un cube de glace, dans la périphérie brumeuse de Milan : Quinto Romano. Habitat social. L'été, presque joyeux, l'automne, îlot funèbre. L'été, les vilains immeubles se donnaient des airs de résidence. L'automne, les dealers dealaient dans les escaliers. Il n'y a pas toujours de brouillard à Milan, mais quand il y en a, cela prend les dimensions d'un monument de la nature, comme les chutes du Niagara. Jack l'Éventreur ne vient pas y rôder, mais on peut y trouver n'importe quel Jacques éventré au milieu de la plus grande indifférence.

Je pris un taxi pour rejoindre Quinto Romano. Là-bas, même les boutiques fermées ressemblaient à des oasis. Les bars ouverts le soir, à des mirages. C'était le désert.

Je tournai en rond dans le labyrinthe d'immeubles trop identiques, l'humeur optimiste grâce à Ulli. Ulli mon repère, ma boussole à l'intérieur de la «Blessure d'automne» dans laquelle Caroli m'avait proprement condamné à errer. Il n'y avait pas le moindre chat auprès de qui recueillir une information sur la théorie d'escaliers qui n'en finissaient pas, A, B, C, D. J'arrivai jusqu'à Z.

Une silhouette rouge se profila dans le smog, près d'un kiosque hermétiquement fermé. Nicky ? Chaperon rouge ? Ou bien Ulli dans un inattendu retour de flamme, aussi rouge que son costume provisoire de Père Noël ? Mais inutile d'espérer dans le brouillard. Espérer quoi, le véritable Père Noël, celui qui apporte les cadeaux ?

Il était habillé en Père Noël. Contrairement à Ulli, il portait une fausse barbe blanche. Tous ces foutus Pères Noël qui arrivaient bien avant Noël… Ulli était une fille de Noël, un cadeau païen, un don. Le type devant moi était le père de Noël, le papy Noël.

Qu'est-ce qu'on peut demander au Père Noël sinon :

— Pardon, où se trouve l'escalier 4B ?

— Bordel, dit-il, j'allais vous demander la même chose.

Il avait l'accent de Bergame. Ce n'était pas le vrai Père Noël.

Un autre Père Noël émergea du brouillard. Il m'ignora et se tourna vers son collègue :

— Où qu'il est c'te 4B putain de merde ?

Cette fois, l'accent était sicilien. Lui non plus n'avait ni rennes ni traîneau. Juste une Mercedes 200 couleur vieil or qui stationnait sur une plate-bande.

Un troisième Père Noël surgit comme l'oiseau sort du coucou.

— Je l'ai trouvé.

— Quoi ? demandai-je.

Les deux premiers Papas Noël se dévisagèrent. Ensuite ils me dévisagèrent.

— Le 4B, répondit le troisième Papa, plus à leur intention qu'à la mienne.

Quand le dernier Papa s'enfonça dans le brouillard, les deux autres me barrèrent la route.

— Tu veux une cigarette ? me demanda Papa Bergame.

— Je fume le cigare, dis-je en observant Papa Sicile.

Je les contournai et suivis Troisième Papa jusqu'à la porte d'entrée d'un immeuble. On me laissa faire. Je repérai le bouton « Caroli » et interphonai.

— Antonello, descends. On a de la compagnie.

Je tentai de lui faire un clin d'œil, mais comment faire un clin d'œil à un interphone ? Caroli descendit les escaliers comme Wanda Osiris. Il se présenta devant la porte en verre, majestueux dans son gilet bordeaux aux manches trop courtes pour ses longs bras.

Papa Bergame sortit un flingue. Il tira sur Caroli à travers la vitre. Je l'atteignis d'un coup de coude asséné au bon endroit pour moi et au mauvais pour lui. La vitre explosa. Je me jetai au sol. Les deux autres Papas se mirent à canarder à leur tour. Je récupérai le pétard de Papa Bergame et ouvris le feu dans sa direction, ma balle rasant les fils argentés de sa barbe postiche. Tandis que l'adrénaline jouait à contretemps les feux d'artifice du nouvel an, j'atteignis par le plus grand des hasards le Papa Sicile à la cuisse. Puis, comme un lion, je plongeai à l'intérieur du cercle de feu, parmi les débris de verre.

Les tirs cessèrent. Le sang maculait le pantalon rouge du Papa Sicile. J'arrosai au petit bonheur, trop myope pour les tuer, trop vieux pour faire le justicier. Ils regagnèrent la Mercedes dorée, aussi lourdingues qu'un 25 décembre. Ils firent gémir les pneus, détruisant l'aristocratique plate-bande de l'habitat social.

Antonello Caroli, acteur, gisait de tout son long comme un mot de quinze lettres horizontal dans les mots croisés de la semaine. J'étais moi aussi étendu au sol. Je perdais du sang, d'innocentes coupures provoquées par des éclats de verre. Je rampai vers Caroli.

En faisant un certain effort, je parvins à articuler :

— Là, espèce de tête de nœud, tu vas me devoir une explication.

Le souffle arriva en retard. Il fut précédé d'une nouvelle détonation. Je fermai les yeux dans l'attente d'un projectile. Rien. Juste après, le ciel dehors explosa. L'apocalypse enfin. Feu du ciel. Mais dans cette époque de paradis artificiels, entre les nuages d'un ciel artificiel, même les feux ne pouvaient être qu'artificiels. Feux d'artifice.

Un crétin s'était mépris sur la nature des déflagrations provoquées par les Pères Noël enfants de salauds. En se penchant par la fenêtre de son appartement cellule, il avait tiré à travers le brouillard une fusée éclairante, en retard pour le nouvel an passé et en avance pour celui à venir. Le geste ne demeura pas longtemps isolé. Au rugissement du feu de Bengale succédèrent d'autres aboiements pyrotechniques, au travers de fenêtres larges comme des meurtrières qui s'allumaient en même temps que montait la voix des locataires. Le peuple de Quinto Romano s'éveillait d'une léthargie automnale. Il s'éveillait affamé. Le smog l'avait depuis trop longtemps coupé du cœur de la grande ville. Les occupants du bunker surpeuplé s'étaient tellement habitués à vivre hors du temps qu'ils confondirent la fin novembre avec la Saint-Sylvestre[1].

Une machine à laver vint écraser une Fiat 600. Aucun respect pour les antiquités. D'autres fusées suivirent la première. Ceux qui n'avaient pas de fusées balançaient dans le vide objets contondants et corps du délit. Il se mit à pleuvoir de l'électroménager hors d'usage et des couteaux à cran d'arrêt aux lames ébréchées. Un concert de ferraille. Une sorte de chant dont les paroles signifiaient : « Moi aussi je suis là. Je suis enterré là-dedans, mais j'existe moi aussi. »

La porte de l'ascenseur s'ouvrit et avant que Caroli et moi puissions nous relever, un joyeux bataillon de colocataires nous submergea, franchit la porte en verre brisée et se précipita dans la rue. Les villes sont pressées. Surtout celle-ci : dix secondes après le départ des Pères Noël, c'était déjà le réveillon du nouvel an.

Caroli continuait à s'agripper au sol, histoire d'avoir quelque chose entre les bras, car le temps emportait tout. Absolument tout. Presque tout. Sauf moi. J'embrassais le carrelage, moi aussi. Si j'avais

---

1. Le soir du 31 décembre, la coutume est de jeter par la fenêtre tous les objets inutiles et de tirer des feux d'artifice.

tenté de me relever, j'aurais été balayé par le torrent humain qui, vomi par l'ascenseur et les escaliers, cherchait une issue pour quitter cette vie de tous les jours et entrer dans les mille et une nuits. Je n'avais plus qu'à espérer que les dignes voisins de Caroli ne viennent pas me piétiner. Je profitai d'une pause dans la ruée pour retrouver la verticale. Antonello Caroli n'avait pas été piétiné. Il n'était plus là, tout simplement.

Il y avait un bon bout de chemin de Quinto Romano à chez moi. La succession rapide des événements m'ôtait toute possibilité de réflexion. Quand les skaters nous avaient agressés à coups de rasoir, je n'avais pu établir s'ils en avaient eu après moi ou après Antonello Caroli acteur. À présent, je savais entre autres que les Pères Noël étaient venus pour lui. Caroli aurait-il perdu au jeu ? Ce n'était pas nouveau et puis surtout, étant donné qu'il ne gagnait jamais, aucun de ses créditeurs ne l'aurait descendu. Caroli était un investissement. Il perdait systématiquement. Il pensait être un joueur alors qu'en fait le cheval, c'était lui. Il ignorait qu'au champ de courses on pariait sur lui, sur ses proverbiales déconfitures. Du reste, Antonello Caroli avait un aspect vaguement chevalin. Mais moi je savais, seulement moi, que Caroli avait perdu à tout, pas seulement au jeu. Un jour, il vaincrait par surprise, désarçonnant tous ceux qui l'auraient joué perdant, ou même placé, et il ferait sauter la banque. Je devais empêcher qu'ils le tuent pour lui donner, et me donner, cette chance.

Caroli n'avait pu me fournir aucune explication, mais il existait quelqu'un, quelqu'un d'absolument unique, qui avait toujours tout ce dont on pouvait avoir besoin. Y compris les réponses à certains problèmes. Gippo. Gippo pouvait procurer tout, absolument tout ce dont on avait besoin, mais à l'instant présent c'est moi qui avais besoin de lui et lui n'était pas là.

Le Jago Bar de la *via* Vespri Siciliani, qui fut un temps son quartier général, était transformé en salon d'exposition de voitures. Gippo ne m'avait pas laissé son numéro de téléphone, d'autant plus qu'il n'avait pas le téléphone. Bien sûr, il aurait pu procurer un semi-remorque de combinés téléphoniques à la SIP, mais comme moyen de communication il préférait le message parlé. Il fallait entrer dans le Jago Bar et dire à Ciro, barman et boîte à lettres : « Écoute Ciro. Si tu vois Gippo, dis-lui que je dois lui parler de ce "truc-là". » Ce « truc-là » était une sorte de mot de passe. Ciro référait, et un peu plus tard, si l'on était pressé et généreux, il organisait un rendez-vous.

Gippo mesurait un mètre quatre-vingts et pesait cent trente kilos. Pour qu'on ne pense pas qu'il était gras, Gippo s'empressait de soulever son interlocuteur entre ses bras afin que l'autre puisse ainsi tester la fermeté de son ventre. À dix-huit ans, il avait passé six mois en prison pour tentative de meurtre. Il était tellement jeune à l'époque. Depuis, il n'avait jamais foiré un coup. Il avait des petits yeux brillant d'intelligence et des cheveux frisés dont il jouait avec coquetterie. Il s'était fait fabriquer un pendentif en or en forme de balance, son signe zodiacal, dont les plateaux s'agitaient dans tous les sens. Gippo affichait un sourire ouvert. Un observateur inattentif l'aurait interprété comme un signe d'allégresse. Il n'en était pas ainsi.

Pour prendre la mesure de l'état d'esprit de Gippo, il fallait observer son front. Si des rides s'y dessinaient, en dépit du perpétuel sourire, c'était qu'il amorçait une solution finale à l'encontre de son interlocuteur. Pourtant, le secret de Gippo était ailleurs. Le secret de Gippo restait secret, sinon de quel secret s'agirait-il ?

Gippo, donc, pouvait procurer n'importe quel objet. Du calibre 9 mm aux bras de la Vénus de Milo, en passant par une paire de défenses d'éléphant ou un chien-loup strictement identique à Croc-Blanc, rien n'était un problème. Il n'y avait jamais de problèmes pour Gippo. Il m'avait, entre autres, toujours mystérieusement considéré comme un ami, et le mot « ami » associé au mot de passe « ce truc-là » me permettait d'accéder à Gippo avec un billet de retour garanti. Une fois arrivé jusqu'à lui, le moindre désir se muait en objet de collection. Si la convoitise appartenait à l'état gazeux, il pouvait fournir. Une bombonne de gaz moutarde, il suffisait de demander. Convoitise liquide, cent barils de bière brune, un hectolitre de sirop pour la toux. Gippo était là. Prêt à tout et prêt pour tout.

Seuls les désirs velléitaires ne rentraient pas dans le catalogue. L'intangible n'était pas son domaine. Gippo ne pouvait pas procurer, par exemple, du courage à celui qui en avait besoin. Mais quand on en était arrivé au point de fréquenter Gippo, on en avait forcément, du courage.

Je ne le voyais pas depuis trois ans. J'éprouvai un petit remords : au fond je n'allais le chercher que quand j'avais besoin de lui. Malheureusement, depuis la disparition du Jago Bar, Gippo n'était plus qu'un souvenir. Il me restait toutefois une chance : Ciro. Le jour de la fête de clôture du bar, il m'avait laissé son téléphone. On ne s'était jamais appelés, sans doute parce qu'on n'aurait pas su quoi se dire, en dehors de «Écoute Ciro, dis à Gippo qu'il faut que je lui parle au sujet de ce truc-là.»

Je devais avoir mis son numéro quelque part. Je fouillai avec une frénésie épileptique dans les papiers entassés dans les tiroirs de mon bureau. Je ne jetais jamais la moindre feuille. Ma chambre était tout emplie de papier. Ma mère me disait toujours : «Lazare, pourquoi est-ce que tu n'as pas un agenda ? – Ça ne suffirait pas, maman.» En vérité, j'aimais écrire mais pas transcrire, au point de conserver des cartouches de papier à cigarettes, des papiers d'emballage d'origines variées, des jeux de cartes usagés à l'intégrité douteuse, et surtout des feuillets couverts d'écritures féminines et signés de prénoms clonés tels Cristina, Paola, Cinzia, Alessandra, Barbara, Simona… Je dénichai une Lorella de 85, excellente année. Une Isabella de 84, une Désirée, et même une Dayna de 79, au goût amer sur le palais de la mémoire.

Ciro était en fuite. Aiguille dans une botte de foin féminine, mais surtout aiguille de la balance que Gippo portait autour du cou et qui symbolisait son sens personnel de la justice. Ma mère s'encadra dans la porte :

– Tu as besoin de quelque chose ?

Elle consulta sa montre en or, une Rolex que je lui avais offerte grâce à l'intervention de Gippo. Mauvaises actions, mais bien cotées.

– Tu as dîné ? Tu veux que je te prépare quelque chose ?

– Il y a des vol-au-vent ?

Ma mère eut un sourire fatigué.

– Il y en aura demain au déjeuner si tu daignes être présent.

Ma mère était plus lente que Gippo. Pour les vol-au-vent à une heure du matin, il fallait bien compter douze heures.

– Ce sera pour une autre fois. Je cherche le numéro d'un copain, Ciro. C'est urgent, mais je le trouve plus.

Elle saisit au vol le fil de mon angoisse et lâcha d'un souffle :

– Je me suis permis de recopier tous les numéros de tes petits papiers.

Suivie par le chien, elle revint avec un épais carnet. Il y avait Ciro. J'embrassai ma mère. Elle en eut les yeux humides.

– Lazare, tu sais depuis quand tu ne m'avais pas embrassée ?

– Depuis la fête des Mères ?

– Non. Depuis la dernière fois que tu cherchais Ciro.

J'aimais ce trait de caractère : ma mère n'avait pas toujours le sens de la formule, étant donné qu'elle me répétait les mêmes sempiternels refrains : « Tu prends la maison pour un hôtel ? », « Je crois bien que j'aurais préféré avoir un fils expert-comptable », « Tu ignores le sens du mot "dignité". » Elle n'avait peut-être pas le sens de la formule, mais elle avait le sens de l'humour.

À trente ans, la cohabitation avec une mère est difficile, mais la communauté est indispensable. Ma mère me couvrait toujours. Elle avait commencé par les couvertures de laine quand j'étais petit, continué par quelques mensonges pendant mon adolescence et poursuivi avec des alibis quand j'avais eu des problèmes. Souvent !

Je tirai Ciro du lit.

— Ciro, c'est Lazare.

— Lazare Santandrea, tu parles d'une affaire. Lazare Santandrea qui m'appelle. Comment tu vas, vieux loup de terre ?

— Couci-couça, Ciro, et toi ?

— Tu sais que je suis marié ? Je viens d'avoir une petite fille !

— Magnifique, fis-je sans enthousiasme. Elle s'appelle comment ?

— Gippa. Au début, le curé ne voulait pas accepter le nom. Il a fallu que j'ajoute deux saintes, tu sais comment ça se passe.

— Et alors c'est quoi le nom complet ? demandai-je, à présent vraiment intéressé.

— Gippa Chiara Lucia.

— Joli coup. Quand on peut pas surmonter un obstacle, il faut le contourner. T'aurais pu l'appeler Babila.

— J'y ai pensé, mais San Babila est un homme.

— Oui, mais *piazza* San Babila est féminin, non ?

Ciro avait été *sambabilinien* [1] dans les années soixante-dix. Un de ces types qui, armés de chaussures pointues, les Barrows, s'amusaient à shooter dans le cul des passants. Il était fier de son passé de footballeur. Un néofasciste borné mais sympathique

---

1. La place San Babila était le repaire des groupuscules d'extrême droite, ou plus généralement des fils de la bourgeoisie milanaise.

140

qui se soûlait à l'Amaretto di Saronno[1]. J'expliquai mon problème à Ciro.

Ciro répondit :

– Lazare, maintenant je m'occupe d'une station-service.

Je conclus, déçu :

– Donc tu peux pas contacter Gippo !

Ciro rigola :

– Qui c'est qui me fournit l'essence, à ton avis ?

À trois heures du matin, Ciro rappela :

– Gippo t'attend au Jago Bar dans un quart d'heure.

La chose était faisable puisque la *via* Vespri Siciliani se trouvait derrière chez moi. Il y avait quand même un problème :

– Ciro, le Jago Bar n'existe plus.

– Quel con. Excuse Lazare, la force de l'habitude. Gippo t'attend devant le marchand de bagnoles, en face de l'ex-Jago Bar.

La *via* Vespri Siciliani est déserte, même en plein jour. Elle n'a jamais été un lieu de passage. Les commerces agonisent, déshydratés. À l'époque du Jago Bar, elle était bizarrement plus fréquentée la nuit que le jour. Puis on avait fermé les bars, les mauvais garçons s'étaient rangés, et la mythologie de la casbah avait volé en éclats. L'unique animation était le fait du consulat du Koweït, et non du concessionnaire automobile qui avait remplacé le Jago Bar. Les riverains de la *via* Vespri Siciliani avaient appris l'existence du consulat du Koweït et du Koweït lui-même

_____

1. Une des nombreuses liqueurs à base de plantes fabriquées en Italie.

à l'occasion des préparatifs de la guerre du Golfe. Cette rue qui était habituée à la violence de la micro-délinquance locale avait pris le sentier de la guerre. Pour ne pas mourir d'ennui.

Dans le quart d'heure que Ciro m'avait accordé, j'avais changé de vêtements. J'enfilai une chemise noire avec cravate jaune phosphorescent, un complet à petites rayures jaunes, un Borsalino cabossé. Gippo appréciait les gens qui s'habillaient comme des gangsters. L'habit l'aidait à les différencier des véritables truands, qui eux portaient leur costume de première communion.

Il était planté devant le marchand de bagnoles, sanglé dans une combinaison de cuir noir, comme un centaure. La moto stationnait devant les vitrines, tournant en dérision les BMW exposées, comme un poignard de combat se moque d'une kalachnikov sans munitions.

— Salut Gippo.

— Hé Lazare. Tu perdras jamais l'habitude de t'habiller comme un gangster, dit-il tout content.

Aucune ride sur le front. Ça se présentait bien.

— C'était à quel sujet, Lazare ?

— Au sujet de ce truc-là, comme toujours. Ils t'ont viré du bureau, hein ? fis-je en désignant l'ex Jago-Bar.

— Qu'est-ce que tu veux y faire, j'ai vingt-cinq ans. Je suis vieux. Je passe les soirées à regarder la télé.

— Pippo Baudo[1] ?

— Films pornos.

— Je n'y crois pas. Je sais ce que tu aimes à la

_____

1. Célèbre animateur d'émissions de variétés.

télé. Tu surveilles les ventes aux enchères[1], pour voir comment travaille la concurrence.

Une petite ride apparut sur le large et vaste front de Gippo.

— Doux Jésus. Tous des escrocs. J'ai déjà escroqué quelqu'un, moi ?

Gippo abaissa la fermeture Éclair de la combinaison pour me faire admirer les ondulations des plateaux de la balance.

— Comment tu me trouves, Lazare ? J'ai pris quelques kilos. Je suis gros ?

— Tu seras jamais gros. Tu es massif… (Je désignai la bedaine.) C'est comme si t'avais avalé du béton. T'es fort. T'as besoin de compliments à cette heure-là ?

— Non. Je voulais voir si tu te souvenais des règles.

— Quelles règles ?

— Ne jamais avoir de règles.

— Mais toi, tu en as.

— Erreur. Je n'ai pas de règles. Je dicte les règles. C'est différent, tu trouves pas ?

— Parfois, je me dis que tu aurais fait un superbe avocat ou bien un philosophe présocratique.

Gippo haussa les épaules, faisant valser la balance :

— Tu sais, je préfère rester unique. On boit quelque chose ?

— Ici ?

— Ici.

Gippo exhiba une flasque et me la tendit. Je pompai une gorgée avant de me mettre à tousser.

---

1. À Milan, certaines chaînes locales pratiquent la vente aux enchères en direct. Il suffit de téléphoner pour enchérir.

— Qu'est-ce que c'est que ce truc, bordel !

— Du whisky sarde.

— Je savais pas que les Sardes fabriquaient du whisky.

— Moi non plus.

Gippo marquait trop de points pour que je puisse lui demander un service sans être en état d'infériorité. Je devais rétablir une certaine parité.

— Bon, Lazare. Pour ce truc-là… ?

— Rien à faire, Gippo. Tu n'es pas à la hauteur. Je vois que t'es en difficulté. Pour le moins économique.

Tout en continuant à sourire, Gippo plissa le front. Les rides se transformèrent en rizières.

— Pourquoi ? éructa-t-il.

— Quand tu pouvais te le permettre, tu buvais carrément du pétrole.

Les tranchées sur le front s'emplirent d'un nouveau respect. J'en profitai :

— Tu pourrais me dire quelque chose sur deux tueurs qui se baladent en skate-board. Et aussi sur un couple de pistoleros, un Sicilien, l'autre de Bergame, tous deux vêtus en Père Noël ?

Gippo explosa d'un rire franc :

— Putain, Lazare, il y a qu'à toi qu'il arrive des trucs pareils. Tu finiras jamais de m'étonner.

— Je ne veux pas t'étonner. Je veux savoir qui ils sont et qui les a envoyés.

— Qui c'est, j'en ai aucune idée, mais il faudra… (il consulta sa montre) environ deux heures. Qui les a envoyés, je pourrais pas le savoir… Trois heures, ça va ?

---

1. Du Valsugano, province de l'extrême Nord.

— T'étais plus rapide que ça.

— On vieillit tous. Sauf les morts.

— Gippo, j'ai un cadeau pour toi.

Je lui tendis le pistolet que j'avais fauché à l'un des enfants de salauds.

Gippo le soupesa :

— Il est clean ?

— J'en doute.

— Tu parles d'un cadeau.

— Je ferai mieux à Noël.

On s'est regardés. Aucun de nous deux n'avait envie d'attendre Noël. Gippo prit l'initiative.

— Tu m'offres une bière ?

— Où ?

— Piazza Tirana.

— Là où on joue aux dés ?

— Là où on joue aux dés et où on tire des bières pression.

On ne pouvait pas refuser un verre à Gippo. Il se sentait peut-être seul. Nous rejoignîmes la *piazza* Tirana. Les deux bières devinrent douze. La table était nettement trop petite. Je lui racontai tout. Même ce qui n'avait plus d'importance pour moi. Leone, Pogo, Ivan, Lucy, Nicky, Claudia, Nicky 2, la psy, le policier. Je remplis Gippo de noms. Il plissa le front deux ou trois fois, caressa la balance d'un doigt. Quasiment soûl, je lui demandai de me fournir une réponse à tout. Quasiment soûl, il accepta.

En revanche, il ne me raconta rien de nouveau à son sujet. Peut-être Gippo était-il aussi gros parce qu'il absorbait tout, en particulier les problèmes des autres. Je lui parlai aussi d'Ulli, histoire d'adoucir un peu la nuit. Gippo s'exprimait avec le front.

Le type du bar, un cinquantenaire déplumé, annonça sur le coup de cinq heures : « On ferme. » Gippo acquiesça. L'homme lui laissa les clés du local et se dirigea vers la sortie. Qui d'un autre point de vue se trouve être aussi l'entrée. Ensuite, il abaissa le rideau de fer. Il nous enferma en scellant ainsi les bases rénovées de deux existences parallèles.

Vers six heures, ayant épuisé la salive, les cigares (le bar n'était pas un bar tabac) et la capacité à ne pas se répéter, Gippo me ramena devant le concessionnaire automobile qui avait été le Jago Bar et qui, d'une invisible manière, l'était encore. Il contempla la vitrine. Son front se couvrit de rides. D'un coup de tête brutal, il fendit la vitre qui nous séparait des BMW.

Il ne supportait pas les bars qui devenaient des salons d'exposition pour véhicules à moteur, pas plus que la loi obscène qui transformait les chenilles en papillons. Pour lui, même les canards devaient pouvoir se transformer en papillons. C'était un volontariste, pas un résigné. L'alarme du magasin se mit à hurler comme si on tentait de l'égorger. Elle couvrit les dernières paroles de Gippo :

— On s'appelle demain pour ce truc-là.

7

Je m'endormais toujours avec la télé allumée. Naturellement, il y avait un motif. Depuis que j'avais découvert que j'étais trop grand pour déclarer impunément avoir peur de l'obscurité, je m'étais acheté une belle télé et je l'avais installée devant mon lit. Je dénichais quelque vieux film en noir et blanc, de façon à ce que la lumière soit suffisamment glauque, je fermais les yeux et attendais le sommeil.

Le noir et blanc était essentiel. Si j'avais tenté de m'endormir avec un reportage sur le carnaval de Rio, adieu aux armes. La couleur ne convient pas au sommeil. Le sommeil, au fond, est l'antichambre de la mort, et les couleurs sont bannies des enterrements. Il est déjà difficile de suivre un corbillard sans penser à autre chose, alors au milieu d'un arc-en-ciel…

Je refusais le sommeil tant que la télé diffusait quelque chose de coloriquement vital, ou mortel, comme une corrida en direct. Non. Je préférais refermer les yeux sur un vieux film, sûr de ne pas rater quelque chose de nouveau. Rien d'important ne pouvait ainsi se produire durant mon inconscience.

Comme toujours, ce fut le téléphone qui me réveilla.

— Lazare, c'est Bidoche.

Je baissai le son en coupant la parole à Humphrey Bogart.

— Lazare, t'es là ? Je pars en Turquie.

— Pour quoi faire ?

— Un reportage photo. J'ai rencontré un Turc au Merlino e…

— T'as vu Pogo au Merlino ?

— Ouais, hier soir. Je voulais t'en parler. Ça faisait un bail qu'il venait pas. Il s'est pointé avec cette Leone. Il montrait à tout le monde son alliance en or. Tu vois un peu…

— Il s'est marié ?

– Tu rigoles. Il a simplement dit que c'était un gage d'amour.

– Et elle… ?

– Elle m'a fait un clin d'œil et elle a dit à Pogo qu'elle allait aux toilettes.

– Me dis pas que tu l'as suivie !

J'imaginai Bidoche en train de rougir comme un steak sur le grill.

– Si. Et je l'ai trombonée.

Doux Jésus, Leone s'était même siphonné Bidoche.

– Tu fais un drôle de copain.

– Je sais. Mais tu vois, au fond, je l'ai fait pour Pogo. Je voulais lui démontrer que Leone est un gros thon et qu'elle n'est pas faite pour lui.

– Seulement, après tu lui as rien dit, pas vrai ?

– Affirmatif. Je n'ai pas eu le courage de le blesser.

– Non, tu n'as pas eu le courage d'être blessé par lui. On connaît ses amis quand on a besoin d'eux. Et je parle pas des besoins de Leone. Tu mérites bien les chiottes comme chambre à coucher, Bidoche, toi autant qu'elle !

Bidoche resta muet, tout comme Humphrey Bogart. J'enfonçai le couteau dans la «Blessure d'automne» :

– J'ai compris ce que tu vas faire en Turquie, gros porc. Les photos, c'est une belle excuse. Tu n'appartiens pas à la génération qui rêvait de la Californie ni à celle qui voulait changer l'Italie. Tu ne pars pas pour travailler ni pour expier. Un type comme toi va expier aux Bahamas. Tu vas en Turquie parce que tu as peur que Leone raconte tout à Pogo. Elle en serait tout à fait capable. À cause de cela, tu veux mettre au moins la Grèce entre toi et Pogo, ne me dis pas le contraire.

Bidoche, le Judas gourmand, ne chercha pas à nier. Il bredouilla quelque chose en raccrochant, tandis que sur l'écran Bogart disparaissait derrière le carton *The end*.

J'appelai Caroli, mais personne ne répondit. Quelle tristesse. Caroli disparu comme Nicky. Pogo amoureux et désormais ailleurs et enfin Bidoche en partance pour la Turquie. J'étais sur le point de prendre en considération le projet d'appeler Ciro, même si le dialogue entre nous évoquait celui des gangsters de série B.

Tandis que je me frottais vigoureusement les dents pour voir le sang couler des gencives, le téléphone sonna. Insister à l'aide d'une brosse à dents *extra strong* sur des gencives afin de les faire saigner était une forme de suicide pour petit lâche : encore cinq ans et je mourrais exsangue. C'était Gippo.

— Lazare, c'est pour le truc-là. J'ai un nom qui m'est revenu. Tout ce que je sais du Sicilien, c'est qu'il traîne du côté de Quarto Oggiaro, mais celui de Bergame a un nom et un prénom, Gino Selvino. Il fait partie de ce groupe de connards, les « Pittbulls du Nord ». Tu vois ?

— Je vois. Ceux qui veulent vider le métro des méridionaux et des Marocains. Une race de SS de province dilettantes.

— Fais gaffe à eux.

— Pourquoi, c'est des dilettantes…

— Justement. Les dilettantes sont dangereux. Et les professionnels, rapides.

— Dis-moi, Gippo, t'as une idée d'où je pourrais le trouver ?

Gippo me donna l'adresse.

– Je sais pas comment te remercier.

– Moi, je sais. Ça t'intéresse un camion de nougat ? Il y a une centaine de cartons qui m'encombrent. Il faudrait m'en débarrasser.

Je songeai à mes gencives sanguinolentes.

– Gippo, j'ai horreur du nougat et tu m'en proposes une tonne. Je saurais pas quoi en faire !

– C'est ton problème, joli cœur. Donne des nouvelles. Je compte sur toi.

Je me retrouvai plus riche d'un surnom et d'un camion de nougat à fourguer gratis pour éponger une dette.

Après un bain inhabituellement rapide, je m'habillai comme il le fallait pour l'occasion. Les Pittbulls du Nord portaient, en guise de tenue de combat, blousons de cuir noir et bérets militaires verts à visière.

Ma garde-robe aurait empli de joie une costumière de théâtre. Absolument toutes les filles que je connaissais affirmaient s'habiller chaque jour suivant l'humeur du moment. C'était l'une de ces phrases toutes faites qui renvoyaient à une banale et inoxydable évidence. Moi, je ne m'habillais pas toujours suivant l'humeur du moment, car je changeais d'humeur à une vitesse impressionnante et je trouvais peu commode de me déplacer avec des vêtements de rechange. Ils finiraient par se froisser. J'avais pourtant prévu toutes les nuances d'humeur possibles et pris des mesures en conséquence. Il me fallut peu de temps pour ressembler dans le miroir à un Pittbull du Nord, l'antithèse du pittbull napolitain. Mais il me faudrait vraiment beaucoup plus de temps pour y croire.

Gino Selvino était un fils de pute, mais sa mère ne faisait pas la pute. C'était une grosse femme pétrifiée par la résignation, qui habitait vers la fin du *viale* Monza. Le nom Selvino était écrit au stylo à bille sur une porte de l'entresol. Il n'y avait pas de concierge. Le carrelage du couloir contrastait avec le délabrement général par l'éclat absurde de son marbre défraîchi que quelqu'un, j'aurais parié sur la mère de Gino, avait ciré avec un soin maniaque.

– Qui c'est ? demanda une voix gutturale.

Sur les parois par ailleurs totalement nues de l'entrée, de petits portraits encadrés du pape Jean XXIII étaient accrochés. Un parfum d'encens, mélangé à des relents de cire et d'ammoniaque, enveloppait une femme maigre mais douce. Elle évoquait un bâtonnet de barbe à papa désormais dépourvu de barbe à papa.

– Je cherche Gino.

– Il est au cimetière.

– Il est mort ?

Fin de piste.

– Non, répondit-elle presque déçue, il est à l'enterrement de Concetta, son amie.

Le cure-dents s'emplit de larmes.

– Son amie ?

– Oui. Pauvre fille. Une brave fille. Elle était courageuse, elle, une travailleuse. Elle était ouvrière.

– Où ?

– À Opera[1]. Elle est morte avant-hier. Péritonite. Vacherie de saleté.

---

1. Il y a plusieurs jeux de mots autour de *opera*, qui signifie le travail, l'œuvre.

Quelque chose ne collait pas. Je lui demandai le lieu des funérailles.

– À Opera, dit-elle, une si brave fille.

– Ouais, répondis-je.

Elle m'attendrissait.

– Vous aimez le nougat ? demandai-je, sans arrière-pensée.

Un camion de nougat aurait bien dédommagé une vie de fils dévoyés, de belles-filles décédées, de carrelages astiqués.

Je repartis avec un sale cafard.

Le taxi me laissa devant l'église. Le ciel était blanc et noir. Ciel de funérailles, menaçant de pluie, de grêle peut-être, probablement un déluge. L'église, que le cortège funèbre était en train de quitter, était l'un de ces édifices aussi glacés que la *rigor mortis*. Une église industrielle dans une zone industrielle. La croix ressemblait à une antenne. Il ne manquait qu'une cheminée et j'aurais pu penser que même Dieu, à Opera, possédait sa petite usine. Rien de prétentieux, soyons honnête. Pas le genre *Les Noces de Cana*. Ni un petit tableau naïf. Juste le mausolée aseptisé des temps modernes. Un temple frigide.

Le cortège funèbre démentait en partie la première impression. Il y avait de la douleur. Les gens ne regardaient pas le ciel menaçant. On suivait le cercueil avec les yeux baissés. Il y avait des voiles noirs, des jeans délavés. Chez ceux qui ne ressentaient ni amour ni douleur, il y avait du respect.

Je m'approchai d'un homme à la silhouette ratatinée, costume bleu de deux tailles trop grand, godillots de montagne, chemise râpée, cravate noire. Il ne pleurait pas. Il souffrait d'une forte cataracte.

– Pardon, vous auriez pas vu Gino ? murmurai-je.

On murmurait aux enterrements, on jetait du riz aux mariages.

– Là-bas. Avec la famille.

Je repérai Noël de Bergame. Il pleurait, le salopard, avec d'authentiques sanglots. Son complet couleur noisette lui allait encore plus mal que la tenue de Père Noël. Je me sentais déplacé, déguisé en Pittbull du Nord dans un enterrement du Sud. Afin d'expier ce que je m'apprêtais à commettre, je m'infligeai les funérailles de Concetta Ciano, m'efforçant d'éprouver autre chose que de l'impatience.

Je me mis en queue de procession et, au moment de monter dans les voitures pour rejoindre le cimetière, j'acceptai l'invitation de l'homme à la cataracte. Gino jeta une fleur dans la tombe. Je jetai le mégot de mon cigare dans une bouche d'égout. Même un cigare éteint me semblait irrespectueux.

À la sortie du cimetière, je me mélangeai à ceux qui allaient saluer Gino. Quand ce fut mon tour, juste avant de le serrer dans mes bras, je le regardai droit dans les yeux. Gino me reconnut. Avant qu'il puisse avoir la moindre réaction, je lui plantai mon genou dans les testicules. Il se plia en deux.

« Il a un malaise, il n'a pas supporté la douleur. Je vais l'emmener prendre un petit remontant », expliquai-je à sa presque famille qui montrait de grands signes d'inquiétude. En feignant de soutenir Gino, je lui couvrais d'une main la bouche et de l'autre lui serrais les couilles.

Le cimetière avait aussi un petit air d'usine. Plus qu'un lieu destiné au repos éternel, il évoquait un dépôt de pierres tombales. Grande promotion sur le marbre.

Je portai Gino à moitié évanoui jusqu'à la chapelle. Il y avait un bar, une sorte de cantine. Je déposai Papa Bergame sur une chaise au dossier raide et lustré comme un cercueil ou comme les trottoirs du *viale* Monza et commandai deux punchs au rhum. Le barman, évidemment, faisait une tête d'enterrement.

Je portai les punchs jusqu'à la table et les sifflai tous les deux. Gino rouvrit les yeux, sollicité d'un coup de pied sournois dans le tibia.

— Première question, pourquoi est-ce qu'hier soir tu as tiré sur moi et sur mon copain ?

Gino parvint à bafouiller :

— On devait pas tirer sur toi mais sur Caroli.

— Pourquoi ?

— À cause du fric.

— Qui t'a payé ?

Il hésita. Je lui comprimai à nouveau les parties.

— Je sais pas. C'est pas moi qu'ils ont payé. Ils ont payé Pasquale. C'est lui qui sait tout et qu'organise le truc.

— L'autre Père Noël, le Sicilien, celui que j'ai blessé, qu'est-ce qu'il est devenu ?

— C'est lui, Pasquale. On l'a laissé à son bar, à Quarto Oggiaro.

— Pasquale comment ?

— Pasquale Mezzasalma. Je te jure, je voulais tuer personne. C'est Pasquale.

— Et tu n'as vraiment aucune idée des gens qui ont pu payer Pasquale ?

— Non, je te jure, je te le dirais.

— Je te crois autant que je crois au Père Noël. Maintenant écoute-moi bien. Oublie-moi et oublie Pasquale. Oublie aussi ces connards de Pittbulls du

154

Nord. Rappelle-toi seulement de Concetta. Je ne la connaissais pas, mais je pense qu'elle le méritait. Tu as quel âge ?

– Vingt-quatre.

– Si tu veux arriver à vingt-cinq, tu n'as qu'à la fermer. Ou bien tu te retrouveras (je cherchai une image frappante) tu te retrouveras avec un nougat dans la bouche, ducon.

– Un nougat ? s'étonna-t-il.

La curiosité était plus forte que la douleur, douleur physique et aussi celle provoquée par la mort de Concetta.

– Oui, un nougat. T'as jamais entendu parler des Loups-Garous du nougat ? improvisai-je.

– Si, bien sûr, mentit-il.

– On a déjà rendu visite à ta mère. Tu y tiens à ta mère, non ? C'était un simple avertissement.

Je lui tordis les couilles une dernière fois. Je m'interrompis avant que l'idée qu'il y prenait peut-être goût vienne me turlupiner. J'abandonnai Gino recroquevillé sur lui-même.

Je m'approchai du bar et glissai à Tête d'Enterrement :

– Ah écoute, c'est mon pote qui paiera les deux punchs.

À la sortie du bar, je me heurtai à une nuée de parents de Concetta venus à la recherche de Gino.

– Il est au bar. Il boit pour oublier, les avisai-je.

Dans la foule affligée, je reconnus l'homme à la cataracte.

– Comment va Gino ? me demanda-t-il.

– Il souffre, c'est naturel. Mais je crois qu'il va se reprendre. C'est un type qui a des couilles.

155

Le ciel explosa et la pluie se mit à tomber pendant que je partais à la recherche d'un taxi. J'étais content de moi. Une fois que les Selvino auraient reçu une caisse de nougats, la mère croirait à un cadeau de ma part, le fils à un petit coup de semonce. Un bon nougat n'est jamais perdu.

Les vol-au-vent étaient froids. Le calendrier indiquait jeudi. Ma mère, donc, se promenait au jardin public avec chien et grand-mère.

Je dévorai les vol-au-vent sans appétit, par simple souci de nourriture.

Ensuite, je me souvins être tombé amoureux et j'appelai Ulli.

— Bonjour, c'est Lazare. Ulli ?

— Non, c'est Sabine, sa sœur, on a la même voix, tout le monde nous confond.

— Physiquement, tu lui ressembles aussi ?

Elle ne répondit pas. Pas immédiatement.

— Lazare ?

— Sabine ?

— Non c'est Ulli. C'est pas vrai qu'on a la même voix ?

Caroli n'était pas chez lui et s'il s'y trouvait, il dormait. La compagne de Gino était inhumée. Si elle avait été vivante et présente, je ne me serais jamais permis d'humilier et de frapper son fiancé. Mais elle était sous terre, avec les vers, et les vers lui montreraient plus d'affection que ne lui en aurait montré Gino. En fait, ni Gino ni les vers ne la méritaient. Il devait exister un autre ailleurs. Un lieu sans vers et sans aucun Gino. Où était Nicky ? Où était Lucy ? Où se trouvaient tous les surnoms? Je voulais trouver cet endroit, pas nécessairement pour y demeurer. Gippo lui-même, en dépit de toute son organisation, ne savait pas exactement où il était, ni à qui demander le chemin.

J'y pensais plus souvent que je ne l'aurais souhaité. J'ouvris mon portefeuille et jetai un regard à une photo que j'y conservais, en y cherchant un signe d'approbation. Le signe arriva. À présent, je savais non seulement quoi faire, mais aussi pourquoi je devais le faire.

Garder une photo dans son portefeuille, c'est comme garder un caillou dans sa veste. On le glisse dans la poche pour quelque obscur motif, et un jour, après que le caillou a déformé la poche, on se rend compte que l'unique intérêt de la veste est de servir de réceptacle au caillou. On ne la jette pas par respect pour le caillou, et s'il faut vraiment faire un choix, on jette la veste et on garde le caillou. Un caillou qui déformera d'autres poches, mais dont on ne pourra, dont on ne voudra jamais se séparer.

La photo dans le portefeuille était mon caillou dans la poche. Elle me faisait mal, c'était certain. «J'ai un p'tit caillou dans la poche, ohé ohé, qui m'fait tellement tellement mal, ohé ohé…» Mais quand je la regardais, je retrouvais toute la volonté que je croyais avoir oubliée dans un autre portefeuille, une autre veste.

Les photos sont des cailloux avec un visage.

La cousine de Leone détestait Pogo autant que Pogo détestait la cousine de Leone.

Entre ces deux courants de haine, Leone se délectait comme au sein d'un jacuzzi. Pogo l'avait compris, mais son instinct, l'antique instinct qui l'avait mis à l'abri des tempêtes et des affronts, se trouvait totalement asservi à Leone. Chaque fois qu'une parcelle de Pogo se mettait à aboyer, Leone transformait le cri en un gémissement de désir et Pogo, inconscient, car privé de défenses naturelles en dehors de la parole, ne faisait que japper comme un chiot.

Leone s'était divisée entre Pogo et sa cousine. Silvia, la cousine, enviait le pénis de Pogo. Elle aurait aimé avoir l'illusion de posséder Leone. Silvia savait que Leone la possédait tout entière. Pogo, non. Pogo était encore convaincu que le prolongement de lui-même qu'il enfonçait à l'intérieur de Leone lui appartenait. Il ne s'était pas rendu compte que désormais Leone avait pris possession de son pénis, qu'elle ne faisait rien d'autre que de le lui laisser en prêt, attaché au scrotum, tant qu'elle n'en avait ni envie ni besoin.

Silvia croyait également que sa propre langue, à l'aide de laquelle elle explorait Leone, lui appartenait toujours.

Leone, elle, savait tout, elle avait toujours tout su. La vérité crue d'une langue ou d'un pénis dont elle était souveraine ne faisait qu'accroître le pouvoir de Leone Pavesi, sociologue nymphomane.

La seule chose dont Leone n'avait pas encore pris conscience se matérialisait en kilos sur les hanches et le cul : Leone engraissait. Elle ne l'aurait jamais admis, et ses disciples à l'esprit brumeux n'étaient pas en état de le constater, mais la silhouette de Leone, qui n'avait jamais été filiforme, gonflée par le désir et la dévotion d'autrui, n'avait fait que s'alourdir tout au long des mois passés.

Leone avait toujours été terrorisée par le vide, au point de faire emplir chacun de ses orifices par des protubérances de chair étrangère, mais aujourd'hui, caricature grotesque de réceptacle à désir, elle était en voie de devenir monstrueuse. Mais aujourd'hui… aujourd'hui il y avait Silvia qui lui vernissait les ongles du pied et Pogo qui, hypnotisé, fixait le rouge laqué coulant du pinceau. Si Leone était morte à cet instant, Pogo et Silvia auraient surmonté leurs différends pour l'embaumer et la conserver telle une poupée gonflable, déesse Kali pourvue de mille utérus plutôt que de mille bras.

Avec Silvia, ce fut facile. Une cousine mineure, quand on sait la dresser depuis l'enfance, devient un petit chien pourri d'adoration et une petite chienne en chaleur. Le problème s'était révélé plus complexe avec Pogo. Pogo était fort, sûr de lui, mais Leone parlait aux animaux et Pogo, en dépit de sa force et de son intelligence, n'était aux yeux de Leone qu'un bizarre animal doué d'indépendance. Entre la dépendance et l'indépendance, il n'y a qu'un pas, bref et feutré.

Leone s'était soumise à Pogo en ce sens qu'elle s'était mise sous lui, lui laissant l'illusion que dessus et dessous fussent deux choses différentes et non une figure identique sous un autre angle. Quand elle pensait à elle-même sans se masturber, Leone se plaisait à s'imaginer telle une Circé ingénue : « Qu'est-il besoin de transformer les hommes en porcs alors qu'ils sont déjà tous des porcs ? » C'était tellement plus simple de les attendre au tournant, *via* Gustavo Modena, sublime truie au pouvoir magnétique.

Leone eut un sourire nerveux en constatant qu'elle avait pensé à elle-même en ces termes. Mais tout, absolument tout, même un sourire qui s'ouvrait sur le visage comme une blessure, était préférable au vide.

Le métro était vide, à part moi. Je l'avais emprunté pour ce motif. J'aime marcher parce que c'est plus élégant que courir, mais à cette heure-là, le métro était vide et moi j'étais proche du métro et de quelques réponses à mes questions.

Ulli et Sabine m'attendaient chez elles : je fondais à la pensée d'Ulli et me raidissais à celle de Sabine. J'avais passé mon temps à éviter les explications. Pourtant, moi, j'en exigeais des autres. Mais pas d'Ulli ni de Sabine. D'Ulli, je ne désirais que des baisers sur le nez et sur le zizi, de Sabine je ne voulais que l'hospitalité. En dépit d'un certain nombre de bosses et contusions, je nourrissais une certaine autosatisfaction : depuis un certain temps, je faisais preuve d'un comportement moins égoïste. Quelques années plus tôt, pas tant que ça à dire vrai, je me serais contenté de chercher les réponses à mes propres problèmes, un porc au pouvoir magnétique.

Aujourd'hui, je voulais savoir « qui et pourquoi ». Sans oublier « où ». Mais « qui », « pourquoi » et « où » étaient suivis de points d'interrogation accolés à des gens qui m'avaient entouré, frôlé, intéressé, et je n'étais pas à leur place.

Une fois cicatrisée la « Blessure d'automne » de Caroli et récupérée Nicky, morte ou vive, je pourrais m'occuper à nouveau de Lazare Santandrea. Passé et présent étant épuisés, ne resterait que le futur.

Le métro était vide, un gros serpent sans conducteur mais avec un passager. Ils montèrent Porta

Venezia. Ils me lancèrent un coup d'œil et redescendirent avant que les portes du convoi se referment. Ils étaient noirs. «Noirs» est impropre, au fond ils tiraient plutôt sur le marron. «Nègres» est laid. C'est un mot tellement pourri dans la bouche des racistes qu'il en vient à puer et que ces mêmes racistes en tirent la conclusion que les Nègres puent, alors que ce sont leurs bouches fétides qui font puer d'inodores paroles. Ils étaient donc noirs, et s'ils puaient, c'était de colère.

Les Pittbulls du Nord, qui patrouillaient dans le métro afin de punir les non-aryens et les non-connards, avaient évidemment suscité la résistance armée de groupes opposés. À l'intérieur des stations du métro, une géographie souterraine s'était ainsi constituée, avec des empires à perdre et d'autres à conquérir. Les Pittbulls du Nord avaient pris possession de la station Udine. Udine est une ville du Nord de l'Italie. Si Porta Venezia était aux mains des Noirs, c'était peut-être à cause d'Othello, le «Maure» de Venise.

Ulli habitait *via* Bellezza et, ce n'était pas un hasard, juste au-dessus de l'école de danse qui occupait un vaste local en sous-sol.

Une seule journée s'était écoulée depuis notre première et dernière rencontre, mais les événements des ultimes vingt-quatre heures n'étaient certes pas réductibles à deux tours d'horloge. En grimpant l'escalier, je me mis à craindre le péril majeur: la déception, la mienne et la sienne. On s'était quittés vingt-quatre heures plus tôt et beaucoup de choses avaient probablement changé; et elle ne serait plus habillée en Père Noël. Je me sentais ridicule avec mes deux bouteilles de spumante Ferrari, fabriquées dans le Trentino comme ma grand-mère. Je les tenais sous l'aisselle comme un thermomètre, ce qui gênait les mouvements les plus simples comme d'appuyer sur une sonnette ou d'applaudir la nouvelle conquête du trentenaire immature que j'étais ou du gamin de seize ans particulièrement mûr que je voulais rester.

Ulli ouvrit la porte.

– Ciao.

– Ciao Ulli.

– Ce n'est pas Ulli, moi c'est Sabine.

Elles étaient identiques. Sabine avait seulement les pommettes plus enflammées, comme si elle avait bu. Elle avait bu. Je le constatai quand je respirai son haleine, et d'une voix incertaine elle annonça :

– Il y a une fête. Tu es le dernier.

Moi ? Le dernier ? Voici pourquoi, bien qu'elles fussent semblables, j'étais tombé amoureux d'Ulli et non de Sabine. Ulli ne m'aurait jamais dit que j'étais le dernier. Elle se serait limitée à constater que j'étais arrivé en dernier et que, par conséquent, je serais l'heureux premier au royaume des cieux.

Ulli rejoignit Sabine sur le palier. Sabine portait une minijupe rouge. Pas Ulli. Ulli ne portait qu'un short et un soutien-gorge de coton avec des dessins de petits ours assis sur des tracteurs. Je concentrai mon attention sur un petit ours en laissant le tracteur de côté. D'une voix pâteuse, Ulli se justifia.

– Excuse ma tenue. C'est un gage.

Ivre et à moitié nue, elle était presque mieux qu'en Père Noël.

– Pas besoin de m'expliquer, j'ai tout compris. Vous avez joué au jeu de la bouteille, tu as descendu la bouteille et après tu l'as fait tourner tellement vite que le vent t'a arraché les vêtements.

Ulli me contempla de ses yeux hébétés et superbes. À ses pieds, un chat. Mon attention glissa du petit ours jusqu'au chat.

Ulli m'avait avoué que dans son pays on étranglait les chats par pure mansuétude, mais qu'elle déplorait tellement la chose qu'elle hébergeait des chats en cachette, un peu comme les Allemands antinazis faisaient avec les Juifs. Le chat d'Ulli était énorme et terrible. Des générations de chats de combat s'étaient succédé pour édifier le patrimoine génétique d'une bête aussi grosse qu'un chien de taille moyenne.

Je notai alors les coups de griffes sur les jambes d'Ulli. Le chat-garou.

L'animal se frotta contre ma jambe, me faisant venir un frisson. Je m'inclinai pour le caresser, histoire de ne pas me faire un autre ennemi, et les bouteilles de Ferrari se fracassèrent au sol. Le chat, indisposé par l'explosion, dressa le poil et cracha dans ma direction. Je l'aurais étranglé, si j'en avais eu le courage. Au contraire, je reculai. Afin de me retenir, Ulli rétablit un équilibre précaire sur un tesson de bouteille. Pour les pieds d'UIli, la fête était terminée.

Rester à la porte ne pouvait qu'empirer la situation. J'entrai donc, décidé à m'enivrer le plus rapidement possible. Je contournai les débris de verre, Ulli et le chat et m'aventurai dans un grand deux pièces où étaient plantés un divan-lit et deux longues tables couvertes de nourriture.

Les participants étaient déjà tous éméchés. Une faune hétérogène de fuseaux et pantalons de velours, minijupes, tabac anglais et joint. La transgression conventionnelle chez les néo-postadolescents.

Je me sentis vieux. Très vieux. Trop vieux pour moi-même plus que pour Ulli. Une tache de vomi sur une moquette blanche.

Je sympathisai avec un type qui tentait de se faire pousser la moustache avec un modeste succès. Moi qui l'avais coupée, je ne pouvais que ressembler, paradoxalement, à son grand frère.

Ulli revint avec les pieds bandés et un survêtement. Pogo me manquait plus que jamais. Je venais à peine de m'enfiler une théorie de verres en carton emplis de sangria que, avec l'excuse de soutenir Ulli, je lui glissai ma langue dans la bouche, lui restituant un peu de sangria et transformant un baiser d'occasion en hommage aromatique. Dommage, le lendemain nous aurions oublié le goût du baiser, ne gardant que la certitude embarrassée d'avoir participé à une orgie de papilles gustatives, trop imprégnées d'alcool pour fabriquer de beaux souvenirs.

Après le baiser, je confiai à Ulli des choses qu'en temps normal je ne me serais pas même racontées. Ensuite, je lui demandai la permission de passer un coup de fil et, avec quelques difficultés, composai le numéro de Caroli.

– Allô, c'est Lazare.

– Ah ! Lazare, il faut que je te parle.

– Alors on se voit.

– Je peux pas. Tout ce que j'ai dans la poche, c'est un ticket de tram.

– T'as qu'à t'en servir.

– Il est périmé. Ma mère ne me file pas une lire.

Depuis la fusillade, elle a peur que je mette le nez dehors. Eh! Lazare, tu m'as l'air un peu siphonné. C'est peut-être mieux qu'on se rappelle demain matin. Si tu veux, c'est encore mieux qu'on se voie.

— Et comment tu vas faire pour le ticket?

— Demain j'aurai peut-être assez de fric pour venir en taxi.

— Tu me caches quelque chose.

— Évidemment, sinon quel intérêt?

Caroli partit de son rire abîmé, celui d'un homme qui a touché le fond et qui, assistant à sa propre chute, se croit en train de regarder *Oggi le comiche* [1] à la télé. Puéril et tragique Caroli. Même les coups de téléphone échouaient joyeusement avec lui et comme lui.

L'attente devenait insoutenable. « Je laisse tomber », me dis-je à voix haute. J'aspirai un fond de sangria et après avoir salué, en titubant, un garçon avec un début de moustache, je ramai vers la sortie.

— Le chat est mort. Qui c'est qu'a étranglé le chat? cria quelqu'un d'une voix empâtée.

Le cou du chat-garou accusait en effet un angle bizarre. Je ne pus retenir un accès de toux nerveuse. Je gagnai la porte où m'attendait Ulli, totalement ivre.

— Je suis désolé pour le chat.

Ulli éclata en sanglots. Je l'embrassai à nouveau, histoire de sécher quelques larmes qui avaient roulé sur ses lèvres. Elle apporta sa collaboration, ressuscitée par le corps toujours moins étranger de ma langue.

— Je t'appelle demain, Ulli.

---

1. « Aujourd'hui les comiques », du niveau des « Grosses Têtes ».

Elle avait quitté le survêtement, elle portait maintenant une minijupe rouge.

– Je suis pas Ulli, moi (elle insista sur le moi) je suis Sabine.

8

Il existe un jeu subtil à l'instant du réveil. Une phase pendant laquelle la mort vient faire sa cour, jouant la séduction, afin de prolonger le sommeil et de convaincre le dormeur de ne plus jamais se réveiller.

La mort parle en premier. Elle nous présente en kaléidoscope le monde qui nous attend, une fois les yeux ouverts. De quoi avoir des sueurs froides dans un lit bien chaud. Ensuite, elle avance une contre-proposition : elle nous invite à garder les yeux fermés, comme le témoin d'un imminent délit mafieux. Elle joue donc la carte de la torpeur : un as gagnant qui l'emporte sur les projets passés, anéantit l'angoisse d'un présent aussi omniprésent que Dieu et garantit que nous aurons la chance de ne pas appartenir au futur.

Que les autres s'arrangent, les éveillés. Végéter et végétal ont la même racine.

C'est bien de la mort dont il s'agit, la réponse définitive à toutes les attentes. La dame avec la faux, et aussi le marteau, pour les communistes. Le néant qui ronronne, lové à l'intérieur de nous-mêmes. Une virago qui va dévorer entièrement celui qui n'avait tendu qu'un seul doigt. On est sur le point de céder… mais : «Les jeux les plus courts sont les meilleurs», d'un sursaut on ouvre les yeux, cherchant déjà la solidarité d'une tasse de café. On a vaincu, encore pour cette fois-là. Pour ce matin-là.

La mort exige une revanche. Il faudra la lui accorder. À la fin de la nuit suivante.

«Comment puis-je faire une chose aussi monotone que de me réveiller, en être écœuré puis heureux aussitôt après?» me demandai-je, écœuré et heureux. Écœuré au point de me laver. Une heure de baignoire, tout en lisant *Spiderman* en anglais, pour avoir l'alibi de réviser les langues.

Malgré l'eau chaude, le chien poussa du nez dans un nuage de mousse pour tenter de me lécher le visage. Tout le monde voulait m'embrasser. Sauf ceux qui voulaient me tuer. Et ceux, les plus nombreux, qui n'en avaient rien à foutre.

Il allait maintenant me falloir régler deux ou trois choses dont l'importance justifierait mon réveil. Je ne travaillais pas depuis plusieurs mois. Non que j'attende du travail un effet anoblissant, mais il représentait pour moi… une sorte de gymnastique, grâce à laquelle je raffermissais non pas les abdominaux mais plutôt les muscles du temps qui me permettaient de porter à bout de bras une survie sans motivation.

Trop de gens étaient morts autour de moi, certains de mort violente, d'autres de mort naturelle. Mon problème (chacun le sien) était que je considérais comme naturelle la mort violente tandis que je ne pouvais accepter la violence apathique des morts naturelles.

J'étais convaincu que Nicky était morte. Morte comme un mensonge. La vie après la mort est probablement un mensonge, mais en disparaissant Nicky m'avait ôté toute possibilité de vivre ailleurs et autrement. En s'édifiant mille existences sur un lit de mystifications, en laissant la rachitique porteuse d'un manteau rouge hériter de la sienne, elle m'avait privé d'autres vies. Les siennes, les miennes, les nôtres, les leurs. Les autres. La faute aux autres. Antonello Caroli, avec le cadavre disparu de sa belle qui refait son apparition en automne depuis vingt ans. Pogo avec Leone ; Leone, enceinte d'une libido pathologique, prête à déferler sur le premier venu ; Vito et Doni avec leurs diapositives ; Bidoche et ses *panini* hauts comme la tour Eiffel, si enflés qu'ils penchaient comme la tour de Pise ; Ulli avec sa sœur.

Qui désirais-je le plus ? Ulli ou sa sœur, quel que soit son foutu prénom ? Et la mère, la grand-mère et le chien. Le 14 février, quand les autres fêtaient la Saint-Valentin, patron des amoureux, moi je me souvenais du massacre et d'Al Capone. Et la psychanalyste qui en mon absence devait se contenter d'incestes, d'envies de pénis et de matricides, annoncés et jamais perpétrés par les autres patients.

La conscience du séant devait récupérer son trône afin que la « Blessure d'automne » se cicatrise et que revienne, libre, heureux et invincible, le sens de la formule.

— Lazare ?

— Oui maman.

— Je ne sais pas si tu t'en es aperçu, mais ta grand-mère est venue habiter avec nous depuis quelques jours. Elle se sentait seule, elle n'allait pas bien… L'asthme… Tu ne t'en es pas aperçu, naturellement. Qui sait où tu étais encore cette nuit.

– J'étais où j'étais. Voilà où j'étais.

– C'est une provocation ?

– Non, une citation.

Ma mère éclata en sanglots.

C'était toujours la même vieille histoire. Dès que je sortais, ma mère cultivait mes remords. Je l'aimais bien, trop bien. Œdipe aurait parlé d'amour, mais ce n'était pas ça.

Ma mère avait le pouvoir congénital de m'irriter, avant de se renfermer dans une résignation sage. Alors je piquais une colère, elle arrêtait de pleurer, je me mettais à chialer. Elle me consolait.

Il n'y a pas que la vie qui est étrange, il y a ma mère aussi. Ma grand-mère est étrange. Moi aussi, je suis étrange.

– Ta grand-mère est morte, dit-elle.

– Impossible, dis-je.

– Sois fort, dit ma mère.

Je m'approchai du corps de ma grand-mère. Une femme qui fut dans sa jeunesse d'une beauté remarquable. Un être qui en continuant à vivre m'avait laissé l'illusion d'être encore un enfant. Ma grand-mère : une créature qui ressemblait à une poésie écrite par un boxeur.

Ma grand-mère, là, sur son lit de mort, morte. Ma grand-mère, qui à quatre-vingt-cinq ans disait de ceux qui en avaient soixante-dix : « C'est des vieux », s'ennuyant en leur compagnie. Ma grand-mère, aussi caractérielle qu'un chauffeur routier. Ma grand-mère, chasseuse alpine. Ma grand-mère était morte.

Quand il y a la douleur, rien n'a plus d'importance. Le manque d'une présence n'est pas une absence, mais une présence qui s'exhibe au-delà de la mort. Un être qui respirait et qui maintenant respire en nous, dont on hérite l'asthme, une maison, et un peu d'argent parfois. Ma grand-mère.

Maman pleurait. Moi aussi. Grand-mère, étendue sur son lit, ouvrit les yeux, émit un petit rot et, consciente d'être encore en vie, demanda un Fernet-Branca.

La priorité « grand-mère » tomba dans l'oubli, forte de l'évidence qu'elle était immortelle. Parfaitement rétablie, elle m'appela à son lit de mort :

– Je suis en train de mourir, Lazare, *ostia* !

– Mamie, si tu dis *ostia*, tu n'iras jamais au paradis !

Elle avait peur de la mort au point de se croire immortelle, avec des variantes. (« Encore deux ou trois ans », disait-elle tous les deux ou trois ans.)

– Le paradis ? Oh ! le paradis est une chose courte.

Je ne compris jamais ce qu'elle entendait par « chose courte ».

Midi est-elle une heure décente pour appeler deux jeunes filles avec lesquelles on s'est enivré la nuit précédente ? Oui, certes, l'heure est décente, surtout si, la même nuit, on n'a pas soi-même été d'une grande sobriété.

Ce n'était pas tant l'échange d'effusions avec sa sœur qui me retenait d'appeler Ulli que le fait que je n'aurais su quoi dire à Sabine au cas où je l'aurais eue au bout du fil. Nous n'avions jamais partagé qu'un baiser alcoolisé. Un de ces baisers sans importance qui ne se donnent qu'avec la langue, mais où ni le cœur ni les parties ne sont de la partie. Ces baisers dont personne ne parle dans les poésies parce que, en italien, il est difficile de trouver un mot qui rime avec langue. Ces baisers vineux dont on ne conserve qu'un vague souvenir, ni beau ni laid, comme le souvenir d'une anesthésie locale.

Pendant que je perdais encore un peu de temps de ma vie à fixer le téléphone, il se mit à sonner. Je soulevai le récepteur le plus rapidement possible, pour empêcher le grelot goguenard de prendre en dérision mes tergiversations, mon manque de courage.

– Allô, Lazare, c'est Sabine…
– Écoute Sabine, je ne voudrais pas que…
– Je te passe Ulli…
– Lazare, c'est Ulli…
– Ciao Ulli, je ne voudrais pas que…

Avant que je puisse fournir à Ulli une argumentation que je n'avais pas encore bien conçue, l'interphone donna signe de vie. Cette sonnerie débile d'interphone. Plus grossière que celle du téléphone, car il était écrit dans l'évangile du Saint-interphone qu'il fallait à tout prix imiter le claquement du heurtoir sur portail de bronze.

Ulli était en train de me répondre «Écoute, c'est pas la peine de…» quand le hasard voulut que l'interphone se manifestât. Le chien se mit à aboyer. Ma mère annonça: «Lazare, tu réponds?» et ma grand-mère, pour entrer dans la danse, se mit à gémir depuis son pseudo-lit de mort: «On peut pas rester dans cette maison… je vais retourner dans le Trentino et…»

171

– Excuse-moi Ulli, c'est l'interphone.

– Quel interphone? J'entends très bien qu'il y a un chien qui aboie.

– Oui, mais le chien aboie à cause de l'interphone.

L'appareil en question se fit à nouveau entendre. Le chien donna de la voix, couvrant les remontrances de ma grand-mère. Ulli et moi avions des problèmes de communication, c'était clair. Étant donné qu'il m'était impossible, sur le plan éthique, de donner un coup de pied au chien, je raccrochai au nez d'Ulli, exaspéré. Voilà, j'aurais enfin un motif valide pour présenter des excuses.

– Ouiiii? grognai-je dans l'interphone.

L'organe enjoué d'Antonello Caroli acteur répondit:

– Lazare, je peux monter?

Je lui ouvris la porte. J'étais pourtant encore en pyjama. Les deux pièces dépareillées. Ma mère s'obstinait à m'offrir des pyjamas avec une fréquence hebdomadaire. Elle les achetait au marché du *viale* Papiniano, convaincue de faire des affaires. Je les dissimulais au fond d'un tiroir pour ne plus les voir. Quand je rentrais au milieu de la nuit, je pêchais au hasard veste et pantalon dont, au petit matin, l'incompatibilité apparaissait encore plus irritante à l'homme de goût que j'étais.

Le téléphone se remit à sonner. Ulli désirait sans doute une explication. Ou bien, enragée, elle voulait me mordre. Je laissai le répondeur accomplir son devoir et me précipitai à la porte avant que la sonnette ne retentisse à son tour.

Caroli était là, tel un objet oblong, aux côtés d'un type râblé d'une petite quarantaine d'années, soi-

172

gneusement rasé, pantalon gris, veste croisée bleue, chemise Oxford et cravate d'allure banale, comme dans les pubs pour dentifrices antitartre. Un trench recouvrait tout ça.

Caroli, pour sa part, arborait un gros gilet marin et un pantalon de velours à côtes bleu comme ceux des contrôleurs d'autobus. Ils étaient tous les deux plus élégants que mon pyjama rafistolé.

— Lazare, je voulais te présenter Paolo.

— Enchanté, fis-je sans conviction.

— Enchanté, répondit Paolo avec le même manque de conviction.

Le sourire juvénile de Caroli avait cette fois-ci un rien d'immature.

— Lazare, tu n'as pas compris, lui c'est Paolo.

— Et alors ?

— Lazare, ce Paolo, c'est celui qui a tué Lucy.

Paolo s'empourpra.

— Hé minute, j'ai tué personne, moi. Je suis venu ici parce que Ivan voulait me rencontrer.

Grâce à cet « Ivan », je recollai les morceaux. Le drôle de coco en tenue de cadre dynamique était responsable de la « Blessure d'automne » de Caroli. L'assassin présumé d'une adolescente qui avait conclu un après-midi romantiquement prolétaire par un bain de sang aristocratique à la Caligula.

— Écoutez, Lazare, je ne vous connais pas, mais je ne suis pas venu jusqu'ici pour me faire insulter ou me retrouver impliqué dans les divagations d'un... d'un...

Je l'ignorai et me tournai vers Caroli :

— ... un maître chanteur. Antonello, par pitié, ne me dis pas que t'as voulu résoudre ta « Blessure d'automne » en essayant de faire chanter ce fils de pute.

Paolo virait au violet.

– Faites attention à ce que vous dites, j'ai une certaine position…

– Horizontale, si tu la fermes pas ! Laisse-moi discuter avec Antonello !

Paolo fit mine de partir, mais je réussis à le traîner dans l'entrée en agrippant le revers du trench-coat.

– Antonello, il faut qu'on parle ensemble. Ici. Maintenant. Tout de suite.

L'air de chien battu qui lui était coutumier se substitua définitivement au sourire forcé de Caroli.

– D'accord, mais pas devant lui. Laisse-le partir et je t'explique tout.

– Des clous que je le laisse se barrer ! Si tu l'as vraiment fait chanter, je commence à avoir une idée sur ceux qui nous ont envoyé les Pères Noël et les skaters à rasoirs. Nous, on sort sur le palier et lui, on l'enferme à clé.

La situation était décidément anormale : à l'intérieur, il y avait ma mère et ma grand-mère. Ma grand-mère ne courait aucun risque. Ce n'était pas une petite fille comme Lucy, c'était un vieux pittbull immortel.

Je fixai Paolo.

– Je vais te boucler ici et je vais parler dehors avec Caroli. Si tu vois ma mère, tiens-toi bien : c'est une grande dame.

Je fermai la porte blindée sur sa fureur muette.

– Maintenant, tu vas me convaincre que je fais fausse route.

– Tu ne t'es pas trompé. Mais ce n'est pas vraiment un chantage. Plutôt un hasard. J'ai rencontré

Paolo il y a quelque temps à l'Open House et je l'ai reconnu immédiatement. Il est producteur, tu sais, films pour la télé, sitcoms...

— Te mets pas à divaguer.

— Bon, je vais être bref, je lui ai demandé s'il y avait pas un petit rôle pour moi. Il m'a reconnu et il ne m'a offert aucun travail...

— Laisse-moi deviner : il t'a offert de l'argent. Il y a eu méprise, quand tu lui as demandé un rôle, il a pensé que tu voulais le faire chanter. Il t'a promis de l'argent et...

— Exactement (Caroli s'illumina à nouveau) il m'a pris pour un maître chanteur. Cela m'a plu. Beaucoup plu. Je ne voulais pas le faire chanter, et il l'a cru, un scénario de film, non ? Cela ne m'était jamais arrivé. Il m'a pris au sérieux. Moi, tu piges ? Alors je l'ai jouée comme dans un film et j'ai insisté. J'ai été super bon !

— Super bon. À part que ce fumier a dû penser qu'en l'absence du cadavre de Lucy, tu ne pouvais rien prouver, mais que tu l'aurais mis dans une sale situation. Un type comme lui peut pas se permettre de laisser courir certains bruits. Cela fait désordre dans son milieu. Alors il a décidé de te faire donner une leçon. Dans son univers de carton-pâte, une rumeur comme celle-là te met sur la paille. Le seul problème, le sien pas le nôtre, c'est qu'il a dû s'adresser à quelqu'un pour te remonter les bretelles. Car si Paolo est un assassin, c'est pas un professionnel de la chose. Il ne savait pas où aller. Il n'avait aucun contact. Je crois qu'il a rencontré un intermédiaire, peut-être son fournisseur de cocaïne, la petite poudre avec laquelle il se voit grand. Mais d'une personne à l'autre, les mots finissent par changer de sens. Son intermédiaire a frappé à la mauvaise porte, des gens pour qui remonter les bretelles signifie faire la peau.

On frappa à la porte, de l'intérieur.

– C'est Paolo. Tu peux ouvrir. J'ai tout entendu.

J'ouvris. Paolo avait oublié la colère et l'arrogance.

– C'est bien comme ça que ça s'est passé. À part que j'ai pas tué Lucy. Je l'ai raccompagnée dans la rue parce qu'elle se sentait mal. Je l'ai plus jamais revue.

– Et le sang ? Tout le sang ? demanda Caroli.

– Elle avait bu, elle avait sniffé, elle est tombée sur le nez en voulant dégueuler dans le lavabo.

Je regardai Paolo dans les yeux et je vis qu'il mentait. Avec le temps, il avait peut-être fini par se convaincre de son propre mensonge pour écarter le souvenir de Lucy. Mais c'était un assassin. J'en étais persuadé tout autant que je l'étais de la mort de Nicky.

– Je ne te crois pas, mais ça ne fait aucune différence. Lucy a disparu et elle n'a plus la moindre importance. C'est comme si elle n'avait pas existé, sauf pour toi, pour Caroli et pour Pietro. Et maintenant aussi pour moi. Ses parents doivent penser qu'elle est au ciel. Mais nous quatre savons parfaitement bien qu'elle se trouve sous terre.

Personne ne semblait plus vouloir dire quoi que ce soit. Le téléphone sonna. C'était probablement Ulli. L'interphone se mit aussi de la partie. Le chien se remit à aboyer. Je courus à l'interphone, c'était un de ces emmerdeurs qui veulent mettre des pubs dans les boîtes aux lettres.

Caroli et Paolo ne se regardaient plus. Ils fixaient la pointe de leurs chaussures, comme dans l'ascenseur. Paolo se mit également à sonner, ou plutôt le téléphone portable à l'intérieur de son trench-coat. Il sursauta. Le bruit avait ramené l'attention sur lui. Il répondit en bredouillant.

– Excusez, il faut que j'y aille. Un truc de travail.

Il me tendit timidement la main. Je la fixai comme on regarde une tache de vomi. Il agita vaguement le bras pour un ciao, ciao, et sortit de notre vie. Caroli et moi continuâmes à nous affronter.

– Lazare, je te jure que je voulais pas d'argent. C'était du travail, tu comprends, du travail que je voulais.

L'humide lui monta aux yeux, mais il retint les pleurs.

– Je te dégoûte, Lazare ?

– Non, tu me dégoûtes pas.

– Merci.

– Pas de quoi.

Nous ne savions plus quoi nous dire. C'était l'heure de l'apéritif et j'avais envie de prendre une biture. Tout seul. Caroli sortit de sa poche un paquet cadeau qui d'après la forme ne pouvait contenir qu'une cravate.

– Je te l'avais prise pour Noël, mais je préfère te la donner tout de suite.

– O.K.

Il s'en alla, courbé, défait. Je restai planté devant l'ascenseur qui l'emportait. Cela ne serait plus jamais pareil entre nous. Au moins jusqu'à ce qu'il me voie avec sa cravate autour du cou.

Leone Pavesi chaloupait des hanches sur le *corso* Vittorio Emanuele, en observant son reflet dans les vitrines. Parfois, elle croisait le regard d'une vendeuse. Leone ne l'aurait jamais admis, mais elles étaient toutes beaucoup plus jolies qu'elle. Il existait une nouvelle génération de vendeuses qui se déplaçaient par ondulations ennuyées, encore plus inaccessibles que les prix des boutiques du centre-ville. Elles se voulaient pulpeuses contorsionnistes du sexe davantage qu'*alter ego* humain de leurs mannequins, particulièrement quand elles «faisaient» la vitrine, accroupies dans leurs minijupes. Les mannequins avaient aussi des seins, mais personne ne leur prêtait attention. À part Leone.

Leone aurait aimé faire l'amour avec un mannequin de sexe féminin. Les mannequins masculins ne possédaient pas d'attributs. Les mannequins féminins, au contraire, exhibant des rondeurs artificielles, lui procuraient un effet «sexe». L'envie la travaillait de glisser la langue sur l'un de ces ventres aseptisés afin d'en tirer un impossible gémissement. Les vendeuses l'ennuyaient. Elles ne la désiraient pas, comme sa cousine ou comme Pogo le Juste.

Leone caressa son nez en forme de patate. Ensuite, elle passa la pointe de sa langue sur un doigt et se mit à le suçoter comme si elle ne parvenait plus à enlever une bague trop étroite. Un travesti installé au bar Tre Gazzelle commentait avec méchanceté chaque passage féminin : «Méchant gros cul. Pas étonnant que les mecs viennent me voir.» Quand Leone se montra, le doigt dans la bouche, le travesti l'apostropha : «Si tu veux sucer, moi je vais t'apprendre.» Un instant tentée par une bouche nouvelle,

Leone fut sur le point de s'arrêter. Elle se retint de le faire, suspectant une intention malhonnête plutôt qu'un désir honnête. Elle continua tout droit, avec une expression de supériorité courroucée.

À Milan, tôt ou tard, tout le monde finit par se croiser. C'est ainsi qu'eut lieu la rencontre entre une Leone en manteau de fourrure, pompeuse et ridicule, et un petit personnage féminin vêtu d'un manteau rouge à capuche. Leone croisa le regard de la gamine et y cueillit au vol ces faiblesses qui la rendaient, elle, plus forte.

Leone aborda Chaperon rouge avec le style d'un maître nageur.

— T'aurais pas du feu ?

— Je ne fume pas, répondit Chaperon rouge.

— Moi non plus.

Leone éclata d'un rire vulgaire de vieille folle tapie dans un jeune corps, une artiste d'opérette simulant un excès d'hilarité.

— Je ne fume pas parce que ma mère ne veut pas.

— Et depuis quand est-ce qu'on obéit aux mères ?

— Ma mère, c'est un cas spécial.

— Qu'est-ce qu'elle a de si spécial ?

— Tu vois qui c'est, Joan Collins ?

— Oui, et alors ?

— Ma mère, c'est Joan Collins.

Leone, après un instant d'hésitation, fut parcourue d'un frisson de plaisir. Elle était tombée sur une mytho. Produit pas vraiment rare mais toujours amusant. Juste de quoi passer un quart d'heure devant un verre de porto avant de commencer à tourner en dérision Chaperon rouge en prenant à témoin un quelconque client du bar. Histoire de lui faire comprendre la différence entre une femme divine et la fille factice d'une diva.

– J'aime beaucoup ta mère. Je m'appelle Leone, et toi?

– Moi, je m'appelle Nicky.

Ma psy avait déménagé. Elle avait changé de cabinet. Je déteste les changements, depuis toujours. Et pas parce que je suis un type routinier. C'est chez les autres que j'apprécie l'habitude. Si je les perds de vue, je sais ainsi comment les retrouver. J'aimerais que les autres ne vieillissent pas, ne meurent pas, ne changent pas de numéro de téléphone. Et au contraire, les autres continuent à vivre leur vie.

La psy s'était installée dans un immeuble silencieux du *corso* Italia. Un édifice bourgeois et vaguement lugubre, doté d'un ascenseur aussi lent qu'une agonie. Quand je la vis dans ses nouveaux meubles, elle m'apparut comme une personne différente. Je le lui dis.

– Intéressant, constata-t-elle en prenant des notes.

– Comment pourrais-je apparaître moins intéressant? Vous ne voulez pas que je vous sorte un bon lieu commun?

– Je vous écoute.

– Prends ta femme et tes bœufs dans ton village.

– C'est un proverbe, prit-elle en note.

– Vous préférez une poésie à thème?

– D'accord.

– Je t'adore, bœuf sacré…

Elle nota également cela.

– Il est remarquable que deux phrases en rapport avec les bovins vous soient venues à l'esprit.

– Vous voulez que je vous raconte un délit ?

Je m'amusais presque.

– Je n'attends rien d'autre.

– Abigéat. Vol de bétail.

– Je connais ce mot, Lazare, mais à présent dites-moi ce que signifie à votre avis cette fixation.

J'y pensai un peu et lui rétorquai avec le plus grand sérieux :

– Il s'agit peut-être du fait que j'aurais tant voulu être un cow-boy.

– Et vous n'y êtes pas parvenu ?

– Si, probablement. Mais, voyez-vous, je vis à Milan. Il y a longtemps, on trouvait des Indiens métropolitains. Moi, je me limite à être un cow-boy métropolitain. À présent qu'avec le révisionnisme historique les Indiens ont la part belle, je cherche d'autres méchants contre qui me battre.

– Vous pensez déjà à quelqu'un ?

Je lui racontai toute l'histoire de Caroli et Paolo, sans oublier l'intermède amoureux et alcoolique avec Ulli.

– Lazare, vous ne devez pas chercher des méchants à tout prix. Autrement, par carence de candidats, vous pourriez vous retrouver dans une situation où vous feriez le méchant contre vous-même. Et dans ce cas-là, nous savons bien tous les deux comment se résoudrait la question.

Je regardai ma montre. L'heure était terminée. Les heures finissent toujours. Heureusement, elles reviennent le lendemain. Au moins pour ceux qui seront encore en vie le lendemain. Pour ceux qui ne seront pas exécutés pendant la nuit.

À peine sorti de l'étrange nouveau cabinet de mon analyste, je m'immergeai dans l'obscurité d'un sept heures du soir automnal. Vu de l'extérieur, l'immeuble évoquait un énorme monument funéraire. Si je n'avais pas connu l'existence de la psy que je venais à peine de quitter, j'aurais juré que tout le monde était mort à l'intérieur. Et que personne ne s'en était aperçu.

Sept heures du soir. Une heure italienne pour mourir. Deux heures de retard par rapport au fuseau mortel de l'Espagne, où l'on meurt à cinq heures. Le monde est ma patrie ? Connerie. Si j'y avais pensé plus tôt, je l'aurais servi à la psy dans le menu des lieux communs. Le monde est ma patrie ? Tu parles. Chaque patrie est un monde. En Espagne, à cinq heures de l'après-midi, on meurt dans l'arène, tandis qu'en Angleterre, à la même heure, on prend le thé. Le seul moyen d'accorder l'horaire anglais avec l'espagnol serait d'empoisonner le thé.

Pensées bizarres. La psy aurait conclu que si j'associais les corridas et le *tea time*, c'était parce que je me trouvais sur le *corso* Italia. Une sorte de xénophilie funèbre.

Dans tous les cas, j'avais définitivement enterré l'histoire de Lucy. Il me restait Nicky. Lucy et Nicky : je tenais à donner des petits sobriquets à la mort. L'air était froid. J'étais las de marcher. Un taxi débôula et je fis de grands gestes pour l'arrêter. Dans les films américains, ça marche toujours. En Italie, et qui plus est sur le *corso* Italia, quasiment jamais. Avec une exception.

Le taxi freina brusquement. Et pourtant, je vis qu'il transportait déjà un passager. J'attendis. Le passager récalcitrant fut expulsé *manu militari* par le chauffeur. Je m'approchai. Le client repoussé se mit à blasphémer. Le chauffeur sortit un cric. C'était Pogo le Juste qui repassait à l'action.

— Monte, me dit-il.

— Un moment, répondis-je.

Le client déchargé, un piéton distingué avec des yeux comme des billes, était en train de noter le numéro de licence de Pogo le Juste afin de le dénoncer à Dieu sait qui. Je lui arrachai le carnet. Je pris aussi le stylo, un beau Dupont en laque de Chine, et le fourrai dans ma poche. L'homme était atterré. Il me dévisagea, entre la crise de foie et l'interrogation.

— À Carnaval, toutes les blagues se valent, lui dis-je.

— Mais on n'est pas encore à Noël !

— On n'a pas mis nos montres à l'heure, rétorquai-je en grimpant à côté du conducteur.

— T'as bien fait de lui piquer le stylo, Lazare. Il ne s'en sert que pour signer des chèques à des petites Lolita. C'est un pédophile valsugain[1]. J'ai pas compris s'il avait l'accent de Strigno, de Bieno ou de Grigno. En tout cas, certainement pas de Primolano.

Impayable Pogo qui connaissait le détail d'insoupçonnables arguments. Pour avoir la confirmation qu'il n'avait pas changé, je le provoquai :

— Tu as dit qu'il était d'où ? Vallfogona ?

— Me prends pas pour une tête de nœud. Vallfogona est un sculpteur catalan, celui qui a construit la cathédrale de Saragosse, dis un peu le contraire pour voir.

Il n'avait pas changé. Leone n'avait pas réussi à le dévorer. Nous nous embrassâmes pendant qu'il conduisait.

– Hé, je voudrais pas qu'on nous prenne pour deux vieilles tantes, protesta-t-il.

– Au pire, on verra une vieille tante avec un passager qu'essaie de lui arracher le volant.

On a continué sur le même ton durant un trajet sans but. Je n'osais pas lui parler de Leone. Pogo était cyclique dans sa monomanie, il fallait attendre que ça passe. C'est lui qui aborda la question.

– Tu sais, il y a quelques jours je suis sorti pour m'envoyer une grappa et à la dixième Leone m'est restée en travers de la gorge. Je ne regrette pas certains moments très beaux, mais je n'y arrivais plus. Pendant qu'on trombonait, elle répétait continuellement « je veux que tu dises… » avec une petite voix.

– Que tu dises… quoi ? demandai-je.

– … Et le « je veux que tu dises », elle le sortait avec les mots tout attachés entre eux, comme les enfants capricieux. « Jveuktudise. » Tu sais ce qu'elle voulait que je lui dise ?

– Des grosses cochonneries ?

– Comment tu peux le savoir ? Ah oui, j'oubliais que tu te l'es siphonnée avant moi. Au début, quand j'entendais « jveuktudise », elle le disait tellement vite que je comprenais même pas le sens de la formule.

– Comment arrivais-tu à tenir le coup ?

Pogo cligna d'un œil brillant, pas encore ivre mais sur la bonne voie.

– Quand j'en ai eu vraiment marre de tous ses « jveuktudise », j'ai commencé à lui mettre l'obélisque dans la bouche, systématiquement. Fellation uniquement… du reste (conclut-il avec philosophie) c'était le seul moyen de la faire taire.

Il était huit heures du soir. L'heure pour mourir était désormais passée.

— Et toi Lazare ?

— Je vais te raconter toute l'histoire devant une bonne bière. Mais avant, je voudrais savoir comment elle l'a pris quand tu es parti.

— Comment veux-tu qu'elle l'ait pris ? Dans la bouche ! Je lui ai annoncé la nouvelle pendant qu'elle me pompait.

— Et alors ?

— On t'a déjà mordu le geyser, Lazare ?

Je me mis à rire, comme je ne riais plus depuis que j'avais vingt-neuf ans. « Geyser » pour pénis, c'est moi qui l'avais inventé. Le langage était de nouveau réciproque. Aboulie, erreurs, tout était oublié.

— Qu'est-ce qu'on fait ce soir ?

— Ce soir, comme tu veux, mais à partir de demain, Pogo, que Dieu te bénisse, nous partons à la recherche d'une certaine Nicky.

Deuxième partie

LES HORREURS

9

Saignent les mensonges. Saignent en sautillant sur des moignons de bras avec d'impossibles coups de reins. Clopinent les mensonges, et maintenant ce sont les deux jambes qui sont raccourcies, parce que quelqu'un a voulu corriger une opération qui ne tombait pas juste, et qui jamais plus ne tomberait juste. Au pied de pieds, des mains manipulent d'inépuisables lames. Pataugent les mensonges dans leur propre sang quand ils ne parviennent plus à sautiller. Tendent le nez en avant pour se défendre et faire du massacre un duel. Mais il est désormais trop tard.

Vérité fait son entrée et se contemple, nue, dans le miroir. Le long nez du mensonge tente de s'y accrocher en la pénétrant, pour ne pas s'étouffer dans son sang. Vérité agacée repousse le nez de son pubis et se moque. Beaucoup plus amusant que le miroir. Vérité s'agenouille pour observer ce nez qui suffoque dans le sang. Puis, quand Vérité se redresse, ennuyée par le jeu, elle retourne au miroir. C'est bizarre, elle se découvre non plus nue, mais enveloppée d'un habit rouge. Puis elle crie à cause du sang qui la recouvre. Puis elle crie à cause du coup qui lui tranche un pied. Et quand la lame sectionne aussi l'autre pied, elle tombe à terre. Elle sautille par petits coups de reins. À côté des deux pieds, le miroir s'est brisé.

La conscience de n'être pas meilleur que Nicky. Ma Nicky à moi, la mythomane au nez crochu, pas sa réédition en format de poche. La conscience du non-être meilleur qu'elle. Voilà ce qui m'avait poussé à pister une ombre fondue dans les mensonges d'une autre personne. Une révélation lancinante et libératrice, comme un coup de grâce.

Il m'avait fallu du temps pour le comprendre. Je m'étais dispersé derrière des nymphomanes léonines et les «Blessures d'automne» des autres, mais j'y étais enfin arrivé. Je ne valais pas mieux que Nicky. Et je ne valais pas mieux que ceux qui la tournaient en dérision au White Bear. Quand les top-models se retrouvaient au bar situé sous l'agence Beatrice, pour vider des cappuccinos comme leurs ancêtres pionniers avaient sifflé du *home made* whisky, Nicky venait se joindre à eux. Avec le book sous le bras, les santiags texanes par-dessus le jean, les appétits d'un petit oiseau et la tête d'un énorme oiseau, Nicky s'installait à l'une de ces tables encombrées d'Américains et tenait salon, exhalant fantasmes et ronds de fumée.

C'était un chœur de *honey* et de *sweetie*. Les Américains la croyaient, probablement. Ou peut-être n'en avaient-ils rien à faire. Ils revenaient de longues virées nocturnes, discothèques où ils entraient gratis à part le tribut qu'ils devaient payer à la convoitise jalouse des petits Italiens et aux attouchements forcenés de couturiers cocaïnomanes. Ils avaient déjà avalé des canettes de Heineken par douzaines et le sperme de quelques mécènes. Ils buvaient du cappuccino et pouvaient donc absorber les divagations de Nicky sans faire les chipoteurs.

C'étaient surtout les Italiens qui s'en prenaient à Nicky. Une minorité ethnique du White Bear. Ils allaient, nous allions là-bas pour essayer de draguer les filles des magazines. Ils se sentaient conquistadors, tout *pizzaiole* ou yuppie qu'ils étaient, et puis, bloqués par une timidité soudaine ou par des barrières linguistiques, ils en venaient à envier Nicky pour sa désinvolture et sa maîtrise parfaite de la langue américaine. Ils jalousaient son culot, mais pas son nez crochu. Ils savaient se montrer cruels, dans les heures creuses de l'après-midi, quand Nicky revenait d'un casting imaginaire. Ils l'invitaient à leur table, la flagornaient en se donnant d'ostensibles coups de coude puis la torturaient par des questions pièges mettant à jour les failles dans sa version de la vérité.

Nicky subissait, défendant les causes perdues d'improbables histoires, improbables du moins pour elle. Ses yeux se faisaient humides de pleurs retenus, mais la salive continuait à irriguer ses mensonges. Un tel excès de salive asséchait la source des larmes et personne ne parvenait à faire pleurer Nicky. Il ne restait donc plus qu'à rire d'elle.

Je n'avais jamais accepté de participer à ces jeux cruels. Un peu pour Nicky, un peu pour moi. Mais un soir de décembre où le Negroni avait la couleur de l'allégresse lourdingue d'une guirlande de Noël, Nicky se pointa au White et, avec la complicité de l'alcool, m'apparut d'une grande beauté. Le bec de son nez, au lieu de me repousser comme il repoussait les autres chasseurs de fesses, la rendait unique à mes yeux rougis dans les tons rhum agricole. Je me montrai d'une douceur écœurante, comme les liqueurs artisanales. J'irradiais l'indulgence et la compréhension. Nicky renonça à ses conneries habituelles et se montra, je crois, au moins une fois sincère. Elle m'avoua la vérité. Mais seul mon corps était présent. Ma tête flottait dans un naufrage au large des Antilles. Ce soir où l'on m'avait accordé le privilège d'entendre l'histoire de Nicoletta, à supposer qu'elle s'appelât ainsi, je ne désirais qu'une chose, lui enfiler la langue dans la bouche, en restant attentif à ne pas me blesser avec son nez au cours de l'opération. Je parvins à la déculotter dans les toilettes. En cachette. Entre le papier hygiénique et le carton indiquant : « On est prié de pisser dans le water. »

Sacré courage, Lazare Santandrea. Tu voulais bien la baiser à condition que personne ne le sache. Le lendemain, je ne me rappelais plus rien de ce qu'elle m'avait raconté. Il me restait une gueule de bois et le sentiment net et indéniable d'avoir gâché une occasion unique. De n'avoir pas su entendre la vérité.

Nicky redevint laideron. Moi, arrogant. Il y a des occasions perdues que même les remords ne permettent pas de retrouver. Les remords ne servent à rien. Ils ne nous rendent pas meilleurs dans les miroirs des bars. Entre le papier hygiénique et le carton indiquant « On est prié de pisser dans le water », les remords ne sont que de nouvelles morsures. Des baisers donnés avec les dents jusqu'à en avoir mal.

Pour retrouver Nicky, je ne pouvais pas compter sur le fiacre. Contemporain de la lampe à huile, le fiacre était hors de propos. Aussi introuvable que

Nicky. Il n'y avait plus de cochers qui claquaient du fouet, plus personne pour donner l'avoine aux chevaux, ni se rendre dans la cour de l'archevêché afin de tirer l'eau du puits pour abreuver le palefroi. Non. Je ne pouvais pas compter sur le fiacre. Heureusement, il restait les taxis. Les recherches commencèrent ainsi. Bien que Pogo le Juste eût renoncé au radio-taxi, je n'avais pas perdu le contact avec ses collègues. Un saut au *Merlino e Mago*, le bar de la *via* Segantini, et la mèche fut allumée.

Le *Merlino e Mago* prospérait grâce à une clientèle d'artistes et de chauffeurs de taxis. Parmi les artistes, les *spray-painter* étaient à la mode, ainsi que les *taggers* qui peignaient les murs et décoraient sur commande les rideaux de fer des magasins. Parfois, ils immortalisaient les autobus en s'introduisant nuitamment dans les dépôts de l'ATM, en dépit du fait que la compagnie se montrât peu sensible à la fantaisie exprimée sur les pesants véhicules. Artistes et chauffeurs de taxis cohabitaient grâce à des toasts portés jusqu'à l'aube sur leurs réciproques aspirations. Les chauffeurs qui faisaient la nuit étaient souvent d'aspirants artistes. Ceux-ci étaient pareillement attirés par le taxi, car une certaine sécurité économique, même carrossée en jaune, représentait une tentation dès lors qu'on avait compris que l'art n'était pas tarifé au kilomètre. Le *Merlino e Mago* tirait ainsi un sang vital d'interminables débats entre barbouilleurs et *taxisti*.

Ivo Spray et Aigle 90, assis à la même table, étaient les collecteurs d'une mine d'informations. Ils recueillaient nouvelles, confidences, confessions. L'autorité d'Ivo sur les artistes était consacrée par une exposition que la municipalité lui avait permis d'organiser en fermant les yeux sur certains antécédents. L'autorité d'Aigle 90 sur les taxis était avant tout physique. L'Aigle représentait un quintal de barbe et de muscles, dont de petites lunettes rondes n'atténuaient pas la dangerosité. Aigle 90 avait subi trois agressions. « Subi » était une façon de parler, car les agresseurs de l'Aigle avaient omis de s'injecter des fortifiants avec les seringues qu'ils brandissaient. De pâles abrutis à la merci de leurs présumées victimes. L'Aigle, sans quitter le compteur des yeux, s'en était débarrassé en harponnant de son bras musclé tout ce qui traînait sur le siège arrière.

Ivo Spray n'en imposait pas autant que l'Aigle, mais il faisait néanmoins partie du cercle réduit de ceux qui le traitaient sur un pied d'égalité. Ivo était long et maigre, avec des yeux enfiévrés. Il lui arrivait de bafouiller en parlant, mais aucun interlocuteur n'osait achever les paroles d'Ivo ou le presser de terminer. Il fallait s'armer de patience et attendre qu'il ait conclu.

Comme l'avait suggéré Pogo, je lui avais parlé de Nicky. Nous n'avions pas attendu le lendemain. Une fois qu'il m'eut déballé toute l'histoire de Leone, Pogo m'avait immédiatement offert de m'aider à retrouver Nicky.

— Explique-moi seulement, Lazare, laquelle des deux Nicky tu veux retrouver. Nez crochu ou Chaperon rouge ?

— Pour arriver jusqu'à celle que tu appelles Nez crochu, il est nécessaire d'interroger Chaperon rouge. Elle a rencontré Nicky, c'est évident. Et Chaperon rouge est trop jeune pour avoir vu Nicky en 86.

Elle fréquente depuis peu les lieux que fréquentait Nicky. La rencontre est donc récente. Nicky n'aurait jamais cédé ses histoires à quelqu'un d'autre. Je pense que Chaperon rouge doit savoir que, quel que soit l'endroit où se trouve actuellement Nicky, elle ne peut plus mentir à personne.

– Tu crois que Nez crochu est morte ?

– Ne l'appelle pas Nez crochu !

– Mais c'est toi qui m'as dit qu'elle avait le nez crochu !

– Je sais, mais un peu de respect pour les morts.

– Alors tu crois que Nez crochu est morte.

À cet instant, je sus que le nez crochu n'existait plus. Les vers l'avaient mangé, des vers rageurs qui, en voyant l'étrange rapace qu'était Nicky, avaient pris leur revanche, renversant la loi qui voulait que les oiseaux dévorent les vers.

– Je ne crois pas que ce soit Chaperon rouge qui ait supprimé Nicky. C'est une créature fragile. Elle m'évoquait un… un petit oiseau. Nom de Dieu, Pogo, tu te rends compte, l'ancienne Nicky ressemblait à un grand oiseau et la nouvelle à un petit oiseau.

– Comme dans le film de Pasolini [1], répondit Pogo qui, tout en ne mettant jamais les pieds au cinéma pour des raisons que j'ignorais, connaissait le titre et le scénario de tous les films.

– Et si Chaperon rouge était la « vraie » sœur de Nicky ? Tu sais, Nicky s'était inventée une sœur. Elle avait trouvé une complice en Claudia, une fille qui rentrait dans son jeu, et Nicky en échange l'encourageait à aborder les beaux mannequins américains.

---

1. *Uccellacci et uccellini.*

– Au fond, on est en train de chercher deux personnes et tout ce qu'on connaît d'elles, ce sont des bobards.

– Les mêmes en plus.

Pogo avait offert de jeter dans la bataille ses collègues chauffeurs de taxis.

– Si la fille se balade encore avec le manteau rouge, on peut la trouver. Milan n'est pas si grande que ça, et si on mobilise tous les taxis, peut-être que…

– Tu crois que…?

– Bien sûr. Même ceux qui n'ont pas lu *Le Petit Chaperon rouge* l'ont entendu raconter. On peut répandre le bruit ce soir même. On va faire un saut au *Merlino e*…

– Aigle 90?

– Et qui d'autre?

J'imaginai un aigle gigantesque planant sur Milan, à l'affût de sa proie. Milan n'est pas une ville grise. Elle est de toutes les couleurs. Parmi lesquelles, sans doute, figure aussi le gris. Vue d'avion, Milan n'est pas seulement grise, elle est également jaune, tout comme la meute de taxis que nous allions lâcher. Et aussi noire, comme la peau des *vù cumprà* confondus la nuit avec la ville qui de jour les rejette. Et rouge, comme un vin de la plaine du Pô et le sang de ceux qu'on saigne pour une bouteille avec le tesson d'une autre bouteille.

La *via* Segantini est interminable. Je ne l'ai jamais vue pendant la journée. La nuit, l'unique source de lumière est le *Merlino e Mago*. Un bar qui rime avec lui-même. Cela pourrait être le slogan du local, s'il avait eu besoin de publicité pour être aussi bondé qu'il l'était. L'humanité entière, jugeant la *via* Segantini obscure et désolée, décidait de se regrouper chaque nuit au *Merlino*.

Moi, je n'étais pas un habitué. Je ne l'avais découvert qu'il y a environ deux ans, et il faisait donc partie de mon présent. J'ai toujours préféré le passé au présent. Dans le passé, nous avions un futur.

Le *Merlino* était bourré d'ivrognes. C'est étrange, mais quand je suis sobre, je ne supporte pas les gens qui boivent. Je prenais note du détail pour la prochaine biture. Les quelques tables étaient occupées. Le gros de la troupe des buveurs préférait s'accouder au bar. Ivo Spray était assis en compagnie d'une blonde aux cheveux filasse. Pendant que Pogo entreprenait l'Aigle, je m'occupai d'Ivo. Nous n'avions jamais eu d'attirance particulière l'un pour l'autre. Quand nous étions tous les deux pris de boisson, nous arrivions à nous supporter, dans la mesure où chacun ignorait les discours de l'autre. Dans les moments de sobriété, les choses étaient différentes. Ivan était frappé d'une logorrhée bégayante. Son sujet de conversation préféré était constitué par les trains. Il en connaissait les horaires et les comportements comme si c'était une espèce animale.

— Aààààà cinq heures, y' le Pepepeeeendolino qui part, saaaaacrée machine, disait-il à la blonde.

Les yeux d'Ivan étaient aussi délirants que ceux de son amie semblaient éteints. La fille portait un blouson noir de plusieurs tailles trop grand et une jupe de plusieurs tailles trop étroite, des bottes en caoutchouc et des bas violets sur des jambes pas plus épaisses qu'un *grissino*.

— Ciao Ivo, il faudrait que je te parle.

197

– Laaaaazare, je te présente…

– Nicky, crachota la fille éteinte.

– Oh Jésus !

– Kéké's't'as ?

– Rien, il y a que le monde est plein de Nicky[1] et que j'y avais jamais fait gaffe !

– T'as quelque chose contre moi ? demanda la fille qui glissait peu à peu sous la table avec une lenteur obscène plus qu'exaspérante.

Ivo se sentit en droit d'intervenir.

– Faifaifaites la paix iiiiiiimédiatement.

Ses yeux fous brillaient d'un éclat autoritaire.

– A't'faire foutre, lui répondit la fille, en se redressant sur son tabouret.

Elle ne devait pas connaître Ivo depuis longtemps. Avec une vélocité confondante, il la frappa sur la bouche à l'aide de la chope de bière qu'il tenait à la main. Une traînée sanglante apparut sur les lèvres de la fille. Elle poussa un hurlement et courut dans les toilettes. Personne n'avait bougé, mais le bavardage et les bruits de verres avaient cessé d'un coup. Je fixai Ivo.

– Tu as dit qu'il partait à quelle heure le prochain Pendolino ?

– Aààààà cinq heures. Ppppppourquoi ?

– Ben va te le prendre dans le cul.

Je me levai. Ivo n'avait pas bougé. Il se contentait de sourire. Ses doigts livides serraient la poignée de la chope. Chacun retournait à ses petites affaires.

Dans les toilettes, je retrouvai la fille qui était en

---

1. Nicky est en fait le diminutif de Nicoletta, un prénom qui fut très à la mode à la fin des années soixante-dix.

train de vomir. Je ne pus moi-même maîtriser une nausée qui éclaboussa le milieu du lavabo. Nous cessâmes de dégueuler simultanément. Elle saignait encore.

— Besoin d'aide ? lui demandai-je.

— Non, et toi ?

— Toujours.

— Inutile que tu t'en fasses pour moi. Tu connais Ivo, non ?

— Même trop.

— C'est mon mec, ajouta-t-elle comme réponse à une question que personne ne lui avait posée.

— Depuis longtemps ?

— Depuis ce soir.

Un amour de bar. Il y avait des amours de bar, comme il y avait des amitiés de bar. Jusqu'à ce soir, Ivo et moi avions été des amis de bar. Depuis quelques minutes, nous étions des ennemis de bar.

— Écoute, si tu veux qu'on t'accompagne chez toi, mon copain Pogo a un taxi.

— Non merci, je dors chez Ivo.

— Et tes parents ?

Elle devait avoir dans les seize à dix-sept ans.

— Je me suis barrée de chez moi. Mon père voulait me mettre dans son lit, ce salaud-là.

Oubliée la lèvre fendue, oubliée la douleur ? Mourir était facile. Je l'avais compris en voyant les doigts d'Ivo sur la chope de bière. Vivre était difficile. Je cherchai quelque chose à lui dire.

— Ben si tu te fais violer par Ivo, entre autres, lui au moins c'est pas ton père.

— Ouais.

Nous sortîmes des toilettes, plus mélancoliques l'un que l'autre. Ivo s'était fait apporter une autre bière.

– Ce soir, il va m'emmener voir les trains, me confia ma dernière Nicky avec une sorte de sourire.

Les yeux éteints brillèrent d'une lueur nouvelle.

J'ignorai Ivo et rejoignis Pogo qui devisait avec le massif Aigle 90. L'Aigle était la seconde éminence grise du *Merlino*. D'ici à quelques heures, comme je l'apprendrais plus tard, il serait devenu la première. Cette nuit-là, Ivo Spray serait renversé et broyé par un train à la gare centrale.

Ils se mobilisèrent en nombre, mais l'idée n'était peut-être pas des plus brillantes. Dans le milieu de l'après-midi, une dizaine de Nicky avaient été aperçues par les chauffeurs de taxis sur le qui-vive. Nous n'avions pas pris en compte Noël qui arrivait. Au centre de Milan, les costumes rouges de Père Noël se bousculaient. C'est ainsi que j'avais moi-même rencontré Ulli. Restaurants, magasins de sports, la Rinascente, tous avaient investi des fonds propres en costumes de Père Noël. Toujours cette manie d'anticiper. Noël me semblait encore très loin, mais sur le *corso* Vittorio Emanuele, les joueurs de *zampogna* avaient déjà remplacé les flûtistes péruviens.

Quand j'étais au collège, un petit homme s'installait devant l'entrée pour vendre des châtaignes. Il était vraiment petit, physiquement minimaliste, mais doté d'une énorme pomme d'Adam. À part ses activités de rôtisseur, il se professait Témoin de Jéhovah, doctrine selon laquelle les survivants de l'Apocalypse se verront récompensés d'une avalanche de châtaignes. Je me méfiais de ce type, car, dans mon cornet, il y avait généralement peu de châtaignes comestibles. Si les heureux élus devaient s'en tirer aussi bien que les châtaignes, je voyais décidément comme improbable mon adhésion aux Témoins de Jéhovah. Je commençai à me méfier du petit homme en m'édictant une nouvelle règle : ne jamais accepter de bonbons d'un inconnu et de marrons grillés des Témoins de Jéhovah.

J'avais téléphoné à Ulli dans le but de lui extorquer un rendez-vous. Je l'attendais avec une demi-heure d'avance en déambulant sur le *corso* Vittorio Emanuele. Je ne regardais pas les vitrines, je regardais les filles enveloppées dans des manteaux et des fourrures synthétiques. Je tentais d'imaginer ce qui resterait d'elles après l'Apocalypse. J'aurais aimé toutes les connaître, tout de suite. Non. Je ne pensais pas au sexe. Je pensais vraiment à elles, à leurs prénoms, leurs histoires, leurs manteaux. En maillots de bain, je ne les aurais pas reconnues.

Je refusai un cornet de châtaignes et les avances d'un adepte de la dianétique qui invitait les passants à les suivre au fond d'un escalier pour exécuter un test qui aurait amélioré leur vie. Le scientologue abordait les gens par :

— Quelle est ta couleur préférée ?

— Rouge.

— Alors suis-moi dans l'escalier. Il y a une énorme surprise pour toi.

Étant donné que je ne parvenais pas à retrouver la trace de Nicky et par souci de ne pas perdre la main, je me mis à suivre au hasard une silhouette vêtue d'un long manteau et terminée par des talons aiguille. Long Manteau trouva sur sa route un vendeur de châtaignes.

— Des belles châtaignes bien chaudes ?

— Non merci.

Long Manteau poursuivit son chemin. Elle fut interceptée par le dianétiqueux :

— Quelle est ta couleur préférée ?

Elle ne répondit pas. Plus loin, à la hauteur du cinéma Corso, un junkie arrêta Long Manteau :

— T'as pas mille lires ? Il faut que je prenne de l'essence, je dois aller à Turin pour une cure de désintox.

Long Manteau augmenta l'allure. Devant chez Fiorucci, elle fut abordée par un type qui proposa :

— Je t'offre l'apéritif ?

Long Manteau l'évita avec mépris.

C'était un beau manteau noir avec une ceinture serrée à la taille qui mettait les hanches en évidence. À cet instant, je décidai de me prouver à moi-même que j'étais capable de retenir l'attention de Long Manteau. Je me trouvais juste derrière elle. Je lui dis :

— Excusez-moi, vous venez de perdre ma carte de visite.

Ouvre-toi sésame, tourne-toi Long Manteau. Long Manteau se retourna. C'était un travesti. Elle s'appelait Deborah et je la connaissais. Deborah avait l'habitude de s'installer dans le quartier et d'apostropher les passantes. Elle m'était fondamentalement sympathique. Visage étroit, lèvres rouges siliconées, yeux bleus exorbités, la pointe de la langue espiègle.

— Ciao Lazare, mon beau mâle adoré.

— Ciao Deborah.

La première fois qu'elle s'était présentée, elle m'avait confessé s'être appelée Joseph jusqu'à l'âge de quinze ans. Je l'avais donc rebaptisée Deborah feu Joseph.

Deborah avait conservé deux choses de Joseph : la seconde était une grosse voix rocailleuse. Quand je la rencontrais, je ne savais jamais précisément quoi lui dire. C'était comme de tomber sur un voisin dans l'ascenseur. Sourire, bonjour et puis ? Si je lui avais parlé du temps, Deborah aurait répondu : « Il pleut des bites à la pelle. » Elle (il) aimait surprendre son auditoire.

Je fus sauvé par l'arrivée d'Ulli devant Fiorucci. Ulli offrait un spectacle étonnant. Une symphonie en blanc, pantalon fuseau, hautes bottes en chamois, veste en peau noire, chemise de dentelle blanche. Le dernier cri de la mode en *Alto Adige*. Ulli étudia Deborah, puis se présenta.

– Enchantée, Ulli, fit-elle de son accent teuton, quasi viril.

– Moi c'est Debbie, minauda Deborah d'une voix de fausset.

Elle était sur le point de passer à l'attaque. Je tentai de trouver une issue à la situation en cherchant à attirer le regard renfrogné d'Ulli. Un regard peut-il être renfrogné ? Celui d'Ulli, si. J'allais devoir fournir d'autres explications en plus de celles qu'elle attendait déjà. Elle pensait probablement que j'avais tenté d'organiser une partie à trois. Depuis que je l'avais rencontrée, je collectionnais les gaffes. Poivrot, mal élevé, travelophile. Pauvre, petite, douce Ulli dont le seul travers consistait à étrangler les chats.

Chaperon rouge passa à cet instant. Sans le moindre mot pour Ulli et Deborah, je courus vers elle. Se sentant poursuivie, elle se détourna. Elle me vit. Et se mit à fuir à travers la foule. Elle était petite et agile. Moi, au contraire, je heurtais des longs manteaux. Dans la poursuite, je renversai un marchand de châtaignes. Chaperon rouge s'enfila dans la Rinascente. L'air chaud m'aspira derrière les portes en verre. Je regardai partout autour de moi, mais il y avait trop de longs manteaux. Je me retournai vers la sortie. Dehors, des gens me montraient du doigt avec indignation. Me voyant poursuivre le Chaperon rouge, ils m'avaient pris pour le grand méchant loup. Le ventre chaud de la Rinascente était préférable à une foule en colère. Je décidai de rester dans le monde du jouet et du parfum, un univers moelleux et protecteur comme une couveuse.

Levant les yeux au ciel pour y chercher Dieu, je la vis de nouveau. Elle se trouvait au sommet d'un escalier roulant. Je ne l'aurais jamais rejointe en la poursuivant sur le même escalier. Une file de longs manteaux, maudits soient-ils, attendaient de mettre les pieds sur les marches mécaniques. Il restait l'autre escalier roulant. Celui pour la descente qui était miraculeusement à moitié vide. J'ai toujours été un type à contre-courant, mais jamais encore sur un escalier roulant. J'escaladai la descente à toutes jambes. À chaque foulée manquée, je redescendais un peu. D'un nouveau saut, je regagnais le terrain perdu. Le souffle court, j'arrivai au premier étage. Tu as trente ans, mon cher Lazare. Chaperon rouge avait disparu depuis un moment.

En revanche, un balèze des services de sécurité m'attendait en haut. Je transpirais. Je me remis dans le droit chemin, me laissant ramener par le flot jusqu'au rez-de-chaussée. Les clients m'observaient avec une désapprobation manifeste. Sales porcs. Eux ne transpiraient jamais. J'abandonnai la chasse. C'était comme de chercher une aiguille dans une porcherie.

Je sortis au frais, cherchant à retrouver mon souffle. Devant Fiorucci, pétrifiées comme si elles avaient aperçu Euriale, Steno et Méduse, Ulli et Deborah m'attendaient.

– Excusez-moi les filles, j'avais cru voir une amie.

– Ah! tu me donnes rendez-vous et dès que tu vois passer une amie, tu la poursuis comme si tu portais la flamme olympique, protesta Ulli.

Deborah fit sa coquette:

– Lazare, je te l'ai dit si souvent. Dommage que tu ne m'écoutes pas: nous, nous sommes beaucoup plus intéressantes.

– C'est que…

– Que?

– Que?

– Cette fille avec le manteau à capuche rouge…

– Oui…? s'informa Ulli.

Deborah intervint:

– Mon pauvre garçon, je ne savais pas que tu t'intéressais à des choses aussi rachitiques (il regarda Ulli) ou aussi provinciales. Mais si cette grenouille t'intéresse, c'est une amie de l'autre grosse vache.

– Quelle grosse vache? demanda Ulli désormais sur la frontière entre jalousie et indignation.

– Quelle grosse vache? demandai-je, plus curieux qu'autre chose.

– Mais si, ta copine la grosse vache. La rouquine, celle qui se la joue parce qu'elle croit être la seule à en avoir une. Moi j'en ai pas et je m'en vante. Mais si, cette citrouille avec qui t'es sorti à une époque. Je t'ai vu, moi!

– Leone! criai-je stupéfait.

– Leone qui? demanda Ulli.

J'embrassai Deborah sur les excroissances qu'elle appelait lèvres. Quand le baiser se scinda en deux

individus du même sexe mais aux tendances différentes, je me tournai vers Ulli. Elle était partie.

Ainsi, je pouvais enfin la rencontrer. J'ignorais
son véritable nom, son adresse, ses motivations, mais
j'avais davantage qu'une piste pour la retrouver :
Leone. Leone qui lançait ses tentacules morbides sur
tout ce qui passait à sa portée. Si Chaperon rouge
avait rencontré Leone, celle-ci ne l'avait certainement pas laissé échapper. Mon problème actuel était
de raccrocher Leone.

Je lui téléphonai d'une cabine de la *piazza* Santo
Stefano, avec l'espoir que la cousine ne réponde pas.
La cousine répondit. Je raccrochai.

Je flânai jusqu'à la *piazza* Fontana en parlant tout
seul. Je passai en revue les mots qu'il fallait prononcer pour lui arracher un rendez-vous. Ensuite, j'exa-
minai les questions que j'aurais posées à Chaperon
rouge à propos de Nicky. C'était beaucoup plus difficile. Que faut-il dire pour extorquer la vérité à une
mythomane ? Il était probablement nécessaire de prononcer une parole magique, le mot-clé d'un langage
initiatique. Mercaptobenzimmoïdol me vint à l'esprit. Joli, non ? Pogo m'avait expliqué qu'il s'agissait
d'un gaz utilisé dans l'industrie du caoutchouc et des
élastomères. Pogo en savait plus qu'un journal de
mots croisés.

On n'avait jamais résolu l'énigme de la bombe
de la *piazza* Fontana[1]. Je ne m'approchais jamais

---

1. Attentat dont les motivations sont restées obscures et qui, par
l'enchaînement de manifestations-répresssions qu'il suscita, fut une
des causes principales de la montée des groupes armés, telles les Bri-
gades rouges.

trop de la Banque de l'Agriculture de peur qu'elle n'explose à nouveau. Je fis un détour avant de rejoindre un téléphone. Avant d'appeler Leone, je passai un coup de fil à l'agence de mannequins à laquelle je n'avais pas prêté mes services depuis longtemps.

– Ciao, c'est Lazare.

– Hé Lazare, on te voit plus. Il y a un beau casting juste pour toi. T'es encore dans les temps. Il faudrait que tu te présentes avant six heures chez Cityvideo, *via* della Braida.

– Il s'agit de quoi ?

– Ils cherchent un jeune *manager* moustachu pour la pub d'un photocopieur.

– Je me suis rasé la moustache.

– Dommage !

– J'ai l'air plus jeune.

– Lazare, les photocopieurs n'en ont rien à foutre que tu aies l'air plus jeune. Le client exige un *manager* moustachu.

– Cela sera pour une autre fois. Il y a pas un autre casting cet après-midi ?

– Il y a bien quelque chose, mais pour des types d'une petite vingtaine d'années.

– Merci quand même.

Joli coup. Pour une fois qu'après des mois d'inaction je décidais de m'accrocher à quelque chose qui ressemblait à du travail, je me retrouvais écarté par les photocopieurs et la limite d'âge. Mais il y avait le soleil. Autant se montrer optimiste. «Tout est pour le mieux dans le meilleur des mondes possibles», avait dit Leibniz. Je partageais les conceptions de Leibniz sur un monde non pas clos et géométrique mais dynamique, ouvert à l'invention et à l'inattendu. Qui sait si Leibniz n'avait pas travaillé comme mannequin ? Un travail aussi provisoire que la vie.

Mon dernier jeton fut englouti par le téléphone. Je composai le numéro de Leone, décidé à ne pas raccrocher quel que soit l'interlocuteur. On décrocha. Cette fois, ce n'était pas la cousine de Leone et pas non plus Leone. C'était quelque chose auquel je n'étais absolument pas préparé.

— C'est Lazare Santandrea, je voulais parler à Leone, mais j'ai dû me tromper de numéro.

— Non, tu ne t'es pas trompé, c'est bien chez Leone. Moi c'est Nicky, une amie. Je te la passe tout de suite.

Dès que j'eus dépassé le premier moment d'embarras en entendant Chaperon rouge au téléphone, je me rassurai. Elle n'avait pas reconnu ma voix, pas plus que je n'avais reconnu la sienne. Leone entama la conversation sur un ton ironique, pour ensuite retrouver un souffle rauque et soupirant.

— Tu fais une crise d'asthme, Leone ?

Son ricanement aigu, vulgaire, glaçant, ne lui parut pas une réponse suffisante. Elle ajouta :

— Tu ne sais pas distinguer un orgasme d'une crise d'asthme ?

Autant entrer dans son jeu pour lui donner le sentiment que notre dialogue n'avait pas subi d'interruption.

— Une fois j'ai copulé avec une asthmatique. Au moment de l'orgasme, elle a fait une crise.

— Ça t'a retourné ?

— Ce qui m'a retourné, c'est qu'elle ait eu un

orgasme. Quatre-vingt-dix pour cent des femmes le simulent.

De nouveau le petit rire hystérique de la lionne, grinçant comme la craie sur le tableau noir.

– Leone, j'ai envie de te voir.

– Petit gourmet. Mais pourquoi cette hâte après un si long silence ? Tu n'es pas jaloux de ton ami Pogo, non ? Il était fou de moi, archidingue. J'ai été obligée de le larguer ; il était tellement grossier.

Leone donnait aussi sa propre version de la vérité. Elle était encore un peu distante. Elle me voulait à genoux. Mais je connaissais ses points faibles, même à genoux entre ses cuisses.

– Comment es-tu habillée, Leone ?

– Pourquoi ?

– Comme ça. J'essayais de t'imaginer.

– J'ai un ensemble couleur glycine… (elle soupira) très près du corps.

– Et dessous ?

– Des collants orange.

– Tu me déçois, je te voyais mieux en collants noirs.

– Attends pour juger. Je n'ai pas encore fini. C'est des collants filet, qui tiennent tout seuls. Je n'ai pas de sous-vêtements.

Je m'imaginai Leone en grosse orange trop mûre prête à tout pour se faire cueillir. Je feignis l'enthousiasme.

– Humm, comme ça tu n'as pas de slip ?

Je m'écœurais presque. Leone lut le soupçon dans mes pensées.

– Le fait est que le tissu adhère ainsi parfaitement au…

209

– Ne dis rien d'autre. Quand est-ce qu'on se voit?

– Maintenant je ne peux pas. J'ai du monde à la maison. Disons demain?

Leone exerçait son pouvoir présumé. Selon toutes probabilités, l'ensemble couleur glycine était soigneusement accroché au portemanteau de son imaginaire. Il n'était pas exclu que Leone, durant notre entretien, portât une culotte de golf. En tout cas, il fallait que je la rencontre rapidement, avant qu'elle ait le temps de me «raconter» à Nicky, en me mettant au nombre de ses conquêtes. Nicky n'avait pas reconnu ma voix, mais si elle m'identifiait à travers la description de Leone, elle s'enfuirait pour disparaître à nouveau.

– Dommage Leone, je pars demain. Je vais une semaine à Trento. J'ai une vieille tante qui veut me coucher sur son testament et…

– Mais tu ne m'avais pas dit que tu avais déjà hérité de ta tante?

– Il s'agit d'une autre tante. Les voies du Seigneur sont infinies.

– D'accord, on se voit ce soir. Ce ne sera pas très intime, tu sais. J'organise une fête.

– Pour quelle raison?

– Il faut une raison pour faire une fête?

– En fait non. À quelle heure dois-je venir?

– Viens à neuf heures. Il y aura du monde, mais tu verras qu'on réussira à trouver un peu de *privacy*.

Ainsi, la rançon de la vérité serait le sexe. Il y a des compromis moins agréables.

La devanture d'une pâtisserie sicilienne attira mon attention. La vitrine opulente et baroque avait les

210

couleurs de l'arc-en-ciel. Des statues d'angelots comestibles, des chariots débordants de marchandises, des oranges fourrées à la crème. La mafia était exclue de cette Sicile aux douceurs sucrées. J'achetai des *cannoli*. Un évident symbole phallique. Leone apprécierait. Je me sentais ridicule en marchant avec le paquet rutilant, comme je me sens ridicule avec un bouquet de fleurs à la main. Je préfère expédier les fleurs. Et manger les gâteaux. Se balader avec les mains occupées, c'est un peu comme d'avoir un bras dans le plâtre. Si l'on s'arrête pour discuter avec quelqu'un, on vous demande inévitablement «Comment ça t'est arrivé?», et avec fleurs et gâteaux la question «Pour qui sont-ils?», même si elle demeure muette, flotte dans l'air. Je suis un exhibitionniste sur commande. J'aime être observé seulement si je le désire.

À neuf heures moins le quart, j'étais dans la *via* Gustavo Modena. Il n'est pas très élégant d'arriver en avance, mais je préférais, avant qu'elle ne se montre, étudier le terrain sur lequel j'allais rencontrer Nicky. Elle était certainement retournée chez elle, où qu'elle habitât, histoire de changer de vêtements. Leone tenait à ces détails.

La femme de chambre apparut. Ce n'était plus la même chétive Philippine que lors de mes précédentes visites. Le personnel ne devait pas tenir le coup très longtemps chez Leone. La nouvelle domestique était une grosse femme moustachue et au teint olivâtre. Avant que je puisse en étudier l'idiome, j'entendis des hurlements. La moustachue leva les yeux au ciel. Prière exaucée : les cris cessèrent. Leone se montra dans toute sa discutable splendeur.

Elle portait une robe de soie noire très largement fendue sur la cuisse. Elle tenait à la fois de Gilda et de sa caricature. Aux pieds, des talons aiguille.

– Excuse Lazare. Excuse pour les cris, je veux dire. Ma cousine a fait une crise d'hystérie. Elle s'est enfermée dans la salle de bains. Tu es en avance ou je me trompe ?

Elle me fit un clin d'œil, puis me prit la main. La femme moustachue avait un sourire figé. Je regardai Leone.

– Tu veux qu'on aille débusquer ta cousine ?

– Mais non, c'est pas la peine. Ça va lui passer. Elle est jalouse, tu vois. S'il y a quelqu'un qui la connaît sous cet aspect, c'est bien toi. Tu m'accompagnes dans la cuisine ? dit-elle en montrant d'un regard le paquet que j'avais sous le bras, comme s'il s'était agi d'un bébé à bercer.

Je la suivis docilement dans la cuisine. Elle avait été faite sur mesure par un architecte de ses amants. C'était une orgie de vert. Un amant écologiste. Les parois en lamé vert tout comme les tabourets évoquaient un self-service de luxe. Leone m'arracha le paquet des mains et, sans même l'ouvrir, le lança avec violence dans un saladier en céramique. Puis, d'un mouvement à mi-chemin entre le tango et le judo, elle me renversa sur une banquette de marbre. Elle fut sur moi. Elle s'escrimait avec le col de ma chemise. Sa langue se mit à me travailler le cou, dure et coupante comme une scie. Immobile, aussi excité qu'un eunuque, je me contentai d'observer le plafond revêtu de plaques d'aluminium. Leone guida mes mains vers ses fesses et donna le départ à sa litanie de «Jveuktudise, Jveuktudise, Jveuktudise».

– Connasse, lui dis-je sans penser au sexe.

– Jveuktudise Jveuktudise !

– Putain.

– Jveuktudise Jveuktudise !

– Va te faire foutre.

Elle se dressa, soupçonneuse.

– Va te faire foutre, ça se dit pas au lit, protestat-elle.

– On n'est pas au lit, on est sur une plaque de marbre.

Peu convaincue, elle se jeta pourtant à nouveau sur moi. Contre mon gré, je commençais à ressentir une certaine excitation.

Face-de-pierre, la moustachue, apparut, impassible.

Elle parla ainsi :

– Mademoiselle, je frappe à la porte depuis un moment. Les invités sont arrivés.

La bombe sexuelle qu'était convaincue d'être Leone se désamorça. Elle m'abandonna sur place, comme un morceau de viande sur l'étal, et suivit Face-de-pierre pour rejoindre ses hôtes. Elle s'était recomposé un personnage avec une telle désinvolture que je doutais maintenant de sa nymphomanie.

Je refermai à demi la porte de la cuisine pour me ménager un poste d'observation. Leone jouait la parfaite maîtresse de maison. On faisait installer les invités – je n'en avais qu'une vision fugace – dans une autre pièce.

Je la vis. Chaperon rouge se libéra du vêtement qui avait engendré son surnom et embrassa Leone sur la joue. Elle portait une petite robe de dentelle blanche. La victime toute désignée d'un sacrifice.

213

Dès que le couloir fut libre, j'osai m'y aventurer. Leone m'avait complètement oublié, absorbée qu'elle était par le dessein beaucoup plus gratifiant de séduire une communauté entière.

Je reluquai son public. Il y avait des mâles de toutes tailles et de tous physiques. Des taurins, des chevalins, des porcins. Les femmes, en revanche, appartenaient au même prototype : les cobayes. Leone expérimentait son propre succès aux dépens de leur féminité en déroute. J'étais agenouillé devant un coffre quand un invité m'aborda avant que je puisse me relever. Je fis semblant d'étudier la marqueterie.

– Joli, non ? J'en ai toujours eu envie. Un coffre genevois style Louis XVI, en noyer incrusté de bois précieux. Cela ne se voit pas tous les jours.

– Hum hum, grommelai-je sans le regarder en face.

Il se dirigea vers la salle de bains. Il connaissait le chemin. La porte était fermée de l'intérieur. La cousine de Leone était passée des pleurs hystériques au sommeil post-hystérique. Le passionné des coffres obliqua vers les toilettes de service. Je rentrai prudemment dans la cuisine afin d'orchestrer ma prochaine manœuvre. Pendant que j'y étais, je m'occupai des *cannoli* siciliens.

La chaîne hi-fi se mit à produire des sons. Je regagnai le couloir pour espionner. Leone avait mis des slows. Plus qu'une orgie, c'était une boum de lycéens. Leone n'aimait pas les orgies. Au milieu d'un amas de seins, de fesses, de mains, de langues, son pouvoir aurait été corrompu par le corps des autres. Pour se différencier des cobayes, elle se faisait inviter à danser. À chaque nouveau morceau, elle enfilait la langue dans de nouvelles oreilles. Et les mâles, un ramassis de types de trente ans habillés comme des agents de change, tout embarrassés qu'ils étaient par la langue insolente de Leone, tendaient l'autre oreille comme on tend l'autre joue.

Nicky était debout, devant une table pleine de victuailles. Le cristal des carafes ensanglantées par la sangria faisait jouer de sinistres reflets sur la candide dentelle. Je m'approchai dans son dos. Je lui demandai : «Tu veux danser?» Avant qu'elle se soit complètement retournée, je lui entourai la taille et enfonçai le visage dans sa chevelure, de façon à ce qu'elle ne puisse pas me reconnaître. Je suis un très mauvais danseur, mais un excellent pilote de jeunes filles. La sentant contractée, j'évitai la conversation et dirigeai notre couple bizarre vers le couloir. Quand nous arrivâmes à la hauteur du coffre, je l'écartai et la fixai droit dans les yeux. Elle me vit à découvert. Elle était sur le point de hurler. Je l'avais prévu. Pendant la danse, j'avais prudemment saisi un *cannolo* sicilien. L'alcool ne m'avait pas altéré les réflexes. Juste comme Nicky ouvrait la bouche pour crier, je lui enfilai le *cannolo* entre les dents. La pâte et la *ricotta* passèrent de travers.

Pendant que la nouvelle Nicky toussait à s'en étrangler, je la traînai derrière moi sans une explication.

J'écartai les salles de bains. La principale était désormais investie par la cousine de Leone. Quant à l'autre, elle deviendrait fatalement sous peu l'objectif de quelque mondain incontinent. Il restait la cuisine, mon royaume provisoire. Lazare Santandrea, la reine de la cuisine. À peine Nicky seconde cessa-t-elle de tousser que je lui tendis un verre d'eau. Elle le refusa en me regardant avec les yeux d'un animal prisonnier d'un incendie.

— Laisse-moi partir ou je crie.

Je brandis la menace d'un nouveau *cannolo*. Il n'en restait pas beaucoup. Je serais bientôt privé de munitions.

— Je ne veux pas que tu cries, je veux que tu parles.

— Qu'est-ce que tu veux, t'es dingue.

— Ne joue pas les victimes innocentes. Il y a pas longtemps, tu prenais un coup de sang dès que tu me voyais.

— Évidemment, répliqua-t-elle. Cet après-midi j'entends quelqu'un galoper derrière moi. Je me retourne et je te vois courir vers moi avec une gueule de maniaque.

Elle n'avait pas tous les torts. Il fallait admettre qu'en apparence le plus psychopathe des deux, c'était bien moi. À sa place, si j'avais vu un énergumène se précipiter, j'aurais certainement détalé. Toute la ferveur, l'instinct avec lequel je menais cette quête ne reposait en vérité que sur des conjectures. Ou, pire encore, sur de simples sensations.

— Tu n'as pas tout à fait tort... À propos... comment tu t'appelles ?

— Nicky.

— Oui, je sais. Et tu es la fille de Joan Collins, pas vrai ?

Elle acquiesça. D'une poussée, je la renversai sur la banquette de marbre.

— Tu es fou.

— C'est possible. Mais toi, tu es une menteuse.

Elle rougit. Elle avait peur d'affronter le poids de ses propres mensonges plus qu'elle n'avait peur de moi. Je changeai de tactique.

– Allez, relève-toi. Si tu ne veux pas parler, alors écoute-moi. Tu dois certainement avoir peur qu'en révélant ta véritable identité, tout le château de fantasmes dont tu es la reine n'en vienne à s'écrouler. Te fais pas de souci, tu ne m'intéresses pas. C'est Nicky qui m'intéresse, l'autre, le premier auteur de tes romans. On était amis. Je veux la retrouver. Tout ce qui m'intéresse, c'est de savoir quand et où tu l'as vue pour la dernière fois. Je ne veux pas enquêter sur toi, ne t'inquiète pas. Les mensonges resteront en place. Tu ne perdras rien. Peut-être que les mensonges seront la seule chose qui restera. De Nicky par exemple, il n'y a que ses mensonges qui me sont restés. Les livres d'histoire sont pleins de mensonges, non ? Et pourtant, on les étudie à l'école. Sans parler des religions. Et pourtant, les fidèles sont toujours là. Je ne veux pas que tu penses qu'en me parlant de Nicky ta véritable identité serait compromise. En tant que fille de Joan Collins, par-dessus tout, tu es plus crédible que ne l'était Nicky. Je te demande seulement de m'aider à la retrouver en me racontant ce que tu sais.

L'envie de pousser des cris lui était passée. Je lui pressai la main.

– Pense un peu à ton intérêt personnel : une fois Nicky retrouvée et démasquée, tu resteras la seule Nicky sur la place.

La fille ouvrit la bouche pour dire quelque chose. Puis elle se ravisa et la referma. Il fallait que j'augmente la dose. L'hypnotiser par les mots pour la convaincre de me raconter ce qui, au fond, l'aurait affranchie de cette cousine et de mon obstination.

— Cela m'importe peu que tu aies transformé ton passé en fonction de tes besoins. Je dirais même plus, ça me convient parfaitement. Tu es catholique ?

— Oui.

Elle était étonnée par la question. D'une façon ou d'une autre, j'avais creusé une brèche dans son attention, j'avais éveillé sa curiosité.

— Je t'ai demandé si tu étais catholique parce que, selon la doctrine de saint Augustin, le mensonge est considéré comme une faute mineure. Du moins tant que le mensonge en question ne lèse pas les intérêts d'une autre personne. Dans ce cas, de l'autre Nicky. Je suis convaincu qu'il lui est arrivé quelque chose de grave. Tu sais ce que disait Jésus-Christ ?

Elle plissa le front et répondit :

— En vérité, je vous le dis, l'un de vous me trahira.

— Ben aussi… oui. Jésus-Christ a dit un tas de trucs. Comment t'as pensé à cette phrase en particulier ?

Elle haussa les épaules.

— J'ai étudié chez les bonnes sœurs.

Un zeste de vérité dans sa biographie. À condition que ce soit une vérité vraie.

— Non, je voulais parler de ce que Jésus-Christ a dit au sujet du mensonge.

Elle m'observa, attentive. Je lui débitai :

— Que vos paroles soient : oui, oui ; non, non. En dire plus est déjà mal.

J'avais touché juste.

— Comment tu fais pour savoir ça ?

218

– Je m'appelle Lazare. Quand on s'appelle Lazare, on passe sa vie à s'entendre dire «lève-toi et marche» ou «Lazare, ressuscite!» Alors on a envie de répondre sur le même registre. J'ai saccagé les Évangiles pour y trouver des bonnes reparties. Les évangélistes avaient le sens de la formule. Si le cinéma avait existé dans ces temps-là, ils auraient été d'excellents scénaristes. Ils seraient devenus «quelqu'un». (Je sentis la foudre arriver et corrigeai.) Ils sont quand même devenus quelqu'un, évidemment.

Chaperon rouge se mit à rire. Un rire normal. J'attendais la folie. Il n'y avait que la tromperie. Le rire de Leone était beaucoup plus dément : un évier débouché avec amplificateurs.

Désormais, Nicky ne m'était plus hostile. C'était le moment du grand final.

– Il y a aussi un autre motif qui me remet en mémoire quelques sentences de l'Évangile. Tu vois, moi aussi, j'ai été un menteur pathologique.

– Vraiment ?

– Non, c'est un mensonge.

– Mais…

– Je plaisante. C'est bien la vérité. Quand j'avais plus ou moins ton âge, vois-tu, on venait de me virer du lycée et j'ai rencontré une fille. Elle était un peu plus jeune que moi, environ seize ans. J'ai déjà commencé à mentir : je ne l'ai pas rencontrée, je l'ai aperçue dans la rue et je l'ai suivie jusqu'à découvrir où elle habitait. J'ai attendu une heure devant sa porte. Dès qu'elle est ressortie, j'ai recommencé à la suivre. Je suis doué pour les filatures, tu sais ? Une fois arrivés à l'autre bout de la ville, je me suis décidé à l'aborder : «Hé, excuse-moi mais t'habiterais pas

219

par hasard dans le *viale* Piave au numéro 20 ?» Elle m'a répondu affirmativement et alors je lui ai dit : «On s'est rencontrés l'année dernière dans l'ascenseur et depuis je n'arrive pas à t'oublier.» Mon premier mensonge avec elle.

– C'est tout ?

Nicky semblait déçue.

– Non, attends. La fille s'appelait Diana, elle m'a dit qu'elle aussi se rappelait m'avoir vu dans l'ascenseur. Elle aussi mentait, tu comprends ? Et pour deux motifs : d'abord, elle ne m'avait évidemment pas rencontré dans l'ascenseur…

– Et…

– Elle ne prenait jamais l'ascenseur, parce qu'elle habitait à l'entresol. Pour être bref, disons qu'on a commencé à se voir. Elle n'allait pas très bien à l'époque, car elle venait de perdre son père. Bien, je lui ai dit que moi je venais de perdre ma mère. Ma mère se porte encore très bien aujourd'hui. Je ne sais pas pourquoi je lui ai menti. J'ignore également pourquoi je lui ai raconté que ma mère était morte, alors que j'aurais pu simplement dire que mon père avait disparu, ce qui était absolument vrai même si je n'avais que six ans à l'époque. J'ai peut-être choisi la mère pour remplir une équation bizarre : toi la femme, tu as perdu le père, moi l'homme, la mère. À partir de ce jour-là, je n'ai plus cessé de lui mentir. À commencer par le nom. Je lui ai dit que je m'appelais Andrea, je me suis ajouté quelques années et me suis inventé une profession : entomologiste. Sa mère m'invitait à dîner tous les soirs. J'étais entré dans le jeu. Diana n'avait même pas mon numéro de téléphone. J'étais censé habiter à l'hôtel. Nous sommes bien restés ensemble deux années. Un soir, pourtant, Diana m'a demandé quelques explications sur certains aspects mystérieux de mon comportement.

– Et alors ?

– Je lui ai avoué que je n'étais pas entomologiste. En réalité, je faisais partie des services secrets.

– Elle y a cru ?

– Pas seulement. Elle l'a raconté à sa mère, et elle aussi a tout gobé.

– Comment ça s'est terminé ?

– À un certain point, je ne supportais plus ni elle ni mes affabulations. Je l'ai fait appeler par un ami qui lui a communiqué la nouvelle de ma disparition en mission. (Désormais, je la tenais. Je lui donnai le coup de grâce.) Je te le répète, je n'ai rien contre les menteurs. Au contraire. Il y a les AA, les Alcooliques Anonymes : ils organisent des réunions, et chacun raconte sa propre histoire. Il faudrait créer les BB, les Bobards Bissextiles.

– Pour quoi faire ?

– Garantir aux gens la possibilité de s'inventer une nouvelle identité tous les quatre ans.

Elle resta silencieuse, longuement. Enfin, elle parla.

– Tu veux savoir pour Nicky ? Moi aussi, je suis inquiète à son sujet. Je la connais depuis longtemps…

– Tu connais son vrai nom ?

– Ce n'est pas Nicky ?

– Laisse tomber, fais comme si j'avais rien dit. Je voudrais seulement savoir ce qu'elle est devenue.

– Ces derniers temps, elle fréquentait un type de cinquante ans, un mec horrible, deux mètres de haut.

Nicky m'a raconté qu'il lui collait obstinément aux basques parce qu'il était fou amoureux d'elle. Cela remonte au début de l'été. Ils s'étaient connus à l'Open House. C'est un habitué. En juillet, juste avant la fermeture pour les vacances, Nicky m'a annoncé toute joyeuse qu'Olegario, c'est le nom de ce monstre...

– Pourquoi l'appelles-tu monstre ?

– Je l'ai vu, il est horrible. Deux mètres, je te disais, on dirait un oiseau énorme...

– Un oiseau ? Comme Nicky. Deux âmes jumelles.

– C'est un type qui travaille dans le pétrole. Il est pas de Milan. J'ai l'impression qu'il est des *Marche*. Il se promène dans des voitures à cent millions et il jette à tout le monde son fric à la figure.

– Tu me disais que Nicky était toute joyeuse, pourquoi ?

– Parce que Olegario l'avait demandée en mariage. Je ne sais pas si c'était vrai. Avec Nicky, on peut jamais savoir...

« Parce que avec toi, au contraire... », pensai-je.

– Je les voyais souvent ensemble. Puis elle m'a annoncé qu'elle allait vivre avec lui. Nicky a disparu. Disparu avec l'été. À la réouverture, je suis allée à l'Open House pour la chercher. Il y avait aucune trace d'elle. J'ai demandé à Olegario, qui se trouvait là. Il a pas répondu, puis il m'a dit qu'il ne connaissait aucune Nicky. Moi, je les avais vus ensemble. Il avait pas l'air gêné, on aurait plutôt dit qu'il avait la trouille.

– Tu ne pouvais pas appeler chez Nicky ?

– Elle m'a toujours dit qu'elle avait pas le téléphone.

– Elle utilisait le tam-tam ?

– J'ai même jamais vu où elle habitait. C'est elle qui m'appelait. On se donnait rendez-vous dans les bars.

– Tu me donnes ton téléphone ?

– J'ai pas le téléphone.

– Et alors, où est-ce qu'elle t'appelait ?

Mauvais point. Nicky seconde s'empourpra. Je lui avais promis de ne pas me mêler de ses histoires.

– Laisse tomber. Tu me parlais d'Olegario. Tu connais son nom de famille ?

– Non, Nicky répétait toujours Olegario par ici, Olegario par là, mais elle ne m'a jamais dit son nom entier.

– Comment as-tu connu Leone ?

– Un peu comme j'ai connu Nicky. Par hasard. Elle m'a plus ou moins abordée sur le *corso* Vittorio Emanuele. Je l'ai trouvée bizarre. (Les semblables ne se cherchent pas, les semblables se trouvent.) Bizarre, mais intéressante.

À peine évoquée, Leone surgit dans la cuisine. Elle vit Nicky sur la banquette et se méprit. Pour elle, toute surface horizontale était l'équivalent d'un lit.

– Lazare… Nicky…

Elle ne se laissa pas aller à faire une scène. La jalousie aurait entaché son image. Elle sortit. Je gribouillai mon numéro de téléphone à l'aide du stylo Dupont que j'avais fauché au passager de Pogo.

– Moi, j'ai le téléphone. Appelle-moi de temps en temps. Je ne voudrais pas que tu disparaisses toi aussi.

– Pourquoi ?

– Tu es le second membre fondateur des Bobards Bissextiles.

Je lui adressai un clin d'œil. Je gagnai la sortie. La voix de Leone se fit entendre du salon :

– Vous êtes une imbécile. Vous pouvez vous considérer comme virée !

Je butai sur Face de pierre, aussi digne et indifférente qu'un mausolée.

10

Proverbe : qui cherche, trouve. Je le trouvai. Je le trouvai sans avoir véritablement entrepris de le chercher. Il était là, interminable, inimitable. Je fus presque déçu de le trouver, de l'avoir trouvé tout de suite. Et pourtant Chaperon rouge avait été sincère. Cela, certes, ne me déçut pas. J'étais parvenu à arracher la vérité avec un *cannolo* et une confession. Olegario se trouvait à l'Open House. Je me sentis en état d'infériorité : lui était un habitué, je ne l'étais pas. Je n'étais pas coutumier de la vérité servie sur un plateau d'argent. Si l'on sert la vérité sur un plateau d'argent, la vérité n'est pas un don invisible posé sur le plateau. Non. La vérité n'est pas non plus le plateau lui-même. La vérité est ce feuillet, en apparence négligemment oublié sur le plateau d'argent : la vérité, c'est l'addition. À présent que je l'avais à portée de la main, je ne me sentais pas prêt à l'affronter. La minute de vérité n'était pas synchrone avec ma montre. Mais les Rolex ont toujours cinq minutes de retard, c'est bien connu.

À peine sorti de chez Leone, j'avais pris la décision de faire un saut au bar Magenta. Le taxi s'était arrêté *via* Carducci. À cent mètres de la *via* Carducci et du Magenta, on trouve l'Open House. Oublié le Magenta, j'avais parcouru ces cent mètres, tout en me parlant à voix haute : « Bon Dieu, si Nicky, ou quel que soit son nom, ne m'a pas menti, la solution et les motifs de la disparition de ma Nicky, ou quel que soit son nom, ont toujours été à cent mètres de moi. Pendant que je m'empiffrais de bière au Magenta, Nicky dansait cent mètres plus loin, peut-être pour la dernière fois. » Et puis : « Hé non, Lazare. Ça suffit, arrête de jeter l'anathème sur des inconnus. Tu croyais que Chaperon rouge était, qui sait, une tueuse démente et elle, avec raison, était persuadée que c'était toi le dangereux maniaque. Cet Olegario n'est probablement qu'un inoffensif petit patron de mauvais goût qui un soir, après avoir levé le coude, a retrouvé la vieille Nicky pendue à ses basques. Elle s'est montée la tête et a inventé une demande en mariage. »

Étrange, mais quand je tente d'être rationnel les conclusions auxquelles j'aboutis ne me satisfont en rien. J'avais donc laissé le manteau au vestiaire, descendu les escaliers, et je m'étais retrouvé devant lui. Pas de confusion possible. Deux mètres, les épaules en ailes de chauve-souris, les cheveux gris tombant sur la nuque, un front spacieux comme une boîte de nuit plus spacieuse que l'Open House, nez de ptérodactyle, sourcils fournis et très noirs, contrastant avec la chevelure. Et les yeux ? Des yeux au dessin oriental. Un oriental mielleux, peut-être. Si féminins, sur cette immense carcasse. Il se faisait certainement faire ses habits sur mesure. Mon mètre quatre-vingt-trois me réduisait à la taille d'un nain. Je ne l'avais jamais vu auparavant, sinon je ne l'aurais pas oublié. Il portait un complet bleu à rayures, une cravate unie, rouge comme l'ombrelle de Moira Orfei, mais le parapluie, c'est lui qui l'avait avalé, et le manche lui tenait lieu de pomme d'Adam. Je me sentis petit, désireux d'aller embrasser ma *mamma*. Je repris courage. «Il faut que je fasse quelque chose», me dis-je. L'affronter, lui demander à brûle-pourpoint «Où est Nicky?» et puis regarder en l'air, vers son inaccessible visage et attendre une réponse. À présent, Olegario me tournait le dos. Il observait la salle et la piste de danse comme un rapace.

La musique n'aurait pas plu à Leone. Le truc le plus «slow», là-dedans, c'était mes réactions. Olegario était à la recherche d'une proie. Je lui tapotai le dos avec deux doigts. Il se tourna, abaissa le regard jusqu'à rencontrer le mien.

— Vous avez du feu, s'il vous plaît?

— Je ne fume pas, et puis regardez, votre cigare est déjà allumé.

Le mégot d'Antico Toscano qui pendait à l'angle de ma bouche s'allumait d'une cendre rougeoyante.

— C'est pas croyable, d'habitude les cigares s'éteignent quand on s'y attend pas et le mien s'est allumé sans que je m'en aperçoive.

Il m'étudia avec attention puis se détourna.

Je n'avais pas voulu faire un bon mot: j'étais dans un tel état de tension hypnotique que le briquet dans ma main avait trouvé seul le chemin jusqu'au cigare.

Je ne tenais plus. Je retrouvai les escaliers pour rejoindre le vestiaire. Dans ma poche, ma main tremblait en cherchant le ticket. « Ce n'est pas la peur, ce sont les nerfs », dis-je à ma propre main. Elle se calma. La fille du vestiaire, une fausse blonde sur la quarantaine très maquillée, s'étonna :

– Vous êtes resté à peine cinq minutes !

Je regardai l'heure et, redevenu fort, lui répondis :

– Cette nuit, le temps ne passe pas vite. Moi si.

Ce fut presque étrange de me réveiller le matin sans avoir la bouche pâteuse. J'avais renversé mes rythmes habituels en allant au lit très tôt, totalement sobre mais bourré de bonnes intentions. L'homme qui s'éveillait dans mon lit, avec mon pyjama et mon aspect physique, n'était probablement pas moi-même. Pourtant, je ne me sentais pas si mal dans la peau du type qui se lave les dents, se passe le fil dentaire avec un soin chirurgical et ne pisse pas dans le lavabo pour aller plus vite. Cet étranger qui avait pris possession de mon corps exécuta même une cinquantaine de pompes, vingt minutes d'haltères et préféra une douche écossaise à l'habituel bain de désintoxication. Qui était ce grand garçon plein d'énergie qui embrassa ma mère sur la joue et se proposa pour sortir le chien ? Le problème n'était pas de savoir de qui il s'agissait. La question était : « Combien de temps cela allait-il durer ? » En tout cas, ce jeune homme inspira à pleins poumons l'air corrompu de la cité en se persuadant d'en tirer bénéfice. Il ouvrit ensuite la boîte aux lettres avec la clé prévue à cet effet, au lieu d'extirper le courrier à l'aide d'un couteau à cran d'arrêt, héritage du passé, et d'en profiter pour extraire quelques enveloppes accessibles dans la boîte aux lettres du voisin. Le séraphique individu évita de blasphémer en s'apercevant que le courrier en question se composait uniquement de publicités et, qui plus est, d'un tract des Témoins de Jéhovah. L'angélique garçonnet ne jura pas contre l'ascenseur occupé, mais, tel un joyeux boy-scout, grimpa l'escalier quatre à quatre, insouciant du souffle court et des marches cirées. Un saint. Oui, sûrement un saint, qui se promit de retourner au gymnase, trouver un travail et, dans le futur, une fiancée laide mais honnête. Bon, disons belle mais honnête. Et d'ailleurs, pourquoi ce « mais » ? Belle et honnête. Ou encore, meure l'avarice et trépasse le bien-pensant, belle et malhonnête, une pin-up à délivrer du vice. Un saint. Oui, un saint. Pas un sacré emmerdeur. Un véritable saint qui utilise la rosée du matin plutôt que l'eau bénite. C'est plus hygiénique, il y a un tas de dégueulasses qui trempent les mains dans l'eau bénite. Un saint, donc. Je dirais même plus, un apostat. Un saint et un apostat : saint André, Santandrea, par exemple. Santandrea Lazare, pour vous servir.

Puis, à l'improviste, la méchante déprime.

– Je suis certain qu'Olegario est impliqué dans la disparition de Nicky.

– Lazare… il est quelle heure ? Qu'est-ce que tu fais à cette heure-là ?

– Il est neuf heures, Pogo, et ça fait dix minutes que je te parle au téléphone. Tu m'écoutais pas ?

– Non, j'ai cru que c'était le radioréveil. Je lui ai donné une claque pour l'arrêter. J'étais en train de me rendormir, mais j'entendais un type qui parlait, qui parlait.

– C'était moi, ducon. J'ai coincé Nicky.

228

– Ah. Alors tout est réglé.

– Non. Pas ma Nicky à moi. L'autre. Chaperon rouge.

– Écoute Lazare, l'histoire est déjà suffisamment bordélique, si en plus tu me la racontes à cette heure-là… Hier j'ai été au grenier, chez Vito et Doni, je me suis cogné cent diapositives sur un minaret. Les boules. Heureusement, il y avait de la grappa sarde. Un « abat-jour[1] ».

– On dit un « bijou »[2].

– Je sais comment il faut dire. Depuis quand t'as perdu le sens de la formule ?

– Je ne l'ai pas perdu, Pogo, en fait je… J'ai besoin de trouver une fille.

– Toi ? Tu rigoles ! Tu convaincrais la Madone de remplacer le Saint-Esprit.

– Mais non, pas pour cette raison. Pas une femme pour moi, j'ai besoin d'une fille qui serve d'appât. Pour Olegario. Ah, j'oubliais que t'as manqué les dix premières minutes de la séance. Olegario est un type qui fréquentait Nicky, ma Nicky, avant qu'elle disparaisse. Un industriel qui magouille dans le pétrole, d'après ce que j'ai compris, il traîne tous les soirs à l'Open House. Tu sais, cette boîte de paumés dans la *via* Carducci.

– On y trouve de tout.

– Il fait ses deux mètres, cet Olegario. Toi, avec ton mètre quatre-vingt-un, tu disparais.

– Et toi, avec ton mètre quatre-vingt-trois ?

– J'ai deux centimètres d'autonomie par rapport à toi. Il matait les filles avec un drôle d'air. Pas un

1 et 2. En français dans le texte.

regard concupiscent. Un regard qui cherche quelque chose de particulier, pas une fille en particulier. Je voudrais la lui procurer. Je veux créer une troisième Nicky qui va l'accrocher. Une fausse Nicky, naturellement.

– Tu penses à quelqu'un ?

– Non. Il faut qu'elle en ait dans le slip.

– Tu as pensé à moi ?

– J'ai pas besoin d'un travelo… Il me faut… une putain. Voilà, il me faut une putain.

Une putain. Une vestale. Une péripatéticienne. Pas facile de trouver celle qu'il me fallait. La ville grouillait de travestis. Deborah, certes, j'aurais pu utiliser Deborah, mais peut-être qu'Olegario n'appréciait pas les variations sur le thème. Et puis moi, je n'avais jamais considéré Deborah feu Joseph comme un travesti. Travestis étaient ses clients qui de jour, au bureau, se transformaient en mannequins habillés de respectabilité, en paladins de la dignité. Et puis la nuit… allons-y avec les voitures en file indienne pour accéder aux grâces féminines et aux faveurs masculines. Les clients de Deborah, d'une façon ou d'une autre, prenaient toujours la queue, que ce soit à la poste ou au bordel.

Un travesti ne m'était d'aucune utilité. C'est une putain qu'il me fallait, une prostituée à laquelle je pourrais me fier. J'exclus les masseuses par petites annonces. Était-il possible que je ne connaisse même pas une pute ? L'espèce était en voie de disparition. Tullia d'Aragona et Veronica Franco n'étaient plus là pour inspirer les artistes de la Renaissance. Je connaissais des filles sérieuses, moins sérieuses, joyeuses et même bouffonnes, mais ce n'étaient pas des professionnelles. Autant recourir aux services d'une amie. Non, mieux, une amoureuse.

J'appelai Ulli (elle était encore froissée à cause des baisers à sa sœur et au travesti ; l'amour est aveugle, mais pas la jalousie). Après l'avoir travaillée un peu, je lui proposai une sortie à l'Open House. Elle parut enthousiaste. Mais quand je lui eus expliqué qu'elle devrait aborder un probable monstre de deux mètres de haut, elle me raccrocha au nez. Les appâts n'attirent que les poissons. Sans doute que les asticots ne sont pas susceptibles et ne connaissent pas la peur.

Je passai encore quelques coups de fil avec un résultat identique. Et enfin l'inspiration : Luana, la porno-diva du théâtre de Poche. Je feuilletai le journal de la veille. Dans les faits divers, je tombai sur une nouvelle qui m'ôta tout résidu de bonne humeur : « Ivo Lavagna, connu dans le milieu de l'art urbain sous le nom d'Ivo Spray, a été heurté par un train à la gare centrale de Milan. Des témoins affirment avoir vu une jeune fille d'à peine vingt ans, blonde aux cheveux filasse, pousser intentionnellement Lavagna. »

Prose de mauvaise qualité. « La jeune fille a disparu. » Ainsi, la blonde du *Merlino e Mago* avait empoisonné la passion pour Ivo avec la haine du père. J'imaginai la scène : sur le quai de la gare, Ivo se montre brutal, la fille voit le visage du père sur le corps d'Ivo et elle n'hésite pas. Adieu Ivo, adieu papa. Quelle tristesse ! Ivo ne m'avait jamais été particulièrement sympathique, mais mourir sous un train est une fin digne d'Anna Karenine. Ivo vivait pour les trains, et il était mort par les trains. Ce qui me retournait, c'était de songer à la petite fille aux cheveux raides errant dans Milan, angoissée pas tant d'avoir tué, mais d'avoir supprimé la mauvaise personne.

Je passai à la page des spectacles. Le journal était de la veille, mais il annonçait un «trois jours» pour Luana. J'étais présent à la séance de seiez heures trente. Luana se masturbait en scène avec une banane de caoutchouc. J'étais au premier rang. Elle me reconnut et, quittant les planches pour recevoir des acclamations aussi palpables que des caresses, elle vint s'asseoir sur moi. Elle portait son uniforme de bataille : hautes bottes de plastique noir sur les cuisses, corset délacé, gants de velours recouvrant tout l'avant-bras. Elle commença à s'agiter professionnellement. Les spectateurs qui occupaient les sièges voisins en bavaient d'envie.

Je fis semblant de lui embrasser l'oreille et lui glissai :

— Il faut que je te parle. C'est important. Quand est-ce que tu fais relâche ?

— Viens dans ma loge dans une demi-heure.

En voulant gagner la loge, je me heurtai à deux femmes en peignoir. C'était les porno-assistantes de Luana. Si sur la scène on pouvait les trouver suggestives, en pleine lumière l'effet était différent. Le sex-appeal était resté sur place. Je vis deux individus de sexe féminin qui avaient dépassé la trentaine non sans traumatismes. Deux femmes qui dans un supermarché se seraient noyées dans la masse des ménagères. Un peu vulgaires, ça oui, mais dans les traits, pas dans l'attitude. Deux presque beautés ordinaires, qui en dehors de la bande-son avec gémissements de plaisir simulés, préféraient écouter Claudio Baglioni[1] parce qu'elles trouvaient Vasco Rossi[2] trop transgressif.

– Pardon, où se trouve la loge de Luana?

– Au fond du couloir. Tu as une cigarette, s'il te plaît?

– Désolé, je fume que des cigares.

Je frappai à la porte.

– Entrez.

Elle aussi portait un peignoir d'éponge bleu. Dans la loge, le classique miroir encadré d'ampoules, la photo d'un chien, l'affiche du spectacle, un vanity-case rouge Ferrari, une rose jaune agonisant dans un petit vase.

– Tu n'as pas d'admirateurs qui t'envoient des bouquets de roses?

– Des roses? Pas question. Ils m'offrent de la lingerie, ça oui. Les pièces les plus hard, je les garde pour le spectacle. Les autres, je les donne à ma tante qui tient une mercerie vers Piacenza.

– Tu te souviens de moi?

– Évidemment. Tu t'appelles Lazare, le copain de ce grand cheval d'Antonello. Qu'est-ce qu'il est devenu?

– Je ne le vois pas depuis quelques jours.

– Il m'a promis monts et merveilles. Pauvre coco. Ils font tous comme ça. C'est le mythe de la salope. D'abord ils sont tout excités, après ils deviennent sentimentaux. «Arrête de travailler, je m'occupe de

––––––––––

1. Chanteur de romances pour midinettes.
2. Chanteur un peu anarchiste.

233

ça. » Monts et merveilles. Tu peux pas savoir le nombre de monts et merveilles que j'ai reçus en cartes postales. « Bonjour d'Alassio, Gigi » et cinquante autres pareilles. Bof ! C'est un boulot comme un autre. J'ai commencé il y a quelques années, je voulais être comédienne. Les producteurs de série Z me disaient « déshabille-toi », tu vois le genre de bouts d'essai… Imagine un peu, j'avais deux années de fac après le lycée et ces connards essayaient de m'arnaquer. Mieux vaut le porno-show. Pas de chantage, je me déshabille, je fais semblant de prendre mon pied et je baise avec qui me plaît. Si on me demande « Qu'est-ce que tu fais ? », « Je fais rêver ». Pas mal comme job, non ? Excuse-moi, je suis dans un jour bavard. T'as dit que tu voulais me parler. Il s'agit de quoi ?

Je lui fis confiance, instinctivement. Je lui racontai tout de Nicky, mes rêves, mes cauchemars.

— Donc, en pratique, il faudrait que je te serve d'appât ?

— C'est ça. Je m'attendais pas à ce que tu acceptes, mais j'ai essayé.

— Conneries ! Tu t'y attendais, et d'ailleurs j'accepte. Et tu fais bien, grand couillon, les emmerdes, c'est le sel de la vie !

— D'accord. Merci. À ce soir.

Je l'embrassai sur les lèvres. Bien qu'aucun de nous deux ne l'ait prévu, nos langues se cherchèrent et se trouvèrent. Luana me dit en souriant :

— Tu as la langue comme un python. Tu m'as pas embrassée, tu m'as « pythonnée ».

— Pythonnée ? « Pythonner » est un très beau verbe, Luana. Peut-être mieux que « siphonner ».

J'étais euphorique.

– Pourquoi cet enthousiasme subit ? Qu'est-ce que j'ai dit de spécial ?

– C'est que je suis content, Luana. T'es une porno-star, mais par la Madone, t'as le sens de la formule !

Retrouver la trace d'Alfredo, le policier du bar Magenta, fut chose extrêmement facile. J'ignorais son nom de famille, mais il me suffisait de faire un saut en fin d'après-midi. Les flics en civil du bar Magenta sont convaincus que personne ne connaît leur véritable identité. Ils font l'impossible pour ne pas se comporter comme des flics. Il ne viendrait à l'esprit de personne d'autre de « ne pas sembler être ». Ils se mélangent aux étudiants mais sèment des indices sur leur passage. En premier lieu : ils ne règlent pas les consommations. Ce sont en fait des gamins qui meurent d'envie de raconter qu'ils sont policiers. Ils seraient même prêts à payer leurs bières pour avoir la possibilité de montrer leur pistolet. Mais la fanfaronnade est interdite. Ils se retiennent. Tels des enfants qui, à Noël, attendent pour réciter leur poésie. Dans le fracas du juke-box, dans le tintement des verres, au milieu des conversations universitaires, personne ne tend l'oreille à la poésie qu'il est de toute façon hors de question de déclamer pendant le service. Et alors ils somatisent. Leur « je suis policier », ne trouvant pas d'issue par la bouche, cherche d'autres débouchés, se matérialisant par intermittence, comme un tatouage, sur les rides de leur front.

Afin d'avoir la certitude d'avoir repéré un flic en civil, je contournai un probable candidat. C'était un grand garçon barbu qui ennuyait deux Allemandes que j'avais déjà vues. Elles étaient blondes, bleues et définitivement lesbiennes. Épiées par tous les désœuvrés qui hantaient le Magenta, elles acceptaient une bière en échange d'un quart d'heure de conversation. On n'allait pas au-delà. Ceux qui le savaient évitaient de les désaltérer. Le grand barbu, au contraire, venait juste de faire connaissance.

Me rapprochant dans son dos, je criai :

— Mains en l'air !

J'avais visé juste. La main du type bondit vers le holster caché sous la veste en peau. Avant qu'il m'ait descendu, je le rassurai :

— Du calme, du calme, je voulais juste plaisanter.

Il se leva pour me faire face, rouge comme une tomate. Les filles, frustrées par le western avorté, retournèrent aux saphiques beuveries teutonnes.

— Je suis un copain d'Alfredo, ton collègue. Il faudrait que je le trouve, c'est urgent. Tu peux entrer en contact avec lui ?

— Il t'a dit que j'étais policier ?

— Qui autrement ? T'énerve pas, je sais garder un secret. Écoute, appelle-le tout de suite, si c'est possible, et dis-lui que Lazare Santandrea l'attend au bar Magenta. J'ai un tuyau à propos d'une affaire.

— Tu ne peux pas m'en parler à moi ?

— Nix. C'est un plan sur lequel il bosse depuis longtemps. Ça te plairait qu'un collègue te tire une affaire ?

Je m'étais fait un nouvel allié. Je décidai de le gagner totalement à ma cause.

— Laisse tomber ces deux-là. C'est des gouines.

— Vraiment ?

— Je te le jure sur la tête du procureur.

Il me serra la main et s'éclipsa. Je n'avais plus

qu'à attendre. Je m'installai à la table des deux filles et allumai un cigare. La plus discrète se mit à tousser. L'autre, avec un regard méchant, cracha :

– Cela vous ennuierait-il d'arrêter de fumer ? Vous nous gênez !

– *Was ?* répondis-je.

Elles se mirent à rire. J'éteignis le cigare et me laissai offrir une bière. Je ne voulais pas les mettre dans mon lit et elles ne désiraient pas que je les y rejoigne. Dans la microsociété de cette table, nous étions faits les unes pour l'autre.

Une petite heure plus tard, Alfredo se fraya un chemin dans la foule du samedi soir. Greta et Sibylle me quittèrent sur un adieu chaleureux, l'arrivée d'un autre homme perturbant notre équilibre. J'aurais voulu leur dire : «Ne vous faites pas de mouron, Alfredo est un homo incorrigible», mais je n'en avais pas vraiment envie. Les étiquettes de comportement sexuel en viennent à se substituer aux véritables jugements de valeur sur les personnes. Si un homosexuel est un connard, on ne le définit pas comme un connard mais comme un homosexuel ; si un hétéro est un con, au contraire, on le traite de con et basta. Les homos, au moins dans ce domaine, sont donc mieux lotis.

– Lazare, enfin. J'ai essayé de t'appeler, mais tu m'as donné un mauvais numéro. Bien sûr, j'aurais pu facilement te retrouver mais…

Il enleva son loden tandis que je cherchais une réponse qui me fasse apparaître, à ses yeux et aux miens, moins perfide que je ne l'avais été.

– Excuse-moi, c'est une défiance atavique. Personne ne confie volontiers son téléphone à un policier.

– À un gay, tu veux dire.

C'était notre secret. Il avait baissé les yeux en parlant.

– Tu parles. Que veux-tu que ça me fasse ? Mes meilleurs amis sont homos.

– Cite-m'en cinq.

– Heu…

– Trois. Sans réfléchir.

– Heu…

– Deux.

Son compte à rebours était aussi amer que mon ironie.

– Un.

– Toi.

Il releva les yeux pour sourire.

– Pour citer Bogey : peut-être allons-nous inaugurer aujourd'hui une belle amitié.

Je lui racontai toute l'histoire de Nicky.

– Tu vois… ce sont peut-être de pures présomptions mais je suis convaincu d'être sur la bonne piste. Tu te fies à ton instinct, toi ?

– Moi oui, mais toi je ne sais jusqu'à quel point tu dois te fier au tien. Tu croyais que la petite mythomane, celle que tu appelles Chaperon rouge, était je ne sais quel genre de monstre et tu viens de me dire qu'elle n'était jamais qu'une petite mythomane.

– Tout le monde peut se tromper. Et puis je n'ai pas eu tout faux. Elle aussi admet avoir eu de sales pressentiments sur la disparition de Nicky. Rappelle-toi que, sans elle, je ne serais jamais arrivé jusqu'à Olegario.

– Alors, Olegario, parlons-en. Qui te dit qu'il ne s'agit pas d'un autre Chaperon rouge…

– Tu ne l'as pas vu en face.

– Et depuis quand Lazare Santandrea juge-t-il une personne sur les apparences ?

– Touché. Depuis que je ne peux m'accrocher qu'aux apparences.

– Et si Olegario n'était qu'un autre maillon d'une chaîne sans fin ? Si Nicky n'avait fait que quitter Milan pour aller délirer à Genève, à Dublin ? Pourquoi est-ce qu'elle t'intéresse tant ? Tu m'as avoué que durant des années tu n'avais pas pensé à elle. Que peut-être tu n'y avais jamais pensé du tout. Même quand tu l'avais sous les yeux.

– Ça t'ennuierait d'aller prendre deux bières ? J'ai besoin d'un peu de temps pour mettre une réponse au point.

Je fis mine de sortir un billet.

– Laisse tomber, je vais te dire une chose, ici les flics boivent gratis.

Il se dirigea vers la caisse. Une queue pour prendre le ticket, une autre pour obtenir les boissons[1]. J'avais tout mon temps. Même un peu trop. Seul, je ne me sentais pas si bien que ça.

Alfredo revint avec deux bières ambrées. Je plongeai le visage dans mon demi et la mousse me décora le nez comme un arbre de Noël.

– Tu voulais une réponse ? Je vais te la donner.

Je sortis mon portefeuille, un Cartier tordu et maculé, et lui montrai la photo que je conservais à l'intérieur.

– Tu vois cet homme ?

– Qui c'est ? Ton père ?

_____

1. Dans les bars italiens règne le fastidieux système du *scontrino* : il faut régler et prendre un ticket avant d'avoir sa consommation.

– Plus. Mon père est mort quand j'étais gamin. Cet homme m'a évité d'en ressentir l'absence. C'était un ami de mon père qui m'a suivi de près. Il m'a écouté quand j'en avais besoin. Il m'a aidé à sortir des tribulations d'une adolescence plutôt agitée. Il a tapé à la machine les textes que j'envoyais à des revues underground. Il a nettoyé mon vomi d'ivrogne sur le carrelage de son bureau. Il m'a appris la boxe. (Je simulai dans le vide.) Il n'a jamais rien accepté en échange. Il est mort il y a un an, à l'improviste, en ne me laissant que des dettes envers lui. Je ne peux plus lui redonner quoi que ce soit. Je pensais qu'il était immortel. Et avant qu'il ne meure, je pensais moi aussi être immortel. Tu sais ce que Chandler a écrit à propos de Marlowe? Plus ou moins ceci: l'homme le meilleur dans ce monde est assez bon pour n'importe quel autre monde. Je n'ai pas même réussi à pleurer. Je n'ai pas voulu aller à l'enterrement, j'ai préféré le garder dans ma poche, dans le portefeuille, sur le cul si tu veux, quand il est dans la poche du jean. Sur le cul, mais pas sous terre. Il attendait de grandes choses de moi. Et j'ai accompli de grandes choses, toutes pires les unes que les autres. Comme je l'ai sans doute déçu, je ne voudrais pas le trahir. Je ne peux pas laisser le grand voile noir tout envelopper. Entre faire et ne pas faire, je dois faire. Pour lui, pour Nicky, pour toi. Pour moi. Pour tous. Quand il était encore en vie, je pouvais me permettre d'être du mauvais côté de la barrière, puisque lui se trouvait du bon côté. Maintenant qu'il n'est plus là, c'est moi qui dois être du bon côté. Dès que j'aurai retrouvé Nicky, je chercherai un gamin de six ans, sans père, pour qu'il puisse connaître le luxe d'être du mauvais côté. Je ne veux pas un fils, je veux quelqu'un qui ait besoin de moi. Nicky, peut-être, avait besoin de moi.

Par un étrange concours de circonstances, un de ces phénomènes singuliers qui se manifestent dans les pubs enfumés, ces confessionnaux où l'on obtient l'absolution sans la moindre pénitence, c'était Alfredo qui avait les larmes aux yeux, pas moi.

– Lazare, je crois que j'ai besoin de toi.

Je redevins cynique, histoire de baisser le rideau de fer sur le grand bazar des émotions.

– T'es quand même un peu grand garçon pour être adopté. Et puis, un fils pédé…

Je réussis à le faire sourire.

– En tout cas, Alfredo, ce soir je tente le coup avec mon appât à l'Open House. Je compte bien apprendre le nom de famille d'Olegario et son adresse. Je voudrais que tu fasses un contrôle. Sans parler du casier judiciaire, toute autre information à son sujet me serait utile.

– Considère que c'est chose faite. Tu veux que j'essaie aussi de retrouver ton Chaperon rouge pour connaître son vrai nom ? Si elle sort avec Leone, il suffit que je fasse un contrôle d'identité pour qu'elle me montre ses papiers.

– Non, vraiment. Hier, j'aurais pu moi aussi, avec deux *cannoli*, me faire donner sa carte d'identité, mais maintenant, elle a autant besoin d'être Nicky que moi j'ai besoin de retrouver Nicky. C'est un droit. Quand elle décidera de changer de nom et qu'elle acceptera le sien, quand moi j'aurai retrouvé Nicky et que j'en accepterai les conséquences, alors, alors seulement, cette histoire sera terminée.

Quand Luana passa me prendre, j'étais prêt à tout, mais pas à la voir ainsi. Elle avait enfilé une salopette rouge en tissu extensible avec les bretelles croisées dans le dos. Jusqu'ici, rien d'anormal. Mais à la hauteur des seins et du pubis, le tissu laissait la place à un voile des plus révélateurs. Les mamelons tendaient la mince étoffe comme deux gros boutons. On avait envie d'appuyer pour réclamer l'ascenseur. Mais tout ascenseur était bien inutile. La toison pubienne, quant à elle, évoquait une dentelle brodée. Je n'osai pas lui demander de se tourner pour voir dans quel genre de linceul était enveloppé l'arrière…

Elle était somptueusement indécente.

Le chien frétillait de la queue autour d'elle en aboyant. Luana se pencha pour le caresser.

– Comment s'appelle-t-il ?

– Gourmet.

Le désir impulsif de la pythonner évolua vers la tendresse quand Luana, en murmurant de douces paroles aux oreilles du meilleur ami de l'homme, parvint à le réduire au silence. Il cessa d'aboyer. Luana parlait aux animaux, tel saint François. Plus troublé par mes réactions que par elle, je rompis l'enchantement.

– Il vaut mieux qu'on y aille.

Luana se releva. À peine refermée la porte derrière nous, un jappement de regret et de protestation retentit.

– On prend mon auto ?

– Obligé, on m'a retiré le permis.

La Y10 de Luana fonça vers l'Open House. Elle remarqua une bosse à l'intérieur de ma veste en soie naturelle.

– Me dis pas que tu portes une arme ?

– Non, c'est mon cœur qui bat plus fort à cause de ta présence.

Elle n'avait pas confiance. Elle palpa la protubérance et lâcha la route des yeux pour me lancer un regard interrogatif. Elle méritait une explication.

– Je ne t'ai pas menti. Du moins pas complètement. Tu sais ce que j'ai dans la poche ?

– Vas-y.

– Une bouteille de Tabasco.

– De Tabasco ?

Je sortis le flacon. Elle freina brusquement. Puis, après me l'avoir arraché des mains, elle se mit à lire l'étiquette.

– Sauce Tabasco. Ingrédients : vinaigre de blé, poivrons piquants, sel. Fabriqué aux USA, McHillenny Company, Avery Island, Louisiane. Quelques gouttes de sauce Tabasco confèrent un arôme relevé exquis aux soupes, omelettes, poissons, crustacés et fruits de mer.

– Ne me regarde pas comme ça. Je n'ai pas l'habitude d'emporter avec moi l'assaisonnement pour les salades, mais je n'ai même pas un port d'arme et Olegario fait deux mètres de haut. Tu connais l'effet du Tabasco sur les yeux ? C'est plus efficace que l'acide. Cela n'engendre pas de lésions permanentes, mais l'ennemi est hors de combat [1].

– Quelles sont tes intentions pour ce soir ?

– Je te l'ai dit, je veux que tu me serves d'appât, mais je serai prêt à intervenir au cas où des événements désagréables se produiraient.

---

1. En Italie, les bombes lacrymogènes sont interdites.

– Tu es quand même bizarre, tu sais, j'ai connu des types de tous les genres, mais aucun qui s'armait avec du Tabasco.

– Tu me croiras si je te dis que, dans l'autre poche, j'ai un laxatif super puissant?

– Ne me dis rien. Et comment tu t'en sers de celui-là? Tu l'enfiles dans le cul de l'adversaire en cas de danger?

– Tu n'es pas loin.

Luana redémarra. Elle se gara avec désinvolture dans la *via* Carducci.

– Bonne chance à nous.

À l'entrée de l'Open House, un équipage de gugusses tentait de convaincre le videur, chargé pour l'instant du remplissage, de fermer les yeux sur leur anonymat.

– Désolé, c'est une fête privée, expliquait le culturiste boudiné dans un smoking.

– T'as une invitation? demanda Luana.

– J'ai mieux que ça, je t'ai toi.

En effet, à notre passage le malabar resta hypnotisé par le voile que la fourrure ouverte de Luana exhibait généreusement.

La femme du vestiaire me reconnut.

– Ce soir, je resterai plus de cinq minutes.

Les filles comme Luana n'ont pas besoin d'invitation pour rentrer dans une boîte de nuit. Luana laissa la fourrure au vestiaire et tandis que le remplisseur, totalement distrait, au lieu de fermer les yeux les ouvrait largement, le groupe de gugusses en profita pour entrer. Le premier imprévu de la soirée fut que la fête était non seulement privée mais également à thème, s'il fallait du moins en croire les tenues des invités : tuniques et soutanes. Une fête dédiée à un ordre monastique.

Luana, qui m'avait précédé dans les escaliers abrupts, se mit à hurler. Je la rejoignis en trébuchant et saisis la raison de son émotion. Le faux moine qui titubait devant elle n'avait plus figure humaine. Le visage était un grouillement de bubons. À travers quelques pustules ouvertes, on distinguait une surface cutanée rose et humide. Le dos des mains était couvert de verrues, les ongles cassants, crevassés de marques jaunes sales.

L'homme tenta d'embrasser Luana. Je lui tombai dessus. Il s'écroula avant même que je le frappe. À peine était-il à terre que je fus submergé de mains et de bras.

Un coup sur le nez et du sang, le mien.

– Ça suffit maintenant, ça suffit !

Le malabar se fraya un chemin entre les moines, épaulé de deux videurs à la carrure inférieure. Mes agresseurs se dispersèrent.

– Bordel, il a dégueulé sur la moquette, elle était toute neuve !

J'ignore si ce fut le mot « dégueulé » ou le mot « moquette » qui me fit de l'effet, mais je passai de la sueur froide à la sueur glacée. Les monstres ne dégueulaient pas sur la moquette. Et puis, qui, en présence d'un monstre, se préoccupait de la moquette ?

– Je lui avait dit à ce con d'arrêter de picoler, il était déjà bourré en arrivant ici !

Je soulevai le monstre par le bras et tout en lui répétant « Hé, ça va mieux ! » je lui assénai quelques baffes. Quelques bubons se dispersèrent dans la salle.

Le maquillage de théâtre ne résiste jamais à une bonne paire de claques. Le poivrot bafouilla quelque chose.

Je fixai droit dans les yeux le moins large des videurs et lui fis d'une voix rageuse :

— Comment s'appelle cette putain de fête ?

— Effet des radiations après la bombe. *Day after party*. Pourquoi ?

Je m'essuyai le sang qui me coulait du nez quand un des monstres qui m'avait agressé s'approcha.

— Je voulais m'excuser, je croyais que t'étais le genre de mec qui s'attaque aux types qui ont bu. Paolo a un peu forcé mais…

— Paolo ?

— Oui, mon copain…

— C'est moi qui m'excuse, il faut que je vérifie quelque chose.

Je suivis la piste du videur jusqu'aux toilettes. Le culturiste tentait de réanimer le mort-vivant, qui semblait plus mort que vivant. Avec un mouchoir humide, il nettoyait des déjections qu'on ne distinguait plus au milieu du maquillage.

— Un coup de main ? demanda-t-il.

— Non, c'est moi qui vais t'aider.

Je contribuai à redonner apparence humaine au visage de l'ivrogne.

Je ne m'étais pas trompé. Voilà pourquoi son apparition m'avait tant surpris. J'avais identifié un cauchemar. Un cauchemar qui ne m'appartenait pas. Un cauchemar d'Antonello Caroli comédien. Quel crétin de n'y avoir pas pensé plus tôt ! Caroli m'avait bien dit qu'il avait rencontré Paolo, son Paolo, le responsable de la disparition de Lucy, à l'Open House.

C'était probablement un habitué, tout comme Olegario. Le camouflage *day after* avait dissimulé ses traits, mais à présent je l'identifiais formellement. Milan est une petite ville, il y a ceux qui disparaissent, comme Lucy, comme Nicky, mais il y a surtout ceux qu'on retrouve.

– Il vaudrait mieux que t'ailles lui chercher quelque chose pour lui remettre l'estomac en place. Pas de café citron, il a déjà assez dégueulé. Apporte plutôt un *canarino* [1].

Je m'étais adressé au videur serré dans son smoking d'employé.

– Et lui ? protesta-t-il faiblement.

– T'inquiète pas, je m'en occupe jusqu'à ce que tu reviennes.

À peine avait-il quitté les toilettes que j'expédiai la pointe de ma chaussure dans l'estomac de Paolo. Il était à moitié inconscient. Le premier tir fut un peu timide, une amorce de shoot, puis une grêle de coups se mit à lui pleuvoir sur les côtes, avec une colère toujours croissante. C'était comme de frapper un sac de patates empli d'organes vivants. Je ne parvins pas à faire justice pour Lucy. Le sac de patates se transforma en matelas pneumatique dégonflé et alors seulement j'arrêtai de frapper.

Le videur apparut avec un verre de *canarino* à la main. L'aspect était celui du gin-fizz.

– Comment il va ?

– Couci-couça.

– Je les supporte pas ces cons, ils se pointent ici en agitant des billets de cent mille, comme s'ils

---

1. Eau chaude et citron.

étaient les maîtres du monde, et puis on les retrouve en train de vomir comme des chiens.

— Pire que les chiens. Chez les chiens, vomir est une fonction physiologique, ils vomissent pour libérer l'estomac surchargé. Les bovins dégueulent rarement et les chevaux uniquement s'ils ont l'estomac déchiré.

— T'es un expert en dégueulis?

— Non, je suis Lazare Santandrea, et toi?

— Giusy.

— Un nom de coiffeuse sur un physique d'hercule?

Il sourit. Dommage, j'avais envie de frapper quelqu'un d'autre, et ce sourire me le rendait sympathique.

— Tu pouvais pas te faire appeler Pino?

— Pino non, c'est un nom de cul-terreux du Sud. Moi je suis aux Pitbulls du Nord.

Il me redevint antipathique. Mais cette soirée était celle de la vengeance…

— Ah ah, tu es un Pittbull du Nord?…

— Toi aussi? se réjouit Giusy.

— Simple sympathisant. À propos: il y a un certain Pasquale Mezzasalma qui tient un bar à Quarto Oggiaro, le bar Pasquale. C'est un péquenot sicilien qui organise des expéditions punitives contre les Pittbulls du Nord. Ça t'intéresse?

Giusy fit craquer la jointure de ses doigts.

— On va lui rendre une petite visite, pas plus tard que demain.

— Pour le cueillir, il vaut mieux y aller en milieu d'après-midi.

— Merci pour le tuyau.

— De rien.

Pasquale Mezzasalma, tueur en patins à roulettes et Père Noël pistolero, aurait aussi sa part du gâteau.

Luana m'attendait au bar. Je parvins à la rejoindre à travers les zombies.

– Tu es resté longtemps aux toilettes.

– Il y avait un type qui dégueulait.

– Quelle horreur !

– Moi aussi je vomis souvent à vide, à cause des nerfs. Se mettre la tête dans les waters est une expérience comme une autre, tu sais. Il y a des gens qui observent les bacilles au microscope, d'autres qui examinent les étoiles dans le télescope et il y a ceux qui se regardent dans la cuvette des chiottes.

– Romantique. La lune dans le water.

– Luana, permets-moi de te dire encore une fois que tu as le sens de la formule.

– J'imagine que ce doit être un compliment. Permets-moi de te dire une chose : ton copain Olegario vient d'arriver.

Je suivis le regard de Luana. Olegario arborait un complet gris foncé. Nous avions une chose en commun : lui non plus ne portait pas la tenue post-nucléaire. Pourtant, en tant qu'habitué, il était certainement informé du thème de la soirée.

– Luana, je m'éclipse mais je reste dans les parages. Accroche-le, travaille-le au corps et après on verra.

Olegario se dirigea vers le bar. Je l'évitai soigneusement. La décoration de l'Open House était faite essentiellement de chair humaine. La boîte était tellement bondée que les clients de petite taille servaient de coussins, les grands faisaient office de piliers, les horribles, de papier peint. J'observai Luana tandis qu'elle adressait la parole à Olegario, puis je retournai dans les toilettes afin de lui laisser un quart d'heure d'autonomie. Giusy était reparti. C'était un autre zombie qui venait en aide à Paolo.

— Comment il va maintenant ? m'informai-je.

Un masque pustuleux répondit :

— C'est la deuxième soirée consécutive que ça finit comme ça. Il doit avoir un problème.

Certainement. Son problème, c'était moi.

— Qui a eu la foutue idée d'une *Day after party* ?

— C'est l'anniversaire d'un type, c'est lui qui a choisi le thème de la fête et qui a lancé les invitations. Je ne l'ai pas encore vu, mais il est facile à reconnaître : un grand diable de deux mètres de haut, environ cinquante ans. Il traîne ici tous les soirs.

Olegario. Olegario avait organisé la soirée, mais il était le seul à ne pas s'être déguisé.

— Vous connaissez une certaine Nicky, une fille avec le nez busqué qui venait ici il y a quelque temps ?

— Ah, la fille de Joan Collins ? ricana-t-il. Non, on ne la voit plus depuis le début de l'été. Elle a disparu.

Ouais, Nicky avait disparu.

Luana était restée seule au bar. Olegario se démenait sur la piste en surplombant les autres danseurs. Je la rejoignis sur-le-champ. Impossible qu'elle ait fait un bide...

— Et alors ?

— Et alors ? Comme tu vois. Il m'a ignorée, complètement ignorée.

— Je le crois pas.

– Moi non plus. Sur le plan professionnel, j'ai eu le sentiment d'être une nullité.

Je l'épiai tandis qu'il dansait. Il bougeait bien en rythme, mais très mécaniquement. S'il avait eu une clé gigantesque enfoncée dans le dos, j'aurais juré qu'on venait de remonter le ressort.

La veille, j'avais commis une erreur. Olegario était certes un assemblage de particularités physiques incompatibles, mais dans l'ensemble le patchwork humain possédait une singulière beauté. Olegario n'était pas un homme beau, c'était un bel homme. Luana l'avait ressenti. J'en fus quasi jaloux. Puis, moi aussi, je fus fasciné par lui. Olegario était un homme objet, mais pas un objet impersonnel comme un aspirateur, ni kitsch comme une horloge à coucou. Olegario était objet, car inanimé. C'est-à-dire sans âme. Comme un cendrier ou un vase de fleurs. On aurait pu l'installer dans le salon pour le montrer aux invités, immobile comme une armoire mais implacable comme le temps. Si Olegario était un homme objet, cet objet ne pouvait être qu'une guillotine.

– Et alors, Luana ?

– Alors quoi ? Je ne me suis jamais sentie plus ridicule. J'ai tout essayé, le coup d'œil, le toucher, la parole, la mauvaise excuse, le mensonge. J'en suis arrivée à demander de quel signe il était.

– Et lui, muet ?

– Pas du tout. Bien élevé mais absent. À propos, il est Sagittaire. Je lui demande : de quel signe es-tu ? Et lui : Sagittaire, puis muet.

– Comme un Poisson.

– Ne plaisante pas. J'ai insisté : et l'ascendant ? Et lui : Vierge. De nouveau muet à regarder tous les morts-vivants mais pas moi. À la fin j'ai craqué et je lui ai demandé comme la dernière des entraîneuses de m'offrir un verre. Naturellement, il a répondu. Il m'a payé un gin-tonic, il s'est excusé et maintenant il danse là-bas.

– Merci quand même, Luana. On a essayé.

– Lazare, tu veux bien me donner un baiser ? Ici, tout de suite… (elle sourit) j'ai besoin de quelque chose de fort.

Nous nous embrassâmes. Un baiser rapide, sans passion, un baiser de solidarité.

– Je vois que tu te consoles vite, fit une voix connue. Je me détachai de Luana et me retrouvai en face d'Ulli. Elle portait une combinaison de lamé brillant, sans manches mais avec un col montant, de lourds bas noirs et des bottes en peau de chamois.

– Pendant toute la soirée, j'ai hésité à te rejoindre. J'ai pensé que tu avais peut-être effective- ment besoin de moi, et je constate que tu es en train de t'envoyer des putains !

– Porno-star, je vous prie, précisa Luana, amusée.

– Ulli, il y a une conjuration contre nous. Notre première rencontre a été formidable. Depuis, je me retrouve dans des situations où j'ai l'air d'un con, et toi, tu me retrouves dans des situations où tu as l'air impertinente.

Luana intervint :

– Ulli, ne réagis pas ainsi. Il ne s'est rien passé entre Lazare et moi… (Elle ne put retenir un :) jus- qu'ici.

Ulli tourna les talons. Je voulus la rattraper, mais la foule forma une barrière devant moi.

Je suppliai Luana :

– Rends-moi service. Arrête-la, raconte-lui ce que tu veux et fais-t'en une amie.

– Mais comment ?

– Vous n'avez qu'à dire du mal de moi.

– Comme tu veux.

– Il vaut mieux qu'Olegario ne nous voie pas ensemble. J'ai l'intention de l'aborder moi-même.

À l'instant où Luana s'éloignait, Olegario revint au bar. Juste à temps pour nous voir ensemble. Il s'installa sur le tabouret abandonné par Luana. À l'Open House, les places ne restaient pas libres longtemps.

– Bonsoir, lui dis-je.

– Nous nous connaissons ?

– On s'est vus ici même hier soir.

– Ah, je me rappelle. Le type qui cherche du feu pour les cigares déjà allumés, non ?

– Je suis distrait, c'est tout. Mais j'ai une excellente mémoire. Je vous ai déjà aperçu il y a quelques mois. Vous étiez en compagnie d'une jeune fille au nez comme le bec d'un oiseau, fis-je en regardant son nez.

Il se crispa. À cause de l'allusion à Nicky ou du fait que son propre nez ne pointait pas vers le haut.

– Je ne me souviens pas. Je connais beaucoup de monde…

S'il avait eu la conscience tranquille, il n'aurait pas menti : Nicky était inoubliable. Je me sentis plus fort, plus sûr de moi. Olegario n'était plus glacial mais nerveux. La clé au milieu de son dos tournait, affolée.

– Elle s'appelait Nicky, le nom ne vous dit rien ?

Il ne répondit pas, il se contenta de me dévisager. Je changeai de tactique.

– Vous avez remarqué que vous et moi, en dehors du personnel, sommes les seules personnes sans déguisement?

– Il y avait aussi votre amie, celle qui vient de partir.

– Comment se fait-il qu'après avoir organisé une fête costumée et en avoir choisi le thème, vous soyez l'unique personne à ne pas vous y conformer?

– Dois-je considérer ceci comme un interrogatoire, monsieur…?

– Santandrea. Lazare Santandrea. Non, *pour l'instant* je considère ceci comme une simple conversation.

Je jouais avec le feu, mais les flammes ne venaient pas me lécher les pieds, du moins *pour l'instant*. La certitude d'approcher la vérité était confortée par la poursuite de notre absurde dialogue: Olegario, qui n'accordait que du bout des lèvres quelques mots à une créature comme Luana, acceptait d'écouter encore un fastidieux inconnu. Il avait évité de se présenter.

– Quelles sont vos activités, *signor* Santandrea?

– Les surprises. Vous voyez ce que c'est qu'une fête à surprise? Et bien ceci est votre fête et moi je suis la surprise.

J'avais peut-être exagéré. Il retrouva une certaine maîtrise, redevint martial et plastronnant, et me sourit. La guillotine était là, dans sa bouche, à l'intérieur de ce sourire. Il cessa de m'observer et concentra son attention sur la piste.

– Connaissez-vous le Japon? me demanda-t-il à brûle-pourpoint.

Olegario se préparait à la contre-attaque. Changer brutalement d'argument équivalait à remettre à zéro le compteur qui avait affiché un avantage en ma faveur.

– J'ai été professeur de kendo, pourquoi ?

– Cela vous ennuie si je vous raconte une histoire ?

Mon avantage était définitivement perdu. Olegario s'exprimait sur un rythme lent et bien cadencé. Le ton était celui d'un professeur qui s'adresse à un élève un peu demeuré pour lui inculquer avec un patient mépris quelques concepts élémentaires et transparents. Le regard était distant, tourné vers l'ailleurs. Derrière lui, la gigantesque clé tournait avec une lenteur exaspérante mais avec des effets dévastateurs pour mon équilibre. Même physique. Afin de continuer à le regarder, je faillis tomber du tabouret à force de me pencher. Les yeux féminins étaient en verre à l'épreuve des balles.

– On raconte qu'en 1154, sur le toit du palais impérial, apparut un Nuye.

– Un Nuye ?

Agacé par l'interruption et mon ignorance, Olegario me remit à ma place d'un coup d'œil.

– Oui, un Nuye, un animal monstrueux, car inconnu de tous et différent des autres animaux. Comme l'empereur était malade, on mit en relation l'étrange manifestation avec la maladie. Quel erreur ! Personne ne put distinguer clairement l'aspect du Nuye pendant cette première apparition. La conviction qu'il était synonyme de maladie le rendit impopulaire, tel un présage sinistre aux apparences obscures. Le Nuye ne se montrant qu'après le coucher du soleil, la peur ancestrale de l'obscurité et toutes les mythologies de la nuit trouvaient un point de convergence dans la prétendue nocivité de l'animal. Une nuit justement, le fameux poète et archer Yorisama, ayant repéré un Nuye sur un toit, décocha une de ses infaillibles flèches. La flèche transperça le Nuye et le tua. Quand il tomba à terre, Yorisama s'approcha. Il voulait être le premier à le voir…

J'étais pendu aux lèvres d'Olegario.

– Et alors ?

– Alors le Nuye avait une tête de singe, des pattes de tigre, le corps d'un blaireau, une queue de serpent et l'amorce d'une seconde tête à l'extrémité de cette queue.

Je frissonnai. Cette fois, Olegario avait vaincu. Je tentai de regagner le terrain perdu en plaisantant, mais le ton de ma voix me trahissait.

– Il y a une chose que je n'ai pas comprise : qui êtes-vous dans cette histoire ? Le Nuye ou l'archer Yorisama ?

Olegario ne me répondit pas. Il se contenta d'un très formel « Veuillez m'excuser » et se dirigea vers la sortie.

Il me laissa seul, en déséquilibre sur un tabouret. J'avais ce jour-là réussi à contenir l'assaut sur le front de l'alcool, mais j'avais maintenant besoin d'un sérieux remontant. Qu'avait bien pu éprouver l'archer et poète Yorisama après avoir tué le Nuye ? Satisfaction pour le talent de l'archer ou désespoir pour la faillite du poète qui n'avait pas su comprendre une créature de la nuit ?

Et le Nuye monstrueux était aussi venimeux qu'un serpent, aussi féroce qu'un tigre, persévérant comme un blaireau et curieux comme un singe.

Je me mis à picoler pour de bon. Quand les lieux se vidèrent, je sortis le dernier, le portefeuille plus léger et le cœur plus lourd. Il faisait encore nuit. Sur un balcon surplombant la *via* Carducci, quelque chose, un Nuye certainement, m'attendait depuis plusieurs heures. C'était le sentiment que j'avais.

Il était là et il dormait. Recroquevillé dans son side-car, qu'il avait garé directement à l'intérieur de la maison, si l'on pouvait appeler maison une baraque en tôle ondulée équipée d'un poêle et d'une vilaine table avec un pied en moins.

«Exactement comme moi», avait-il pensé avant de s'endormir. À l'aide d'un grossier bricolage, grossier parce que exécuté pendant la digestion de deux litres de mauvais pinard, il était parvenu à fixer le pied absent au plateau de la table. Le succès de l'opération l'avait empli d'un certain orgueil et il avait fêté ça avec une troisième bouteille.

Il lui manquait un œil, mais aucune prothèse de verre ne remplissait l'orbite vide. «Si ton œil t'offense, arrache-le.» D'accord, mais si par la suite l'œil se repent, et même si on lui pardonne, impossible de le recevoir à nouveau.

«Mutilé de guerre», il se présentait ainsi dans les bars pour se faire offrir à boire. Mais tout le monde s'en foutait de la guerre, et puis quand on a trente-sept ans, même si on en paraît cinquante et qu'un million d'années pèsent sur vos épaules, à quelle guerre peut-on avoir participé si l'on est toujours resté dans le coin?

Le side-car avait été offert par les bonnes sœurs. «Putains de bonnes sœurs. Putains de femmes. Putains de mecs aussi. Putain de chien qui est mort. Putain de fille bouffée par les poissons. Putains de poissons.» Il

257

était là et il dormait. Il exhalait en ronflant un vin que le froid sans pitié lui arrachait de la bouche pour le transformer en vapeur. «Putain de froid aussi.» Un plaid le réchauffait mais pas autant que le poêle, mais pas autant que le vin. C'était le cadeau d'une âme pieuse. «Soyez béni pour toujours.» «Putain d'âme pieuse», «Putain pour toujours».

Un journal pornographique soigneusement découpé avait fourni les petits saints qui, fixés avec du scotch sur les parois de tôle, ressemblaient à des ex-voto de seins. Les femmes, dans leur intégralité, ne l'avaient jamais intéressé. Quand il vous manque une jambe ou un œil, on n'envisage pas le corps humain comme un bloc unique. On se met à apprécier les détails, et alors le corps devient un ensemble de pièces séparées, certaines pas fondamentales, comme un œil ou une jambe, d'autres utiles comme une main et une queue devant les petits saints de seins. Il avait religieusement découpé les nichons et utilisé le reste des corps pour se moucher ou se torcher le cul.

Il était là et il dormait. Il rêvait. Il rêvait d'argent et de nichons, ensemble. Sur les billets de cent mille, à la place de cette face de cul avec la moustache et la dentelle – «Scarafaggio[1], il s'appelle je crois, putain de Scarafaggio» – il voyait imprimée une paire de nichons.

La main, une main robuste, le renversa du side-car, en dehors du rêve. «Putain!» cria-t-il en se réveillant. La main se referma sur un poing et le poing cogna. «Putain de main, putain de poing

---

1. Jeu de mots entre *scaraffagio*, «cafard», et Caravaggio, le peintre.

aussi ! » pensa-t-il. La mort embusquée n'avait pas de nichons. Dans les vapeurs de l'alcool, la mort avait seulement deux mains. Vides. « Non, attendez », dit-il aux mains. Mais les mains n'attendaient pas. La première le jeta au sol et l'autre saisit le marteau avec lequel il avait réparé le pied de la table. La main marteau frappa les dents pourries. La main libre trouva les clous. Qu'est-ce qu'il fallait faire ? Bof. Se pisser dessus, en hurlant des mots que les dents brisées déformaient. Pendant ce temps, l'aube pointait. Il s'en aperçut quand, balancé sur la vilaine table, le pied rafistolé céda à nouveau et qu'un filet de lumière pénétra comme un clou dans son orbite vide. Les autres clous, choisis par la main au marteau, s'enfoncèrent dans les poignets et l'unique pied encore sensible. Il s'évanouit ainsi, crucifié.

Il était là et il ne dormait pas. Il ne dormait plus. Un dernier coup et il n'était plus là. Mais à présent, il dormait. Pour toujours.

11

Le Nuye me poursuivit jusqu'à la maison. Je vacillais légèrement mais avec une certaine élégance. Pendant mon passage à l'Open House, une pluie estivale n'avait pas été informée qu'on était en décembre. À quatre heures du matin, la rue trempée était fraîche et peu fréquentée, comme une adolescente introvertie. Moi qui connaissais tous ses secrets, je pouvais me permettre de la descendre d'un pas mal assuré. Nous étions, comment dire, intimes. J'aurais apprécié la promenade s'il n'y avait pas eu le Nuye. Je l'entendais sauter de toit en toit, me poursuivant comme un chien errant. Il suivait un passant, à la recherche d'un maître. C'était la version que j'avais cru bon d'adopter pendant le trajet. L'autre version, prudemment noyée dans des litres de gin-tonic, ne considérait pas le Nuye aussi proche de Walt Disney : la bête me suivait pour me dévorer, comme un vorace petit chasseur d'ivrognes. Je n'avais même pas l'arc du brave Yorisama pour me défendre. Je longeai le parc Solari où un toxico en train de se shooter détourna l'attention du Nuye. Profitant de la diversion, je traversai le parc en courant jusqu'à la *via* Foppa. Je l'avais semé, ce porc ! Et puis pourquoi porc ? Ce singe, ce blaireau, ce tigre, ce serpent bicéphale. Semé ? Tu parles. Un Nuye n'est pas un poulet. Je découvris sa présence sur un toit de la *via* Montecatini qui donnait sur la *via* Foppa. Il m'avait précédé. Il m'attendait. Arrivé chez moi, je constatai que l'ascenseur était en panne. À la hauteur du quatrième étage, l'alcool cessa son effet anesthésiant. Je ressentis en plein la douleur, la douleur pour ceux qui étaient morts, pour ceux qui allaient mourir et la douleur au genou d'un rhumatisme inattendu. Avant d'aller au lit, je contrôlai l'armoire et le placard à balais. Aucune trace du Nuye. En guise d'ultime précaution, je regardai même sous le lit. Un type de trente ans mûr pour son âge. Le Nuye n'était nulle part, probablement parce que le jour se levait. Étant donné que je ne possédais pas d'ours en peluche ni arc et flèches, je m'endormis en serrant mon katana, mon épée de kendo. L'étui était un peu gênant, mais c'était toujours mieux que la lame nue.

En premier lieu, j'avisai Pasquale. Je trouvai le numéro aux renseignements.

– Allô !

– Allô, est-ce que Pasquale est là ?

– De la part ?

– Nicky.

Une de plus, une de moins…

– Allô !

Pasquale avait une petite voix fluette. Il avait dû mal tourner à cause de cette voix. Depuis l'enfance, on se moquait de lui et, pour ne pas se sentir exclu, il s'était tourné vers les salles de billards et les calibres 9 mm. Cela me fit un drôle d'effet de relier cet accent sicilien au skater avec rasoir, au Père Noël avec pistolet. Mais si Lombroso lui-même avait commis une bévue après avoir étudié les faciès de criminels, qui étais-je pour juger un tueur d'après sa voix ?

– Allô, allô, qui c'est ? insistait Pasquale Mezzasalma dans son bar de Quarto Oggiaro.

– C'est quelqu'un qu'a juré de te niquer, connard !

– Qui c'est, putain de ta mère !

– On est les Pittbulls du Nord, pauvre chieur. Cet après-midi, on va venir te voir au bar pour te faire la tronche au carré ! T'as intérêt à pas être tout seul, nous, on sera nombreux !

– Suceur de nœuds ! s'exclama-t-il, mais avec sa petite voix son coup de sang me fit peu d'effet.

– Ah Pasqualino, j'oubliais, il vaudrait mieux que

261

dans ces chiottes que t'appelles ton bar, il y ait pas de clients de passage. On ne défonce le cul qu'à ceux qui le méritent.

Le second coup de fil permit de me soulager la conscience du massacre annoncé que j'avais organisé. Je trouvai encore ce numéro grâce aux providentiels renseignements.

– Allô !

C'était une voix que je connaissais.

– Signora Selvino, je suis Leon Pavesi, un ami de Gino, vous vous souvenez de moi ?

– Bien sûr. Vous allez bien ? Gino est encore tout retourné après l'enterrement. Si vous saviez comme il a souffert !

– Je sais madame, je sais.

– Attendez que je l'appelle.

– Allô !

– Ciao Gino, on s'est vus aux funérailles, tu te rappelles ? Bien, alors écoute-moi : je vais te sauver la vie. Tu ne m'intéresses pas, mais disons que je fais ça pour ta mère et pour Concetta. Cet après-midi, il faut que tu disparaisses. Tes potes Pittbulls vont faire une descente au bar Pasquale. Je crois que ça va saigner. Si on t'appelle pour t'enrôler dans l'expédition punitive, fais répondre par ta mère que t'es pas là. Pigé ? Grosses bises Gino et rappelle-toi que je t'ai à l'œil.

Ainsi, les Pittbulls du Nord et la bande de Pasquale allaient se neutraliser réciproquement. Ce n'était pas de la vendetta, c'était de la justice. Une par une, toutes les crapules qui étaient entrées dans la trentième année de ma vie allaient à la rencontre du destin qu'elles avaient édifié de leurs mains ensanglantées. Il n'est pas nécessaire d'être Dieu pour déchaîner la foudre. Il suffit d'être un orage.

L'orage arriva, brutal mais de courte durée, tel un viol hâtif. Éclairs, tonnerre, rafales de vent et bourrasques de pluie. La fin du monde, répétition générale.

Le rendez-vous avec Alfredo était à midi au bar Gaj. Deux mois plus tôt, le bar Gaj s'appelait encore le bar Gambinus, mais le changement de propriétaire avait comporté un nouveau baptême. Dans la *via* Fatebenefratelli[1], à quelques pas des flics, l'appellation avait suscité les railleries de policiers en uniforme et en civil. C'était ce que le propriétaire, un type musclé d'une cinquantaine d'années originaire de Krapina, en Croatie, était en train de me raconter. Il était midi et demi, et aucune trace d'Alfredo. Le bar Gaj était décoré comme des toilettes de luxe. Depuis un certain temps, un redoutable décorateur sévissait à Milan, particulièrement habile à dépersonnaliser les bars en les incrustant de carrelage bleu layette. Une armée de *panini* attendait la mort annoncée pendant la pause du repas. Alignés dans la vitrine, alléchants mais un peu aseptisés, comme les prostituées d'un quartier chaud exposées au regard des passants.

— Une Guinness.

— Les premiers temps, je vous dis pas. Tous les homos du coin sont venus ici[2]. Après les choses ont

_____

1. Fréquemment citée dans les polars italiens, l'équivalent du Quai des Orfèvres.
2. En italien, la lettre j n'existe pas. Elle peut donc s'assimiler à une lettre qui lui ressemble par la forme, notamment le y, d'où possible confusion entre Gaj et Gay.

changé, mais j'ai passé trois mois terribles. Je n'ai rien contre les homosexuels, mais le problème c'est que tous les employés des bureaux avaient déserté. Que des petits bourgeois arriérés !

– Excusez-moi, mais qu'est-ce que vous en avez à faire des employés, si vous avez déjà les homos ? Une clientèle en vaut bien une autre, non ?

– Des clous. Vous raisonnez dans le présent. Moi je vois plus loin. Une clientèle d'homosexuels, c'est pas un investissement sûr.

– Pourquoi ?

– Sida, cher monsieur. Tant qu'on n'a pas découvert le vaccin, on court le risque de voir sa clientèle décimée.

Le cynisme de l'homme avait quelque chose de fascinant.

– Alors pourquoi avez-vous choisi « Gaj » ?

– Parce que je suis de Krapina, fit-il avec orgueil, gonflant la poitrine comme si l'explication suffisait.

– Et alors ?

– Krapina est la ville qui a donné le jour au grand Ljudevit.

– Ah oui, qui c'est ?

– Celle-là, je l'attendais. Ljudevit Gaj, écrivain et homme politique, le fondateur de *Novine Horvatske* avec son supplément littéraire *Danica*. C'est grâce à lui qu'est né l'illirisme, grâce à l'adoption officielle de son orthographe et du dialecte stokave.

Je trinquai au grand Ljudevit Gaj. Un autre quart d'heure de conversation et j'allais regretter de ne pas être entré dans le Gay Bar. Le sexe, tout problématique qu'il soit, ne cassait pas les burnes. Il les utilisait.

Il était une heure moins dix. Alfredo se pointa avec ces cinquante minutes de retard que comportait sa part féminine.

– Excuse-moi Lazare, j'ai été retenu. J'ai là tout ce que tu m'as demandé et même un petit quelque chose en plus. On s'assoit ici?

J'aurais voulu changer de bar, mais la mémoire de Ljudevit Gaj méritait un tribut.

– On va prendre cette table avant que les employés arrivent.

Mes paroles firent effet, car les employés se matérialisèrent dans l'instant. Ils fondirent sur le local comme un fleuve en crue.

– Accroche-toi à la table, Alfred, ou on va être emportés par le flot!

«Employés.» Fureur de la pause-repas. Encravatés, peignés, sous-payés, employés. Bien élevés, unis, irréprochables, employés. Tentant une allusion osée avec la collègue la moins laide, sans culpabiliser du fait qu'elle ressemble à leur femme. Formes de vie qui se nourrissent de *panini alla boscaiola* ou au *Gei Ar*, mais sont gourmands de polenta[1]. Employés. Tassés comme des olives en pot sur la route des vacances, repliés sur eux-mêmes dans leur costume de bureau, flattés par les compliments du chef. Employés.

– Alors Alfredo, dis-moi tout.

– C'est un cas intéressant, ton Olegario, tu sais?

– Il y a des précédents judiciaires?

– Du calme. Olegario Bizzi, né en 1943, épouse Amelia Venegoni… (Il consulta ses notes.) Une fille,

---

1. Opposition entre la nourriture un peu *high-tech* des villes et le bon gros plat traditionnel des campagnes.

Daniela, de vingt ans, un fils de vingt-cinq ans, Giulio. Ton copain Olegario est un sujet intéressant, comme je te le disais. J'avais peur de ne trouver que de simples données d'état civil, mais il y a une dizaine d'années sa femme s'est suicidée. On a ouvert une enquête, vu la façon dont elle s'était tuée. Elle souffrait d'une maladie nerveuse. Elle a essayé d'assassiner le mari pendant une crise. Tu sais comment ?

— Me laisse pas la langue pendante.

— Avec un arc et des flèches. Olegario est un sportif confirmé, il a été un bon boxeur semi-pro, il pratique le tir au pistolet et utilise aussi l'arc et l'arbalète. Le drame s'est déroulé dans la maison où ils habitaient à l'époque, une villa de Bareggio. Amelia, après avoir décoché une flèche qui a raté sa cible, en a pris une autre et, tiens-toi bien…

— Vas-y, continue !

— Elle l'a avalée tout entière.

— Tu veux dire qu'elle s'est suicidée en faisant une pipe à une flèche ?

— C'est ce qu'a conclu le légiste. Du reste, les deux enfants ont été témoins de la chose. La flèche lui a déchiré la gorge.

— Oh bordel…

— J'ai pas terminé. Olegario a commencé à travailler très jeune. Il avait hérité d'un bon paquet qu'il a dépensé en faisant le tour du monde. Il est revenu sans un rond mais plein d'idées. Il a été engagé comme cadre à l'Agip[1] et s'est fait des relations qu'il a conservées après sa démission. Le pétrole. Il a été

---

1. Principale compagnie pétrolière italienne.

compromis dans le scandale [1], mais il en est sorti plus riche qu'avant. Il avait épousé cette Amelia Venegoni, psychiquement instable mais bourrée de fric. Elle était frappée d'une paralysie partielle depuis l'adolescence. Je te livre tout ça en vrac, quand je prends des notes j'ai du mal à me relire.

Il sourit.

— Continue, je t'en supplie !

— D'accord. Il y a six ans, Olegario a mis sur pied la Ol Oil, une société destinée au stockage et au traitement des déchets toxiques. Une mauvaise affaire, vu qu'il n'a jamais obtenu les autorisations administratives. Il paraît que, dans la région de la Vénétie, on exigeait une enveloppe vraiment trop consistante [2]. Il a refusé. C'est ce qu'on raconte dans le coin.

— Pourquoi ?

— Il doit être, à sa façon, un homme honnête.

— Ou orgueilleux.

— Les enfants ont quitté la maison à leur majorité, et n'ont apparemment plus de rapports avec lui. Depuis ce jour, il s'est installé dans son usine. Il vit pratiquement là-bas.

— Là-bas où ?

— À Mona, un village du côté de Vicence. Il y a quelque chose d'angoissant chez un homme qui vit seul dans une usine déserte, tu ne crois pas ?

_____

1. Allusion à une énorme affaire de corruption des années soixante-dix, relatée notamment dans *L'Affaire Mattei* de Leonardo Sciascia et le film homonyme de Francesco Rosi.
2. Jusqu'aux récentes enquêtes menées par le pool du juge Di Pietro, tout ce qui était attribution de marchés publics ou autorisations pour les entreprises passait par un système de pots-de-vin versés aux différents partis politiques, avec un barème et une organisation quasiment «étatisés».

– C'est vrai. C'est encore plus étrange qu'un homme qui a choisi de s'exiler ainsi s'enfile tous les jours le trajet Vicence-Milan aller retour simplement pour aller danser. Comment est-ce que vous faites pour avoir des infos aussi récentes sur lui?

– Parce qu'il y a un mois il a tiré sur un voleur qui avait tenté de s'introduire dans l'usine.

– Il l'a tué?

– Non, seulement blessé. Olegario a déclaré qu'en son absence, en dépit de la présence du gardien, il y a tout un tas de marginaux locaux, toxicos et clodos, qui viennent passer la nuit dans les hangars.

– Je te remercie.

– Non, c'est moi qui te remercie. Qu'est-ce que tu vas faire maintenant?

– Je ne sais pas encore, mais je te tiendrai informé.

Les employés en étaient arrivés au café. Ils insistaient pour se l'offrir mutuellement. Les irréductibles persistaient à parler de bagnoles. La rumeur sonore était un hybride bruissant entre «Ferrari» et «p'tit café». «Il a une Ferrari?» «Un p'tit café?» «Belle Ferrari!» «P'tit café?» «P'tite Ferrari?» «P'tit café Ferrari?» Un mantra bouddhiste répété jusqu'à l'obsession.

– Il faut que j'y aille, constata Alfredo.

– Un p'tit café? lui proposai-je.

Deux heures venaient de sonner. Je dépassai l'immeuble des quotidiens sur la *piazza* Cavour. Que de temps s'était écoulé depuis le pugilat sur le tramway ligne 1! Combien de choses avaient varié dans l'échelle de ma culpabilité! Bidoche se trouvait toujours en Turquie, Pogo dérivait dans son taxi en pestant contre la pluie, Antonello Caroli avait perdu un ami et un trésor.

Je pressentis à l'improviste l'esprit de Noël. Dans quelques heures, les Pittbulls du Nord prendraient d'assaut le bar Pasquale qui les attendrait de pied ferme. Il était désormais trop tard pour les remords, mais je pouvais encore offrir à un flic un beau flagrant délit. J'appelai le commissariat central de la cabine de la *piazza* Cavour et demandai Alfredo.

– Ciao, c'est Lazare.

– Mais on vient à peine de se quitter.

– Je sais, mais il faut que je te dise quelque chose. Dans deux ou trois heures, au bar Pasquale de Quarto Oggiaro, les Pittbulls du Nord vont s'affronter avec une bande locale. Qui sait si tu pourrais pas y gagner une petite promotion ou une jolie médaille ? Contente-toi de ramasser les morceaux…

– Je sais pas si je peux…

– Ce n'est pas une guerre civile. J'ai déclenché la guerre entre des gens incivils. Fais simplement ce que je t'ai dit. Dis, t'as pas un pull en laine ?

– Si, pourquoi ?

– Passe un gilet pare-balles par-dessous.

Avec un autre jeton, j'appelai Ulli.

– Oui ?

– C'est Sabine ou Ulli ? J'ai pas de temps à perdre.

– C'est Ulli, qu'est-ce que tu veux encore ?

– Ulli, on va se remettre à la case départ. Tu as vu Luana à l'Open House ?

– Oui, elle m'a raccompagnée en voiture. Elle m'a parlé de toi toute la soirée. Elle m'a expliqué que vous ne couchiez pas ensemble. J'y ai cru. Tu n'es pas assez dépravé pour coucher avec ta cousine.

Luana m'avait fait un cadeau de Noël.

– Tu vois bien que c'était un malentendu !

– Cela dit – j'y ai repensé – entre cousins…

Je l'interrompis.

– Habille-toi, je t'emmène dans un endroit où il ne pleut pas.

– Les Bahamas ?

– Mona[1].

– Comme tu es vulgaire !

– Mais non, tu n'as pas compris, c'est un bled dans la province de Vicence. Tu fournis la voiture, moi je fournis l'essence.

J'avais connu Ulli déguisée en Père Noël et maintenant Noël se faisait toujours plus proche. Qu'est-ce que je trouverais sous l'arbre de Noël ? Malgré mes trente ans, j'aimais toujours les petits paquets, nombreux et chatoyants. L'heure était venue de pendre Olegario à son arbre de Noël. Il avait été dans le pétrole, après tout, et dans l'argot de ces gens-là « l'arbre de Noël » est un échafaudage de tubes servant à réguler l'exploitation du gisement. C'est Pogo le Juste qui me l'avait expliqué.

Quand cette histoire serait terminée, il faudrait que je m'occupe des cadeaux de Noël. Pour ma mère, un abat-jour d'époque pour rester éveillée en m'attendant, pour ma grand-mère le sérum de l'immortalité, pour Pogo une sirène de police pour se sortir des embouteillages, pour Leone un vibromasseur, pour Bidoche un hamburger, pour Vito un nouveau projec-

---

1. En argot, sexe féminin.

teur de diapos, pour Luana une virginité toute neuve à perdre aussitôt, pour Ulli un vêtement à mon goût, pour Alfredo des menottes plaquées or. Et pour moi, un bébé Nuye. En espérant qu'il ne fasse pas de saletés à la maison.

Ce ne fut pas la fusillade du siècle et d'ailleurs le siècle était sur le point de s'achever. Et puis, il n'y avait plus rien d'épique dans ce siècle à bout de souffle. Il y avait de la violence, bien sûr, comme dans tous les siècles précédents et les siècles qui suivraient. Violence et technologie, celle d'un Ruger Super Redhawk, calibre .44 magnum, protagoniste innocent de cet après-midi sanglant. Rejeton de Sturm Ruger et Company Inc., né à Southport (Connecticut) 06490 USA, le revolver, aussi beau et indifférent qu'un top-model lobotomisé, pouvait tirer six coups. Le mécanisme était à simple ou double action. Il pesait 1 600 grammes. Il était haut de 150 millimètres pour une épaisseur de 45. Il avait 330 millimètres de long dont 190 pour le canon. Massif engin en acier inoxydable, il n'aurait pas dû se trouver à Quarto Oggiaro cet après-midi-là. Il aurait mieux valu qu'il restât à Southport (Connecticut) 06490 USA, ou bien dans un stand de tir, bien qu'à cause de son poids non négligeable et d'un centre de gravité décalé vers l'avant, Super Redhawk fût jugé peu pratique par les tireurs du dimanche qui respectaient le jour du Seigneur et ne tiraient pas pour tuer. La poignée, taillée en caoutchouc avec des incrustations de bois dont la fonction était purement esthétique, en parfaite symbiose avec la mécanique, se révélait particulièrement efficace pour atténuer le

271

recul de l'arme. Parfaitement dessinée, elle convenait aussi bien aux petites mains de bonnes sœurs qu'aux grandes mains de blasphémateurs.

Pasquale Mezzasalma, en dépit d'une voix fluette, avait des grandes mains de blasphémateur. Pasquale ne lisait ni livres ni journaux. Il ne lut même pas l'avertissement gravé sur le canon : «*Before using gun, read warning in instruction manual available free from Sturm Ruger & Co. Inc. Southport Conn. USA.*» Il lut pourtant, dans les yeux des garçons qui entraient dans son bar, leur propre condamnation à mort.

Ils portaient des cuirs anglais de récupération, trouvés au Cookie Shop, près des colonnes de San Lorenzo, et recommandés par une blonde qui avait un beau cul mais les dents gâtées. La fille était avec eux, féroce comme l'une des Érinyes[1]. Pasquale ne voyait pas son cul, à cause du bar. Il se contenta de regarder les dents, aussi jaunes que les cheveux. La blonde se tourna vers une armoire à glace qui était vraiment très à l'étroit dans son *flight-jacket*.

– Giusy, c'est lui l'esclave ?

Giusy acquiesça et passa à la fille une clé anglaise, anglaise comme le blouson. La blonde accepta le cadeau comme un don du ciel. Elle brandit la clé anglaise et l'abattit sur le bar, balayant des paquets de pommes chips âgés de quelques mois. Elle hurla en même temps qu'elle frappait, et dans le hurlement la bouche grande ouverte dévoila ses horreurs d'antre putride. Pasquale Mezzasalma, un mètre soixante-cinq pour cent kilos, empoigna le Super Redhawk calibre .44.

---

1. Déesses de la Vengeance dans la mythologie grecque.

Le revolver affronta la clé anglaise, aussi innocente que lui.

Des deux instruments affectés à la mort, un seul parla. Le projectile pénétra le hurlement de la fille. Un autre cri. De peur. La bouche de la blonde explosa. Les immeubles anonymes de Quarto Oggiaro se mirent à pulser comme un cœur qui s'emballe, vomissant toute une humanité attirée par l'odeur du sang. Les Pittbulls du Nord sur la place devant le bar enfourchèrent les motos et défoncèrent la devanture du local. Les amis de Pasquale fondirent sur les centaures. *Five o'clock*, l'heure du thé. Giusy transperça un estomac à l'aide d'un Ron Gaston avec lame en ATS 34 et poignée en ivoire de morse. Un poignard de collection acheté à la coutellerie El Moletta dans la *via* Larga. Il lui avait coûté les yeux de la tête. Il lui coûta la vie. Le Ruger Super Redhawk aboya et mordit. Giusy mourut sans avoir eu le temps de se repentir du moindre petit méfait inutile et lointain.

À cinq heures en hiver, il fait déjà nuit à Milan. Ce jour-là, l'obscurité fut plus profonde qu'à l'habitude. Armes à feu et armes blanches. Cela ne dura pas longtemps mais parut une éternité. Peur et barbarie dansaient dans l'adrénaline. La police arriva. L'agent dénommé Alfredo, se maudissant d'avoir trop attendu avant d'intervenir avec ses collègues du coin, se précipita vers le bar dévasté. Il tira sur Pasquale Mezzasalma à l'instant où les doigts de Pasquale pressaient une détente étroite et lisse. L'agent dénommé Alfredo n'avait pas enfilé son gilet pare-balles. Le Super Redhawk finit à terre, au milieu des débris de verre et du sang de Pasquale. Ce fut le sang qui oxyda l'innocence de l'acier inoxydable, qui rongea, tel le billot du bourreau, les élégantes et inutiles incrustations de la crosse.

Le massacre des Innocents n'est pas loin de Noël. Même si, parmi les victimes de ce jour-là, les seuls innocents se trouvaient être, à part un policier dénommé Alfredo, une clé anglaise et un revolver qui n'aurait jamais dû quitter le Connecticut.

Les rues de la vieille ville de Vicence sont tortueuses et bordées de colonnades. Ulli avait insisté pour s'y promener. «En amoureux», avait-elle ajouté, non sans ironie. Dans la voiture, nous avions décidé de tout reprendre à zéro. Une fois l'accord conclu avec une satisfaction réciproque, quand il fallut vraiment recommencer, construire une conversation, nous nous retrouvâmes apparemment privés d'arguments. «Toi tu commences. – Non, vas-y, toi tu commences.» Après cinq minutes de silence absolu, un éclat de rire simultané nous avait soustraits du nombre des couples en crise.

– Je ne savais pas que c'était aussi difficile de se rencontrer… pour la deuxième fois.

– C'est vrai, Lazare. La première fois, tu es un phénomène. Quand tu n'as que quelques secondes pour attirer l'attention d'une inconnue. Ensuite tu baisses.

– Tu le penses vraiment? lui demandai-je, plutôt ennuyé.

– Non, je plaisante. Mais cela dépend de ce qu'on attend de toi. En tout cas, tu n'es pas quelqu'un d'ennuyeux, tu es une surprise continuelle. Je ne m'attendais pas à ce que tu dragues ma sœur. Je ne m'attendais pas à ce que tu me raccroches le téléphone au nez. Je ne m'attendais pas à ce que tu aies une cousine porno-star.

– Hé, on avait dit qu'on repartait à zéro !

– Et pourquoi ? J'ai dû te sembler emmerdante, non ? Apparaître toujours au mauvais moment et faire semblant d'être furieuse.

– Faire semblant ?

– On ne peut pas rester très longtemps fâché avec toi. Tu es désarmant. Tu tirerais l'instinct maternel d'un requin mâle.

– Ulli, je t'avais mal jugée. Je soupçonne que tu possèdes le sens de la formule.

– Regardez-le, comme il est satisfait. Est-ce que tu t'aperçois que tu ronronnes ? Tu aimes qu'on parle gentiment de tes défauts. Ils t'apparaissent comme des qualités, des traits de caractère.

Je ne pus retenir un sourire.

– Tu vois, je t'avais dit que tu ronronnais.

Je m'assombris à nouveau.

– Qu'est-ce qu'il y a maintenant ?

Je repensai au chat étranglé pendant sa fête.

– Je ne suis pas fou des chats.

– Parce qu'ils sont libres et égoïstes comme toi. Tu n'aimes pas la concurrence. Toi, tu aimes les chiens, pas vrai ? Si j'avais une queue, je l'agiterais chaque fois que je te verrais.

– Parce que tu es heureuse chaque fois que tu me rencontres ?

– Je te le ferais croire. Tu en as besoin. Il n'y a qu'ainsi que tu peux donner le meilleur de toi-même.

Ulli se révélait d'une sagesse embarrassante. Les filles ont sur moi cet avantage qu'elles ont toujours

275

possédé : elles jouaient à la poupée pendant que je jouais aux petits soldats, avec pour conséquence d'être déjà mères avant même d'avoir atteint l'adolescence. Elles se préparaient en prenant soin des poupées. Moi et mes compagnons, nous pouvions en jouant aux petits soldats nous improviser à la rigueur généraux, stratèges. Nous avions été et nous restions des généraux immatures. Toujours préférable aux généraux tarés, les vrais, ceux qui, sans guerre, ne peuvent se sentir en paix. Le grand stratège Lazare Santandrea préparait l'offensive contre Olegario Bizzi, l'ennemi.

– Ulli, allume la radio.

Je voulais savourer le succès de ma stratégie dans la bataille de Quarto Oggiaro. Ulli trouva la bonne station, et tandis qu'elle conduisait en pensant à mes ronronnements, j'entendis ce que je n'aurais pas voulu entendre. La voix irritante d'un journaliste feignait de compatir à la mort d'un policier nommé Alfredo Todisco.

Je l'avais expédié au massacre. Stupide comme tous les stratèges qui croient que la guerre est un jeu vidéo où il suffit de glisser un jeton de cinq cents lires dans la fente. Le prix de cette guerre était beaucoup plus élevé. Avec Alfredo, j'avais perdu l'unique personne avec laquelle j'avais évoqué la photo dans le portefeuille. Je restais à nouveau seul. J'obligeai Ulli à freiner. Elle me dévisagea, alarmée. Je descendis de la voiture et marchai vers le fossé au bord de la route. Je vomis. Je dégueulai à vide. Nausées nerveuses à la place des larmes. Bel épitaphe pour Alfredo. Ulli était inquiète mais se tenait à distance. Elle savait respecter la vomissure et la douleur.

Quand je remontai en voiture, elle n'exigea aucune explication. Elle ne me questionna pas au sujet de mes yeux humides. Elle sut comprendre qu'à cet instant j'avais besoin d'un guide et non d'un chauffeur. Elle m'entraîna à travers Vicence, simulant l'enthousiasme pour le Torrione de la porta Castello, le palais Thiene, l'église de la Santa Corona avec les peintures de Giovanni Bellini et de Véronèse. Elle s'enflamma pour la cité de Palladio avec la fougue excessive d'un joueur à Las Vegas. Elle le faisait pour moi, pour ne pas me laisser le temps de penser. Quand elle s'aperçut que j'appréciais les attentions qu'elle m'accordait sous forme de visite guidée, elle proposa d'aller boire un verre dans un local au nom éloquent de «Dégustation». Elle ne commenta pas la beuverie d'anthologie que j'organisai en sautant du *gambellara* au *durello* en passant par le *tokai*, quelques incursions dans le cabernet et le *vespaiolo*. Le mélange m'empourpra le visage. Ulli me regardait.

— Je fais le lampion, expliquai-je.

Il s'était fait tard, mais nous ne dînâmes pas. Elle se contenta de tremper les lèvres dans son pinot tandis que moi, à l'aide d'une bouteille de *breganze*, je donnais le coup de grâce à mon estomac.

Nous n'avions pas apporté de linge de rechange, mais Ulli insista pour passer la nuit à Vicence. Elle m'aida, je ne sais comment, à sortir du bar et nous atterrîmes dans un hôtel. Elle pêcha mes papiers dans mon portefeuille et quand ses yeux se posèrent sur la photo, ils se firent encore plus bleus. Bleus comme la couette du grand lit sur lequel je m'enfonçai dans un sommeil sans rêves.

Je m'éveillai au matin. Ulli s'était déjà rhabillée. L'ensemble pull et pantalon de cachemire gris était d'une sobriété inhabituelle. Aucune concession à la mode du Alto Adige, avec petites cloches peintes à la main en boucles d'oreilles et montre à coucou au poignet.

– Bienvenue parmi nous.

Je n'avais pas la barre autour du front. En dépit de la biture, je me sentais parfaitement bien, frais comme une rose, une rose écrabouillée entre deux pages jaunes en souvenir d'un amour ou d'un numéro de téléphone : je m'étais endormi tout habillé.

Si mon corps se sentait renaître, mes habits froissés avaient conservé un détail de la veille.

– Il est arrivé quelque chose ? demandai-je à Ulli.

– Tu as la braguette ouverte parce que tu t'es levé pour faire pipi.

– Comment tu le sais ?

– Je t'ai aidé.

– À sortir le truc ?

– Non, je t'ai aidé à viser.

Si une fille que l'on connaît à peine reste proche bien qu'elle vous ait vu dégueuler et faire pipi, cela signifie que l'amour n'est pas une chose merveilleuse. L'amour est un truc dégueulasse. Au moins pour elle.

Après une douche, mes vêtements, même s'ils avaient un air fatigué, ne me firent plus l'effet *accattone*[1], un classique du néoréalisme. Regonflé à bloc devant un abondant petit déjeuner et une Ulli respi-

_____

1. *Accattone* : mendiant. Allusion au film homonyme de Pasolini.

rant l'hygiène et la santé, j'éprouvai à nouveau l'instinct du chasseur.

– Il faut qu'on aille jusqu'à Mona.

Ulli avait été dûment informée sur Olegario, aussitôt après que je me fus lavé les dents avec sa langue.

Ulli s'excusa, se levant pour téléphoner à Sabine. Je demandai à un serveur boutonneux et guindé de me procurer un journal. C'était le moment d'affronter le massacre de Quarto Oggiaro. Le garçon revint avec le *Quotidien de Vicence*, la gazette locale. Je lus le journal, intégralement. Je tremblai en lisant le nom d'Alfredo et finis par me réfugier dans les pages intérieures, où de savantes dissertations sur les asperges du Bassanese ou les petits pois des Berici me distrairent de mes responsabilités, allant même jusqu'à me creuser l'appétit. Appétit qui s'évanouit quand je butai sur un article relatant la mort par crucifixion d'un clochard invalide. Le journaliste avançait l'hypothèse d'une nouvelle affaire Ludwig, tout en relevant qu'il y a quelque temps Barbaro Zanotto, la victime, avait tiré des eaux d'une rivière polluée un cadavre en partie décomposé. Je me rappelais ce fait divers. Je l'avais découpé dans le journal, à une époque où tout cadavre non identifié m'évoquait la mort de Nicky.

Barbaro Zanotto se déplaçait en side-car, battant la campagne aux environs de Vicence, vivant d'aumônes ou du crédit de quelques auberges. Barbaro, en pêchant dans l'Agno-guà, nom stupide pour un cours d'eau mais Pô n'est pas terrible non plus, avait accroché un cadavre féminin à sa ligne.

La crucifixion d'un mutilé ressemblait à un meurtre rituel. L'article parlait sans précautions oratoires de l'alcoolisme chronique de Barbaro Zanotto. Pour cette raison, on faisait la relation avec la série de crimes jadis signés Ludwig, quand des prostituées, des religieuses, des drogués et des homosexuels, catégories retenues non « aryennes » par les meurtriers, s'étaient vus transformés en réserves de chasse.

Quand Ulli réapparut à la table, j'avais repris courage. Elle souriait.

– Tu as le bonjour de Sabine. Tu veux qu'on y aille tout de suite ?

La journée était particulièrement froide. Nous quittâmes Vicence pour rejoindre Mona. L'air coupant ne craignait pas l'obstacle des vitres fermées. Il s'infiltrait, prêt à séduire, à corrompre le chauffage de la voiture. Des trésors de l'art de Vicence, nous étions passés à une nature maltraitée par le gel, mutilée par un climat sans pitié.

Enfin Mona. Mona semblait déserte. Une place, une église, deux bars. Des venelles comme des tentacules autour de la place…

– On est au centre, constata Ulli.

– J'ai l'impression qu'il n'y a que le centre.

– Tu crois ?

– Ouais. Et je doute que la Ol Oil soit édifiée dans la vieille ville.

Vieille ? La seule chose appartenant à l'histoire sur cette place se déplaçait sur deux jambes mal assurées, appuyées sur une canne. C'était un petit vieux, très vieux, qui n'avait probablement jamais quitté Mona de sa vie.

– Baisse la vitre, Ulli.

Elle s'exécuta.

– Hé, excusez-moi, pardon. (Tu parles.) S'il vous plaît…

Je gueulai de toutes mes forces. Pas de réponse. L'homme traversa la place et s'engouffra dans un boyau sombre.

Nous essayâmes un bar. Un vieux frigo qui avait mon âge faisait partie du décor. Trente ans pour un homme, c'est pas beaucoup, mais les frigos vieillissent plus vite. Un panneau métallique avec une réclame pour les glaces Algida avait lui aussi vu le jour de ma naissance. L'appellation des glaces en question remontait au début des années soixante. Glaces disparues pour toujours de notre globe terraqué. Trois chouettes sur un buffet complétaient le décor. La partie humaine comprenait deux clients et un barman. Trois octogénaires qui avaient l'air aussi empaillés que les chouettes. Les clients portaient un foulard autour du cou. C'était probablement la dernière mode. La dernière avant d'accéder à un paradis perdu, puis retrouvé et à nouveau perdu, au point que pour le retrouver encore il ne restait que la foi ou la publication d'une petite annonce dans un journal céleste à très gros tirage. Le barman, quant à lui, portait un tablier immaculé et râpé. Les clients, appuyés au comptoir, ne lui adressaient pas la parole. Le demi-litre de rouge qu'ils partageaient à onze heures du matin cimentait une amitié teintée d'ostéoporose.

Six yeux se braquèrent sur Ulli. Des yeux lustrés qui depuis des lustres ne voyaient pas une fille comme Ulli, sinon à la télévision, la télévision qui, comme dans les années cinquante, trônait sur le bar. Pour l'heure, l'appareil était muet. Ils le conservaient probablement éteint parce que, chaque fois qu'on l'allumait, un monde inconnu, incompréhensible, faisait irruption dans ce bar. Un monde anglophone avec des ordinateurs, des *floppy disks*, des CD, du *high-tech*. Dieu maudisse les Anglais. Et aussi les Américains. Un monde qui avait changé sans se soucier d'un bar oublié des glaces Algida.

– Bonjour. Qu'est-ce que tu prends, Ulli? Un cappuccino?

– Un cappuccino et un verre de rouge.

Ulli me rappela d'un coup d'œil comment s'était achevée la soirée. La réponse de mon regard fut plus articulée et aurait pu se traduire ainsi: «C'est pour gagner leur confiance. Ils reconnaissent le pinard. Même Jésus en buvait. Si je commande un truc sans alcool, ils vont me prendre pour un pédé.» Elle comprit et je séchai le verre d'une seule gorgée. Les trois hommes m'observèrent avec approbation. J'en commandai immédiatement un autre. La confiance était acquise.

– Excusez-moi, je voulais savoir comment trouver la Ol Oil, l'usine de déchets toxiques.

Un des deux clients qui mastiquait une chique en expectora un grumeau à quelques millimètres de mon mocassin gauche.

– Salopards.

– Comment?

– Salopards.

Il avait répété sur un ton qui clôturait la conversation. Le barman, plus bavard, intervint.

– Les types de la Ol Oil sont des salopards. Ils veulent remplir la région avec leurs saloperies. Des dégueulasses.

– Je crois qu'ils n'ont obtenu aucune autorisation en cinq ans. Je pense qu'il ne se passera plus rien.

– Zé un tiaple. (C'est un diable.)

– Qui?

Je connaissais déjà la réponse.

– Olegario, *el paron*, le patron. Il vit là tout seul avec Toni. El Toni, zé aussi un tiaple.

– Qui est Toni?

– Le gardien. Ancien boxeur. Zé un étranger, pas d'ici. L'est de Schio[1].

– Il est jeune?

– Oui, il a soixante-dix ans.

Je m'étais fourvoyé dans mes appréciations. Ces hommes avaient largement dépassé les quatre-vingts.

– Pourquoi est-ce que vous dites que c'est un diable?

– El étrankle les chats.

Je regardai Ulli.

– Un parent à toi.

Ulli n'apprécia pas. J'allais quémander des informations plus précises quand un silence pesant chuta entre mes déjà peu loquaces interlocuteurs. Leurs regards s'étaient tournés vers l'entrée, mais sans concupiscence. Cette fois, ce n'était pas Ulli qui entrait.

– Ciao Toni.

Toni était un type corpulent, aux cheveux complètement blancs. Il portait un manteau qui fut probablement une couverture navajo. Idéal pour le hippy années soixante-dix, invraisemblable à soixante-dix ans.

Le nouvel arrivant plissa le front avant de passer la commande. J'étais persuadé qu'il allait réclamer un chat pour le dévorer vivant.

– Un blanc.

_____

1. À vingt kilomètres de Mona.

Dans un endroit où le premier geste social consiste à boire du rouge, un tel homme ne pouvait que demander du blanc. Toni tourna son attention vers nous. Il parcourut des yeux le cachemire qui adhérait comme un gant à la silhouette d'Ulli. Ulli releva le gant. Elle mit l'homme au défi de manifester son agressivité. Elle était prête à réagir, forte de son droit à exhiber sa féminité sans craindre d'être violée. Toni n'était pas de cet avis. C'était le moment d'intervenir.

– Vous êtes Toni, n'est-ce pas? Moi c'est Lazare Santandrea, je suis un ami du *signor* Bizzi. Transmettez-lui mon bonjour quand vous le verrez.

Toni détacha son regard d'Ulli. On était de la même taille mais il annonçait vingt kilos de plus. Il m'évalua comme adversaire.

– Je fais quatre-vingts kilos, lui dis-je.

Il me dévisagea, surpris que j'aie déchiffré sa pensée. Elles étaient tellement primitives, ses pensées, qu'elles en devenaient aussi visibles qu'un mammouth dans un chenil.

– Je lui dirai, répondit-il en se dirigeant vers la porte.

Il enfourcha une antique Guzzi et disparut dans un vrombissement. J'avais conquis l'estime des vieux du bar. J'avais employé un ton volontairement provocant pour affirmer que j'étais un ami d'Olegario. Le barman me fournit tous les renseignements nécessaires pour rejoindre la Ol Oil. Il fut de la plus grande amabilité, même si pour lui «Ol Oil» était définitivement imprononçable.

La Ol Oil profilait ses formes lugubres, en parfaite symbiose avec le ciel de décembre. Les bâtiments déserts étaient angoissants comme un cimetière fraîchement inauguré qui attendrait avec impatience ses futurs locataires. La structure, aussi imposante qu'inutile, exhibait un charme sinistre. Sa vacuité lui conférait le statut de forteresse du néant. Un néant aussi vorace qu'un maelström mais anonyme comme un certificat de décès. Elle évoquait le cabanon de Baba Yaga, la sorcière de la tradition slave, qui vit dans une baraque soutenue par des pattes de poulets et entourée d'une palissade d'ossements humains. Comment est-ce que je n'y avais pas pensé plus tôt ? Le nez de Nicky était un nez d'oiseau. Mais le nez d'Olegario était le nez de Baba Yaga qui avait un bec d'oiseau, avec des dents et des mamelles de pierre pour lacérer ses victimes et s'en nourrir.

— Ce truc me fait peur, dit Ulli.

— Tant mieux. Je croyais que j'étais le seul. Qu'est-ce que tu y vois de si inquiétant, toi ?

— Je pourrais pas te l'expliquer. C'est comme si elle était vivante. Non, au contraire, c'est comme si elle n'était pas vivante.

— Décide-toi.

— Je t'aime, dit Ulli, qui portait plus que jamais ses dix-neuf ans.

— Je deviens vieux, répondis-je à mon tour.

— Qu'est-ce que ça veut dire ?

— Rien. C'est ma façon de dire je t'aime. Je ne crois pas que je pourrais dire « je t'aime » sans me sentir ridicule. Et toi ?

— Je… je me suis sentie ridicule au moment même où je l'ai dit.

— Bon Dieu. Tu vois bien que tu es plus courageuse que moi. Et pourtant, en toute logique, c'est moi qui devrais être le héros. Je n'ai pas le courage d'être ridicule. Ulli, bordel, tu es Jeanne d'Arc, un incendie entier, et je t'avais prise pour une simple allumette.

— Tu viens de me donner un exemple de ce que tu appelles le sens de la formule ?

— Ulli, tu es une révélation, tu comprends « le sens de la formule » !

— Ne le prends pas mal, Lazare, mais tu deviens vite répétitif.

— Aucun problème, quand je tombe amoureux c'est comme quand je suis ivre : je deviens répétitif et puis cela me passe. (Je ne lui précisai pas qu'il y avait non seulement le radotage mais aussi l'amour qui passait. Ulli l'avait certainement compris.) Tu sais pourquoi je crois t'aimer, Ulli ? Parce que tu me rappelles un tas de gens. Attends, ne sois pas vexée, toi aussi tu fais partie de ces gens-là. Tu me rappelles toi-même, c'est la vérité, à part que tu es camouflée au milieu de mille autres personnes pour lesquelles j'ai éprouvé mille autres sentiments. Pour que cela marche entre nous, je ne dois pas te connaître, je dois te reconnaître.

— Je te rappelle qui ?

— Je ne me rappelle pas.

Olegario sortit de la Ol Oil. Toni avait dû lui signaler ma présence au bar de Mona.

— Le voilà, donne un coup de klaxon, Ulli !

Elle appuya sur l'avertisseur. Olegario nous repéra. Je me penchai par la vitre pour qu'il puisse m'identifier. S'il était, lui, mon cauchemar, je voulais, moi, devenir le sien. Je lui fis « ciao » avec la main, puis je pressai Ulli de démarrer avant qu'Olegario ne réalise que je n'étais jamais qu'un homme.

À l'Open House, on était en train de fêter un des mythes bidons des années quatre-vingt : Duran Duran. Les sonorités de *Wild Boys* cherchaient à ressusciter l'esprit d'une décennie passée mais pourtant si proche qu'au lieu de rappeler l'esprit des défunts, la soirée évoquait plutôt le massage cardiaque pour moribond. Ce n'était pas une commémoration, mais un bouche-à-bouche pour sauver dix années parvenues à court d'oxygène avant qu'on ne s'en soit rendu compte. Années aérobic, qui en bodys aux couleurs criardes avaient pratiqué la gymnastique jusqu'à l'écroulement du mur de Berlin. Pourtant, il était resté quelque chose des *eighties*. Ce quelque chose se trouvait à l'Open House. Il ne s'agissait ni d'un Duran ni de l'autre. Il s'agissait du Yuppie. Signé des pieds à la tête avec les grandes signatures de la mode. Signé comme une jambe dans le plâtre. Éphémère mais solide comme une chaussure de ski qui ne serait plus *à la page*[1]. Et il y avait mon yuppie à moi : Paolo, l'assassin d'une Lucy qui, ayant disparu dans les années soixante-dix, n'avait pu cueillir les fruits des années quatre-vingt, ni se faire bronzer aux UVA.

À la fête d'anniversaire d'Olegario, j'avais eu l'illusion de faire justice en le gratifiant de quelques coups de pied après l'avoir vu effondré dans son dégueulis d'ivrogne. Mais au retour de Mona, j'étais réapparu à l'Open House où j'espérais donner le coup de grâce aux nerfs d'Olegario et j'avais retrouvé Paolo, triomphant tout comme si rien ne s'était passé. Une cuite et quelques vomissures

---

1. En français dans le texte.

n'avaient pas suffi à entacher sa réputation. Mes coups de pied ne lui avaient pas défoncé l'estomac. Paolo était allé jusqu'à faire soudoyer des tueurs pour que le fantôme de Lucy ne le rende pas victime de ces rumeurs qui tuent dans l'œuf une carrière naissante. Si l'on dit d'un manager qu'il revend de la drogue, personne ne se scandalise, mais si l'on fait circuler à propos du même individu le bruit qu'il porte la poisse, cet homme est fini, ses projets anéantis comme un miroir brisé avec derrière sept ans de malheur. Pour l'anéantir socialement, je devais recourir à un stratagème qui soit l'équivalent de la rumeur malsaine. J'avais le stratagème dans la poche. Je n'avais pas menti à Luana en parlant des mes armes «de poche», l'inutile Tabasco et le providentiel laxatif.

Ulli était chez elle, dans l'attente d'un coup de téléphone qui se conclurait par un baiser sonore. Je m'apprêtais à donner un coup de pied dans le nid des vautours pour en faire sortir les petits vautours assoiffés. Assoiffés de vengeance, *of course*. Du téléphone de l'Open House, j'appelai l'usine de Mona.

— Oui ? répondit la voix d'Olegario.

Je lui laissai le temps de respirer, puis je raccrochai.

Paolo était au bar. Olegario ne pouvait prétendre être l'unique client de l'Open House à connaître des créatures bizarres ou imaginaires. Qu'il se le garde, son Nuye. Moi je connaissais les Duran. Non, pas les ex-boys anglais. Mon Duran s'était éveillé du souvenir léthargique d'antiques lectures. Le Duran est un monstre dont l'existence est fondée sur Tommaso de Cantimpré, qui en attribua le mythe à Aristote. Le Duran est féroce, cruel et véloce. Quand les chasseurs sont à ses trousses et que toute fuite lui est interdite, il émet des jets d'excréments malodorants pour retarder l'avancée des chiens.

Je m'approchai de Paolo. Son verre était sur le bar, presque intact. Il me tournait le dos, et surtout il tournait le dos à son propre verre, occupé qu'il était à baratiner une fille qui ne s'appelait pas Lucy. À peine le barman s'éloigna-t-il que je versai le magnésium sulfaté dans son *long drink*, puis je m'éclipsai dans un coin pour profiter de la scène. Paolo parlait, parlait, pour dominer les Duran Duran. Parler donne soif : il descendit la moitié du verre. Il se remit à parler avec le verre dans la main. Il ne parvint pas à terminer la conversation. La trombe diarrhéique le trahit. Ma tentative pour le détruire dans ses vomissures avait coulé dans le même vomi. Mais l'ouragan intestinal balaya Paolo et sa réputation sans tache. Il ne put pas s'excuser. Ni courir jusqu'aux toilettes. Il sombra dans ses propres déjections. Personne ne voudrait plus jamais avoir affaire avec lui. Ce soir-là, l'Open House découvrit, et avec l'Open House Milan, et avec Milan le monde entier, une vérité que je connaissais depuis longtemps : Paolo était un merdeux.

12

Bien que mon nom soit Santandrea, personne ne m'avait jamais pris pour un saint. Un bel assemblage, Lazare Santandrea : le prénom d'un zombie de l'Évangile et pour nom de famille celui d'un apôtre. Santandrea. Combien de fois y avais-je pensé depuis mon enfance. «Saint André», parfait pour un spot publicitaire. «Votre Évangile préféré? – Santandrea, naturellement!», ou mieux «Santandrea, évangéliste pour femmes[1]» et moi plus venimeux que le Poison répandu derrière le lobe ou les poignets de femelles apprivoisées. Mais Santandrea, à part le parfum, me faisait penser aux cartes de visite. Caractères en relief sur carton couleur parchemin. S. Andrea, simple mais efficace. Pas de téléphone, il n'y en avait pas à l'époque. Andrea le nom, S. le titre. Saint comme docteur, S. au lieu de Dr, au lieu de Prof. Du très bon goût.

Je m'étais quasiment planté sur toute la ligne. La conviction initiale de la «monstruosité» de Chaperon rouge était débile et s'était révélée d'une totale débilité. Mais grâce à elle, la piste de Nicky m'avait menée jusqu'à Olegario.

Tous les acteurs de ma vie dans les mois écoulés, de simples figurants s'étaient transformés en authentiques comédiens. Alfredo un grand tragédien, Leone une actrice de genre. Pourtant, personne ne s'était soucié de respecter le scénario original. De grandes rencontres se révélaient n'être que des choses sans importance. Des rencontres dues au hasard, d'une importance à première vue minime, évoluaient vers l'affrontement.

Le matin de cette ultime journée de chasse, bien qu'on ne soit pas encore à Noël, le Père Noël arriva

---

1. En français dans le texte. Allusion à une campagne publicitaire pour le parfum *Poison*.

jusqu'à moi. Ou alors c'était l'Enfant Jésus. Le corps était bien en chair, plutôt celui du Père Noël. Le visage de l'Enfant Jésus. Sur le palier, je ne le reconnus pas sur l'instant. Il s'était coupé la barbe.

— Lazare !

— Bidoche… ?

Bidoche était rentré de Turquie.

— Comment ça s'est passé, vieille saucisse ? Je te donnais pour disparu !

— Je vois que tu as préparé l'arbre de Noël.

Je suivis son regard et découvris que dans un angle, à côté de la cheminée, ma mère avait dressé un sapin. Qui sait depuis combien de jours…

— Bon alors, comment ça s'est passé en Turquie ?

Il prit un air sérieux.

— Ne m'en parle pas.

— Aucun problème. Comment je fais pour t'en parler puisque c'est toi qui es allé en Turquie ?

— Lazare, j'ai vécu une expérience terrible.

— Tu as jeûné ?

— Pire. J'ai été sodomisé.

Le ton grave de mon gros pote me fit comprendre qu'il ne plaisantait pas. J'éclatai donc de rire.

— Il y a pas de quoi rire. J'étais à Keban pour photographier la jetée. Le soir, je suis allé dîner avec mon guide, un certain Ismet. J'ai pas mal levé le coude. J'étais tellement fait que je me suis endormi sur le divan d'Ismet. Le lendemain matin, je me suis réveillé avec le froc baissé et Ismet qui me regardait avec une grande tendresse.

— Je peux pas y croire.

— Moi non plus. Pourtant ça me brûlait tellement…

291

— Et Ismet ?

— Rien, il n'a rien dit. Il se contentait de m'observer en fumant voluptueusement cigarette sur cigarette. Je n'ai pas eu le courage de lui demander quoi que ce soit. J'avais trop peur de sa réponse.

— Mon beau héros. Tu préférais rester dans le doute ?

— Parlons d'autre chose. Tu sais qu'en Turquie il y a un endroit qui s'appelle Bat-Man ?

— Ne parlons pas d'autre chose. Laisse tomber Batman. Ce qui vient de t'arriver, est-ce que tu en saisis le sens ?

— C'est pour cela que je préfère ne pas en parler.

— Non, tu ne comprends pas, je ne parle pas de la sodomisation. En chacun de nous, il y a une homosexualité latente. Toi, tu as plutôt une homosexualité allaitante, tu es un gros bambin qui mate la quéquette des autres pour voir s'ils l'ont plus longue que la tienne. Tu veux de la basse psychologie, de la grasse psychologie, tu veux de la psychologie de charcutier ? Tu ne consommes pas ton homosexualité, tu la sublimes. Tu sublimes le pénis en würstel. C'est le sens de ta boulimie. Tu manges comme un cochon parce que tu es un cochon inabouti. Le pénis est un würstel, le würstel est un pénis, choucroute et moutarde le dissimulent, t'aident à digérer, à accepter ton homosexualité.

Bidoche devint écarlate.

— Là tu plaisantes, hein ?

— Oui, mentis-je.

Au fond, c'était Noël.

— Je te parlais de Bat-Man…

— Hé non, Bidoche, on ne va pas recommencer. Je

plaisantais sur ton homosexualité latente et sur ta sodomisation pour la dédramatiser, mais toi, tu ne te rends pas compte des conséquences de cet acte.

– Calme-toi, Lazare, tu m'as l'air bien excité.

C'était vrai. La pression sanguine augmentait, avec les mêmes effets que l'adrénaline.

– Je suis excité parce qu'un cycle est en train de se conclure. Ismet en t'enculant t'a fait un don, le même don que j'ai reçu quand, il y a des siècles, je me suis pété le cul sur un pot de fleurs chez Pogo. « La conscience du séant », tu piges ? C'est la conscience du séant qui m'a ouvert une nouvelle voie, la vision des choses sous un autre angle, l'intérêt pour des gens que j'avais oubliés. Je les avais laissés derrière moi, tout comme le cul. Je n'y faisais plus attention. Je me contentais d'aller vers l'avant avec la force de l'inertie. Avec la conscience du séant, j'ai rétabli un contact avec l'arrière. Pas une approche du passé nostalgique et sans conséquences, mais la conscience du séant sur mon séant en plein présent, au point de rencontre entre passé et futur.

J'accompagnai Bidoche dans la cuisine, sa pièce favorite. Il submergea mère et grand-mère d'un cérémonial bien à lui, fondé sur la flagornerie, qui le rendait, d'un avis général et serein, « sympathique et précieux ». Précieux comme un jambon entier.

Je lui offris un en-cas, *grissini* et mortadelle, et parvins à l'entraîner en l'arrachant à un examen fasciné des étagères où étaient alignés des pots de poivre rouge et des bouteilles de Worcestershire Sauce. Dans ma chambre, je lui racontai la fin des amours de Pogo, les Nicky récentes et l'ancienne, et lui parlai de l'imminent face-à-face avec Olegario.

– Mais ce ne sont que des suppositions. Et si tu te trompais encore comme tu t'es trompé avec Chaperon rouge ?

– Non, je suis sûr de moi. La route de Nicky s'est arrêtée à Mona.

– D'accord, mais tu n'as pas un début de preuve.

– Bidoche, je ne veux pas dénoncer Olegario, je veux le punir, c'est différent.

– Toujours le même, hein ? Toujours prêt à te substituer à Dieu.

– Seulement quand Dieu est distrait.

N'ayant pas de réponse à fournir, Bidoche s'occupa de son assiette. Notre silence était troublé par le fracas de la mastication des *grissini torinesi*. Le craquement du *grissino* était pourtant atténué par l'enveloppe de mortadelle faisant office de silencieux.

– Je veux aller à Mona aujourd'hui même. Il faut que je m'introduise dans la Ol Oil. Il y a un unique gardien, un dur j'ai l'impression, mais avec un peu d'aide j'espère créer une diversion pour l'éloigner.

– Pourquoi est-ce que tu veux y pénétrer ?

– T'aurais dû la voir, l'usine. Ça ne ressemblait pas à un entrepôt, c'était sinistre. Olegario y habite, c'est son domicile. La maison ressemble à ses habitants, non ? Un homme qui choisit de vivre dans cet espèce de cimetière aseptisé fréquente certainement la mort de près.

– Mais c'est une violation de domicile !

– Apprends-moi des choses que j'ignore. Il faut d'abord que j'attire Olegario en dehors de chez lui. Pas impossible. J'ai suffisamment rôdé autour de lui pour attiser sa curiosité et le préoccuper. Je présume qu'il ne refusera pas un rendez-vous, peut-être à l'Open House. Ensuite, pendant qu'Olegario me cherchera, j'entrerai chez lui.

– Qu'est-ce que tu espères conclure avec ta visite ?

– Je veux violer son habitation comme il a violé la vie d'autrui.

– Et puis ?

– Et puis, quand je serai vraiment prêt à le rencontrer, interviendra l'*Ad exstirpanda*.

– Quoi ?

– C'est une bulle papale qui consent aux autorités civiles l'usage de la torture dans les cas d'hérésie.

– Mais tu n'es pas une autorité civile !

– J'ai peut-être une tronche d'autorité militaire ?

Les *grissini* étaient terminés. Bidoche, conscient de son propre séant, se leva consciencieusement, me laissant seul.

Je ne m'attendais pas à ce qu'elle m'appelle mais elle appela pourtant. Je lui avais donné mon numéro de téléphone à la fête chez Leone, sans y croire plus que ça. Bidoche venait à peine de partir que le téléphone sonna.

– Allô !

– Lazare ? Lazare Santandrea ?

– C'est moi.

– Ciao.

– Ciao.

Silence. Je ne l'avais pas reconnue, j'ignorais de qui il s'agissait, mais la voix était féminine. Moi aussi, quand, contraint à une ségrégation thérapeutique après m'être brisé l'os du cul, je contactais des filles que je n'avais pas vues depuis des années, j'avais la prétention de me faire reconnaître d'un simple « ciao ». Mon « ciao » était identique à celui de la voix au téléphone, un ciao qui croit suffire à évoquer une intimité. Je bluffai, sans l'avoir identifiée.

– Comment vas-tu ?

– Bien, et toi ?

Cela pouvait être la voix de n'importe qui. Je ne voulais pourtant pas décevoir N'importe qui. J'avais besoin de temps et de quelques informations jetées au hasard dans la conversation pour reconstruire un nom, un visage, une identité et quelque chose que j'aurais partagé avec elle.

– Ça va, merci. Ça fait un moment que tu m'appelles pas.

– Pour être sincère, je ne t'ai jamais appelée, c'est la première fois.

Elle comprit que je ne l'avais pas reconnue à l'instant même où je la reconnus.

– Je suis Nicky.

Un flot d'émotions contrastées me submergea. La peur que ce soit Nicky, la vieille Nicky m'appelant d'outre-tombe se transforma en soulagement quand j'identifiai la nouvelle Nicky, le Chaperon rouge de mon enfance attardée.

– Excuse, Nicky, je t'avais confondue avec…

– Une autre Nicky ?

– Non, les Nicky sont inconfondables. Je n'attendais pas ton appel… aussi vite, je veux dire.

– C'est que… je voulais savoir comment ça s'est passé. Tu as découvert quelque chose sur cet Olegario ?

– Je crois bien que oui…

L'embarras d'abord éprouvé dans la première conversation « sereine » avec une gamine que j'avais tenue pour coupable laissa place à une belle assurance. J'affrontais un argument connu, quelque chose qui me renforçait.

– Je suis sur le point d'affronter Olegario. Ce soir même, probablement. Un copain flic a fait une petite enquête sur lui. Je l'ai vu. Moi aussi je me suis déplacé. Je crains qu'il soit arrivé quelque chose de vraiment grave à Nicky. Le corps d'une fille non identifiée a été découvert il y a quelque temps dans la zone où vit Olegario. En outre, l'homme qui a découvert le cadavre a connu une fin horrible pas plus tard qu'avant-hier.

– Et alors ? Quel rapport avec Olegario ?

– Quand j'ai rencontré Olegario, je lui ai jeté le nom de Nicky à la figure et je me suis aperçu qu'il était troublé. Ce type dissimule certainement quelque chose. Je veux l'obliger à m'avouer la vérité.

– Il vaudrait pas mieux appeler la police ?

– Pas encore. Je ne dispose pas d'éléments suffisants. Et puis, je vais te confesser que je ne suis pas très à l'aise avec les flics. Je préfère résoudre les problèmes tout seul. J'entends du bruit, d'où appelles-tu ?

– Je suis dans un bar.

– Écoute, pourquoi on prendrait pas l'apéritif ? Ce serait enfin notre première rencontre « normale ».

Elle eut un petit rire embarrassé, mais n'inventa pas d'excuses. Pas de shopping prévu avec Joan Collins.

Nous nous donnâmes rendez-vous dans un salon de thé du *piazzale* Baracca. Elle m'attendait devant les Tre Marie. J'arrivai en retard. Je marchai à grandes enjambées de chez moi jusqu'à la *piazza* Piemonte. J'avais le cœur serré. J'étais ému comme à un premier rendez-vous de lycéen. Puis, à la hauteur

297

du *corso* Vercelli, je fus ralenti par l'embouteillage des achats de fin d'année. Les passants ne se limitaient pas à passer. Ils s'immobilisaient devant les vitrines comme des barrières humaines. Tout en cheminant, je fantasmais.

Et si, sur le plan sentimental, je faisais également fausse route ? Peut-être suis-je amoureux d'elle plutôt que d'Ulli. Que je sois amoureux ne souffrait aucune discussion mais de qui ? Bien sûr, à côté d'Ulli, c'était une petite chouette. Mais, je ne sais pourquoi, je l'avais trouvée différente au téléphone. Et je m'étais découvert différent par rapport à elle. J'ai besoin d'être amoureux. C'est essentiel pour faire de longs trajets à pied. Avoir quelque chose à quoi penser, quelque chose pour sourire. Dans la rue, j'évite l'angoisse, comme j'évite les merdes de chiens sur les trottoirs. Bon, si je tombe amoureux de Nicky, comment est-ce que je dois l'appeler ? « Nicky pour toujours » ? Il faudra que j'accepte, pour toute la durée d'un amour, d'être le gendre de Joan Collins ?

Nicky attendait devant la porte vitrée. Je ne savais pas si je devais l'embrasser sur les joues ou lui serrer la main comme on le fait entre hommes. Bon Dieu, si je m'étais trompé… Nicky portait son habituel manteau rouge, mais quand elle l'ôta à l'intérieur du bar sans attendre mon aide, je réalisai à quel point ce vêtement jouait le rôle d'un cocon. Le pantalon fuseau qu'elle portait au White Bear était trop large pour elle. Elle n'avait pas changé quant aux attributs physiques. La poitrine était à peine amorcée, mais les jambes apparaissant sous une minijupe bien ajustée étaient joliment tournées. Le maquillage léger mais savant. Le petit Chaperon rouge avait sorti la beauté de son petit panier, ou bien ce que j'avais pris pour un panier n'était peut-être qu'un vanity-case dont je n'avais pas fait bon usage lors de nos précédentes rencontres.

– Pourquoi tu me regardes comme ça ? dit-elle, inquiète.

– Pardonne-moi, je voulais pas t'effrayer encore une fois. Il y a simplement que je te trouve différente. C'est comme si tu avais changé de peau.

– Tu fais allusion à ça ?

Elle montra le manteau rouge.

– Peut-être. Quand tu le portes, tu as l'air plus jeune. Quel âge as-tu ?

– Vingt ans. J'ai l'air d'en avoir moins, non ? J'espère que ça continuera comme ça. Quand je serai vieille, ça me servira.

Le salon de thé était décoré comme le wagon-restaurant de l'Orient-Express. On était en dehors du temps. Un larbin cérémonieux s'empara de nos vêtements. Notre table était une petite table. Je me sentis énorme, un éléphant dans un magasin de porcelaine. L'atmosphère feutrée influait sur nos mouvements en les ralentissant. Nicky commanda une eau gazeuse, moi j'optai pour un Negroni, le même Negroni à cause duquel j'avais embrassé l'autre Nicky, des siècles plus tôt. La conversation pouvait se dérouler sur un terrain miné. Si je lui avais permis de me parler d'elle-même, elle m'aurait sans doute brodé un tissu de mensonges. Je lui racontai donc en détail les ultimes développements de mon enquête.

– Fais attention, conclut-elle.

– Que devient Leone ?

– L'autre soir, elle n'a pas du tout apprécié que tu

disparaisses. Elle n'était plus au centre de l'intérêt général.

– Je ne comprends pas comment tu as pu devenir son amie.

– Pourquoi ? Leone est une personne intéressante. Ce n'est sûrement pas quelqu'un de facile mais…

– Au contraire, c'est une fille « très facile ».

– Pas dans ce sens-là. Je voulais dire que Leone a un caractère très particulier. Pour bien la comprendre, il faut se mettre à sa place.

– Tu réussis à le faire ?

– Je suis en train d'essayer.

– Je crois que Leone doit avoir besoin d'une amie comme toi. Je doute qu'elle ait jamais eu une seule amie de toute sa vie. Et d'amis, elle n'en a pas non plus, je pense. À part sa cousine, peu d'êtres humains restent attachés à Leone après la cérémonie du coït.

– Tu es cynique.

– Par moments. Je suis moins cynique que je ne voudrais l'être.

– Alors ce soir, finalement, tu auras ce que tu cherches. En coinçant Olegario, je veux dire. Et après ?

– Bonne question. Après je chercherai une autre exigence à remplir. Tu sais, ma victoire sera aussi une défaite, parce que, quand je découvrirai que Nicky est vraiment morte, ça sera comme si elle mourait en même temps.

– C'est triste. Il faudra que tu suives quelqu'un d'autre, comme celle à qui tu avais conseillé de devenir agent secret. Les filles qui te plaisent, tu les suis toujours dans la rue ?

– Non, parfois je suis aussi des filles qui ne me

plaisent pas. Quand j'ai commencé à te suivre, sans vouloir t'offenser, tu ne me plaisais pas du tout.

– À cause du manteau à capuchon ? Ne t'inquiète pas, c'est aujourd'hui la dernière fois que je le mets.

– Je n'ai jamais rien entendu qui ressemble autant à une déclaration.

– Une déclaration de quoi ?

– D'ordinaire, je trouve ridicule les couples qui se tiennent par la main en marchant. Mais là, on n'est pas en train de marcher, non ?

Elle sourit et appuya la main sur la nappe rose comme un pétale, ou comme le papier d'emballage du boucher. La main blanche attendait. J'appuyai ma main sur la sienne. Elle était froide.

– Quelle petite main gelée, tu me laisses la réchauffer ? entonnai-je.

– Volontiers. Sinon que ta main est encore plus froide que la mienne.

Je demandai l'addition. Je laissai un pourboire conséquent mais le serveur n'eut pas un mot de remerciement et se contenta d'empocher. Tandis qu'il s'éloignait, le dos raide, je lui lançai :

– La monnaie en jetons de téléphone, s'il vous plaît.

J'appelai Olegario d'une cabine. Quand il répondit, je raccrochai. Toutes les dix minutes, durant une heure entière, je lui téléphonai. À deux heures de l'après-midi, Pogo me retrouva dans un bar avec son taxi. Il s'enfila une grappa, éteignit le compteur et en route pour Mona.

– Il faut que j'arrête ce boulot de merde. Les gens sont devenus trop cons. Hier je charge un type qui me demande s'il peut fumer. Je lui dis oui. C'te tête de nœud revenait d'un dîner officiel au Cercle de la Presse. Il était avec une belle grognasse de trente balais. Elle était en robe du soir, lui en smoking. C'te face de bite me dit de m'arrêter à un tabac ouvert. Je l'amène à la gare centrale, il descend et me laisse la grognasse en otage. Quand il revient, il me fait tout triomphant : «Vous savez, je suis de la CIA.» Puis il m'offre un cigare. J'accepte et il fait : «Comment vous les conservez, les cigares?» et moi : «Les cigares, je les conserve pas, je les fume!» «Je vois, il fait avec un air de supériorité sur sa tête à claques, un profane. – Profane mon cul, je lui dis. Je te promène dans toute la ville pendant que tu fumes tes cigares et tu me traites de profane!» Tu sais ce qu'il m'a répondu?

– Non.

– «Utiliser l'argile humide ou des journaux roulés en boule et mouillés à la place d'un humidificateur doit être évité. De tels substituts peuvent humidifier les cigares mais contiennent des substances organiques qui amènent rapidement la moisissure, de mauvaises odeurs et peuvent attirer les cafards.»

– Et toi?

– Il voulait faire le savant avec moi. Je fume des Stop sans filtre, le cigare uniquement à l'occasion. Mais je lui ai répondu, juste pour le plaisir : « L'humidité froide est préférable. Il est dangereux de faire évaporer l'eau par apport de chaleur à l'endroit où les cigares sont conservés. Une température de trente-cinq degrés peut faire naître des vers, des œufs d'insectes, qui peuvent à l'occasion se retrouver dans le tabac du cigare.»

– Et lui?

302

Je commençais à m'amuser.

– Lui ? Tout fier il me dit : « Le reconditionnement forcé des cigares trop séchés par la vapeur d'eau est inévitablement dommageable parce qu'elle ramollit l'enveloppe, provoque la formation de bulles et de pourriture. » Bref, il continuait à faire le pédant. La grognasse qui selon moi s'était arsouillée dormait à poings fermés. Moi, c'était la première fois que je pratiquais le gugusse, mais elle, devait y être habituée. On arrive finalement à destination. Je lui donne un coup de main pour faire descendre la fille qui avait le sens de l'équilibre en congé, tu sais de quoi je m'aperçois ?

– Me fais pas languir.

– Ce crétin m'a cramé le siège avec sa saloperie de cigare. Il arrêtait pas de gesticuler, le gros porc, tout en parlant. Le siège de ma bagnole ! Morale : je lui ai laissé tomber le cigare dans le froc, il avait la braguette ouverte, c'te tête de nœud.

– Pogo, tu te rends compte ? T'as couru le risque de mettre le feu à un membre des services secrets américains ? !

– Pendant qu'il sautait en l'air en se frottant le machin, j'ai donné un coup d'œil à son portefeuille. Il avait une carte de la CIA c'est sûr, mais du Cigar Institute of America, un truc à New York financé par les producteurs de tabac.

– T'as vraiment une vie passionnante, Pogo, si j'avais encore le permis, je ferais chauffeur de taxi.

Pogo se concentra sur la conduite. Nous arrivâmes à Mona pendant qu'il faisait encore jour. Je lui indiquai la route pour aller jusqu'à la Ol Oil. Nous fîmes le tour des bâtiments. Rien à faire, la seule façon d'entrer était de franchir l'accès principal. La lumière semblait peu pressée de disparaître. Dans un silence athée, nous observions les jeux du crépuscule sur les hangars. En changeant de couleur, la Ol Oil devenait inoffensive. Elle perdait cette apparence de froide menace que les jours livides de décembre lui conféraient. Ce n'est pas de l'obscurité dont il faut avoir peur, mais de celui qui dans le noir allume brusquement la lumière.

– Tu veux passer toute la soirée à regarder ce cimetière ?

– Pourquoi est-ce que tu l'appelles cimetière ?

– Quelle question ! Parce que ça ressemble à un cimetière. Ce truc me fait penser à la mort. Non je me trompe. À quelque chose de pire encore.

Pogo, lui aussi, tout comme moi et Ulli, était envahi d'un sale pressentiment devant les bâtiments.

– Continue Pogo, tu sais que j'ai confiance en ton flair. Je ne parle pas de tes capacités déductives, je parle tout simplement d'instinct.

Pogo le Juste, flatté qu'on rende hommage à sa part animale, poursuivit :

– Tu es déjà allé à Venise ?

– Quel rapport ?

– Ben, cet endroit m'évoque un truc en préfabriqué tombé du ciel dans la lagune. L'édifice est tout neuf, mais il s'enfonce, il s'enfonce, jusqu'à être englouti par les eaux. Il meurt et ne le sait pas. Il ne s'en aperçoit pas, parce que les préfabriqués n'ont pas d'émotions. Ils se contentent de les provoquer.

Un frisson. Pogo me fit « Attends-moi un instant » et descendit de voiture. Il planta solidement ses santiags dans la boue du talus et se mit à renifler. L'individu urbanisé avait disparu. L'architecte chauffeur de taxi, l'ex-camarade de lycée égaré laissa place à Pogo l'animal. Il inspira par le nez, afin de déceler un présage dans l'air. La capacité d'intuition ne nécessite aucune réflexion. Je l'observai, fasciné. Il resta un peu avec le nez en l'air, puis il me fit signe de descendre.

– Tu ne sens rien ?

– Je ne sens rien, à part le froid et la putain d'angoisse que t'es en train de me refiler.

– Vraiment tu ne sens rien ? Je pressens quelque chose de pire que le danger. Il y a quelque chose, je ne peux pas te dire… d'obscène là-dedans.

– Obscène ?

– Ouais, obscène. Pas obscène comme une bite dans un cul. Obscène comme une bite découpée en tranches.

– Rien à dire sur ton sens de la formule. Mais on peut pas dire que tu m'encourages beaucoup, il faut que je rentre dans ce truc-là, moi…

– Si tu veux, je viens avec toi.

– Négatif. Tu me seras plus utile à l'extérieur. Il vaut mieux entrer seul et bénéficier d'une aide extérieure qu'entrer à deux pour devenir des victimes sans renforts.

– Qu'est-ce qu'on fait maintenant ?

– On va s'envoyer une petite grappa, j'en ai vraiment besoin.

– Il y a un bar dans cette terre oubliée de Dieu ?

– Oui, il y a *un* bar. Un seul. Pas terrible mais on va pas y passer la vie.

J'avais besoin de lumières et de bruits, même s'il s'agissait de la lumière blafarde de l'unique bar de

Mona dont l'unique musique d'ambiance était faite de quelques rares lavages de verres.

Contre toute attente, le bar était bondé. À part le barman et les deux clients de l'autre jour, il y avait un autre petit groupe de vieux qui jouaient aux cartes. Dans le dos des joueurs, une grosse femme reluquait les cartes. Le barman me reconnut immédiatement et hasarda une contraction des lèvres que j'aurais pu confondre avec un sourire. Je lui présentai Pogo et offris une tournée.

— Il y a le téléphone ?

Il m'indiqua un appareil fixé au mur. Je composai le numéro de la Ol Oil.

— Allô !

C'était Olegario. Je lui laissai répéter encore deux fois « allô » avant de répondre.

— Olegario, c'est Lazare Santandrea. Il serait opportun que nous nous vissions ce soir à l'Open House. Vers minuit. Qu'en pensez-vous ?

— Parfait.

Il ne réclama aucune explication. Il désirait lui aussi me rencontrer. Il savait parfaitement pour quel motif je voulais le voir.

Histoire de lui rafraîchir quand même la mémoire, j'ajoutai :

— Il s'agit de Nicky, naturellement.

— Naturellement, répondit-il.

Il n'était pas aux abois. Son « naturellement » était déterminé, dur et tranchant. Ce n'était pas un mot, c'était une baïonnette. Je voulais lui faire peur et c'est moi qui me faisais peur. À cet instant, il était encore le plus fort. « Olegario, j'aimerais que vous m'expliquiez l'histoire du Nuye. Il doit bien y avoir

306

une morale, non ?» À défaut d'avoir le dernier mot, je voulais au moins en avoir plusieurs. Les mots étaient mes seuls projectiles. Je regrettai de n'avoir pas demandé à Gippo de me procurer une arme plus sûre que le Tabasco et le laxatif. Même un pistolet Thompson Contender à un coup aurait fait l'affaire. Un coup, mais précis.

– Alors, vous me l'expliquez, l'histoire du Nuye ?

– Plus tard. Vous aurez ce que vous cherchez.

Nous restâmes dans le bar pendant des heures. Je résistai à la tentation de chercher dans la grappa le courage qui me manquait. Toni, le gardien de la Ol Oil, était déjà passé boire un dernier verre de vin. Je ne courais donc pas le risque de le rencontrer dans le bar. Avec les ténèbres qui avaient enveloppé Mona, l'éclairage faiblard du bistrot transformait les présents, moi compris, en petits personnages de crèche. Mais il n'y avait aucun enfant à adorer… au pire, un homme de trente ans immature. L'obscurité était liquide, une mer dont les flots n'avaient épargné que cette crèche vivante dont je faisais partie, la prenant peut-être pour un vaisseau fantôme, ancré par erreur dans la Vénétie. Pogo avait réussi à s'introduire à la table de jeu. La grosse femme, à présent, louchait sur ses cartes. Quand Pogo sentait une ombre pressante derrière lui, il gratifiait le massif exemplaire féminin d'un coup de coude. Il semblait que la femme était née ici dans la nuit des temps et qu'en demeurant dans ce bar elle y gagnerait l'immortalité. C'était l'éternel féminin local, un être primordial endormi et léthargique qui regardait les autres jouer aux cartes. Toutes les cartes étaient marquées, mais marquées tellement de fois qu'identifier un as parmi les hiéro-glyphes figurant au dos était entreprise impossible.

Dix heures du soir. Deux fois plus mortel que *las cinco de la tarde*.

— Pogo, c'est l'heure d'y aller.

Pogo était bien allumé. La semi-biture tournait à l'euphorie. Tout au long des interminables parties, la convivialité joyeuse de Pogo avait affronté le silence glacé de ses compagnons de jeu.

Le Juste alla même jusqu'à gratifier l'éternel féminin local d'un baisemain, juste avant de sortir admirer les étoiles.

Il faisait un froid de canard. Pogo respira à fond, puis leva le doigt vers le trou du cul du ciel.

— C't'histoire, ça me plaît pas des masses, lâcha-t-il sentencieusement.

Juste avant que nous montions dans la voiture, le barman, dressé devant la porte, tenta d'attirer notre attention.

— Qu'est-ce qu'il veut ? demanda Pogo.

— On doit être les meilleurs clients qu'il ait jamais eus. Il doit vouloir nous refiler un porte-clés ou un calendrier pour le nouvel an.

Je retrouvai le vieux devant la porte.

— Vous allez chez Olegario, non ?

— Peut-être. Pourquoi ?

— Je n'ai pas pu parler à l'intérieur, trop d'oreilles curieuses.

— Quelle importance ? D'après leur âge, ils doivent tous être sourds.

— C'est vrai, il n'y a plus de jeunes à Mona, ils vont tous travailler en ville. Ils s'en vont et ils font bien.

Il sortit de sa poche un portefeuille élimé et exhiba une photographie. Je n'étais donc pas le seul à me balader avec des photos emblématiques. Sur le cliché, une jeune fille épanouie affichait un grand sourire. Ce n'était qu'au second coup d'œil qu'on s'apercevait que la jeune Junon était affligée de la maladie de Down. Une gracieuse mongolienne. Et pourtant, malgré son handicap, c'était une jolie fille.

– C'est ma petite-fille. Elle est pas belle ?

– Si, admis-je, embarrassé.

Je ne comprenais pas où il voulait en venir.

Cette familiarité, cette confidence après le grand silence me troublaient.

– Olegario me l'a détruite. Elle travaillait chez lui. Elle s'occupait de la maison, elle faisait la cuisine ; pas grand-chose, mais pour elle c'était important. Un soir, elle est rentrée tout agitée, elle semblait paniquée.

– Qu'est-ce qui est arrivé ?

– Je ne sais pas. Elle n'en a plus parlé, elle a cessé de sourire, elle est devenue violente, sans motif. Il a fallu qu'on l'envoie dans un institut tenu par des sœurs, un asile qui ne s'appelle pas un asile.

– Bon Dieu. Et d'après vous, c'est Olegario qui est responsable ?

– J'en suis certain. Pour cette raison, je voudrais vous faire un cadeau.

L'homme qui avait été un barman avant d'être un grand-père tira de la poche de son tablier un couteau avec un manche en corne noire.

– Je l'ai acheté à Vicence, quand Letizia est entrée dans cet institut. Je voulais m'en servir un jour ou l'autre, mais je suis sans doute trop vieux.

– Merci, mais comment savez-vous qu'Olegario est mon ennemi ? Vous avez écouté ce que j'ai dit au téléphone ? Je n'ai pourtant rien dit de compromettant.

– Inutile d'écouter. Nous les vieux, nous sommes tous sourds, non ? Il suffit de comprendre.

– Merci.

– Non… (Il sourit.) Merci à vous.

– Qu'est-ce qu'il voulait ? me demanda Pogo.

– Rien. Il m'a fait un cadeau.

– Un porte-clés ou un agenda pour le nouvel an ?

– Mieux : une motivation supplémentaire.

Pogo planta la voiture devant l'entrée de la Ol Oil.

– Et maintenant ?

– Je pense que Toni doit être en train de dormir. On n'a pas d'échelle et le portail est trop haut. Le seul moyen d'entrer est de se faire ouvrir la porte.

– Et mettre le vieux à l'ombre ?

– Tu ne l'as pas vu. C'est une espèce de yeti. J'ai une meilleure idée : tu vas sonner à la porte, puis tu bats en retraite et on le laisse sortir. Pendant ce temps-là, je resterai caché contre le mur puis j'essaierai de me faufiler à l'intérieur pendant que tu le retiendras.

– C'est ça que tu appelles un plan ?

– La fortune sourit aux audacieux.

– Et la poisse pourrit les plans merdeux.

– Tu as une meilleure idée ?

– N'importe quelle idée serait meilleure que la tienne, sauf qu'à l'instant présent aucune ne me vient en tête. Tu es certain que la fortune sourit aux audacieux ?

– C'est comme ça qu'on dit. J'ai jamais entendu dire, je sais pas moi, que « la fortune sourit aux péteux ». Il doit bien y avoir un motif, non ?

– Si c'est toi qui le dis.

La fortune sourit aux audacieux qui apportèrent quelques améliorations à un plan aussi troué qu'une passoire. Pogo, au volant de son beau taxi jaune, se mit à klaxonner avec insistance. Plaqué contre le mur voisin de la porte, j'attendais, confiant. Le concert de klaxon dura un bon moment. Toni était probablement tellement ivre qu'un accident de voiture avait dû s'installer dans ses rêves d'alcoolique. Pogo ne s'avoua pas vaincu. Le hurlement du klaxon se transforma en plainte. Enfin, après un quart d'heure, Sésame s'ouvrit en grinçant. Je n'étais qu'à quelques centimètres de Toni, mais son attention s'était focalisée sur les phares allumés de la voiture de Pogo. Il marcha sur le taxi en jurant. J'en profitai pour m'introduire dans les lieux. Je me déplaçai en aveugle. Je traversai la cour à toute vitesse, en direction d'un petit bâtiment éclairé. Mon pied se posait soit sur de la terre molle soit sur un pavé au grain bizarre. J'écrasai quelque chose de mou en espérant que ce ne soit qu'une merde : on dit que la merde porte chance. Ce n'était pas une merde. La merde ne mord pas. C'était la queue d'un chien. Je regrettai de ne pas avoir apporté une lampe électrique ou encore du sérum antitétanique. Les dents acérées confondirent mon mollet avec le breakfast. En fait, le clébard venait à peine de se réveiller, malgré les coups de klaxon devant l'entrée. Je poussai un hurlement. Le chien ne voulait rien savoir et ne lâchait pas prise. Un bruit de chaînes, et un autre berger allemand fondit sur moi.

311

Non, ce n'étaient pas des bergers allemands. La part dominante était issue de cette race mais un étrange croisement avait apparenté l'espèce avec une dynastie de piranhas. Je répugnais à me servir du poignard pour égorger un chien, mais la douleur n'avait pas de scrupules. D'une main j'empoignai le collier et de l'autre le couteau. J'approchai la lame de la gorge, puis, avec un de ces brusques changements d'humeur qui me caractérisent, je laissai mes doigts se refermer sur l'acier. La lame devint poignée, la poignée devint lame. Tandis que le second chien bondissait mais s'empêtrait dans la chaîne du premier, je frappai le nez de mon agresseur en utilisant la poignée comme coup-de-poing américain. Il jappa et relâcha sa prise. Je roulai sur moi-même, abandonnant le couteau et un morceau de pantalon en velours côtelé. Je saignais de la main et du mollet. Le klaxon ne couinait plus. Dès que Toni s'était approché, Pogo avait démarré sur les chapeaux de roues.

Je me relevai pour me diriger vers la cuisine. La porte était ouverte. Le local, vaste et sinistre, devait servir de logement à Toni. La chambre d'un ivrogne peut-elle être décorée « sobrement » ? Un lit de camp, une bouteille de vin, une pile de revues pornographiques, un coin-cuisine, une table, trois chaises, une télé allumée sur un spectacle de lutte gréco-romaine. Je m'attaquai au goulot de la bouteille en surmontant ma répugnance pour les germes de Toni. J'utilisai le vin comme désinfectant. À défaut d'être efficace pour les blessures au mollet, il se révélait indispensable pour les blessures de l'âme.

La télévision est un instrument diabolique : malgré les ennuis qui étaient les miens, je me laissai hypnotiser par les malabars à moitié nus qui feignaient sur l'écran de se haïr à mort. En réalité, ils se haïssaient à vie. Par contrat. Je savais devoir fuir avant que Toni ne revienne, mais, soit à cause de la douleur soit par fatigue, je me laissai choir sur le lit tout en continuant à fixer l'écran. Toni fit irruption dans son nid violé, majestueux et obtus comme un bloc de béton. Je me relevai tandis qu'il chargeait. Je parvins à esquiver l'impact et Toni s'écroula sur le lit. Ses yeux de requin aviné reçurent le message d'un cerveau apathique : la proie était agile. Il fallait l'observer avec attention. La lampe allumée de Toni évoquait un de ces accessoires de culturiste. Il me la lança au visage. Je l'évitai. La lampe s'écrasa au sol mais refusa de s'éteindre.

Toni était un ex-boxeur. Il avait conservé un joli jeu de jambes. Je lui adressai un uppercut du gauche au corps. Du cœur, Toni ne devait pas en avoir beaucoup. L'estomac était blindé. Il ne me restait plus qu'à le frapper au foie qui par voie d'éthylisme avancé se trouvait être la cible la plus facile. Il accusa le coup. Il était loin le temps où il enfilait les gants. Le souffle l'avait quitté avec le premier amour. Le premier amour coupe toujours le souffle. Toni bloqua mon poing avec la paume de la main ouverte. Je reculai. Il tenta un direct du gauche au menton. Je l'évitai en fléchissant le tronc en arrière. Lui aussi soufflait, mais cela ne m'était d'aucun réconfort. Un match de boxe à mains nues pouvait se révéler plus mortel que des chiens arrachés au sommeil.

Je le touchai d'un direct au menton qu'il ne parvint pas à bloquer avec l'épaule gauche. Je le frappai d'un crochet droit au ventre, pendant qu'il cherchait à arrêter le coup avec sa main ouverte à plat sur mon épaule. Mes coups semblaient l'agacer plus que l'arrêter. Je me penchai pour récupérer la lampe. Je la lui braquai dans les yeux. Si un seul de ses poings m'avait touché, le sort de la rencontre et le mien auraient été scellés. Dans le domaine du «prévu», Toni était imbattable. Il était en mesure d'encaisser les coups qu'il ne pouvait éviter. L'«imprévu» n'était pas son fort. La lampe allumée était une inconnue à laquelle personne ne lui avait appris à réagir. Concentré sur la lumière dont j'agitais le faisceau comme une lame, il ne vit pas venir mon coup de pied dans le bas-ventre. Je hurlai en shootant avec la jambe blessée. Il vomit une insulte en même temps que ma chaussure lui rentrait dans le scrotum. Il se plia et j'en profitai, prenant sa tête pour cible avec la torche. J'abattis la lampe à plusieurs reprises, lui tailladant le cuir chevelu, teintant de rouge ses cheveux blancs. Ses forces l'abandonnèrent, réduisant à néant toute velléité défensive. La lampe était toujours allumée.

«Super matos», pensai-je en laissant Toni derrière moi. «Dès que je rentre, je m'achète une lampe comme ça.» Je contournai les chiens et rejoignis le portail. Aucune trace de l'auto de Pogo. Il était temps de retourner à mes explorations. Le dépôt vide ne réservait aucune surprise. Je tombai sur des machines dont j'ignorais la fonction et le fonctionnement. Je constatai en atteignant les bureaux que les portes étaient fermées à clé. À contrecœur, je fus obligé de retourner sur le ring sans cordes qui avait accueilli la rencontre à mains nues. Je fouillai dans les poches de Toni en souhaitant qu'il ne reprenne pas ses esprits. Comme je le pensais, il avait un trousseau de clés sur lui. Je pestai en les enfilant l'une après l'autre dans la serrure de la porte des bureaux. Quand la bonne clé pénétra dans la porte blindée comme un poignard entre dans son fourreau, la fatigue et la douleur me retinrent d'exulter.

À l'intérieur des bureaux, rien de particulièrement exaltant : téléphones, ordinateurs, meubles classeurs, tellement nombreux que j'avais l'impression de me trouver à la Foire de Milan. Malheureusement, ça manquait d'hôtesses qui, tel saint Bernard, m'auraient apporté un petit remontant en bouteille. Je refermai le chapitre bureau, et avec une autre clé j'accédai à ce qui devait être l'appartement d'Olegario. C'était meublé comme une suite du Holiday Inn : fonctionnel et impersonnel. Des chambres d'hôtel soigneusement anonymes se succédaient. Un téléphone sonna. Qui cela pouvait-il être ? Certes pas Lazare Santandrea en train d'asticoter Olegario. Je fouillai dans les tiroirs à la recherche d'un objet personnel, la photo de la femme suicidée, les enfants, un souvenir de Carthage, quelque chose qui donnerait un passé à Olegario. Rien. Dans la penderie, je fouillai parmi les innombrables vestes. Toujours rien, pas même une pochette d'allumettes (c'est vrai, il ne fumait pas) ou une carte de visite. Le séjour et la cuisine salle à manger étaient installés dans une immense pièce : un divan, un fauteuil, des meubles aux éléments laqués de blanc, une petite table en acier où s'imprimaient les mots « Auto Capital » et « Soldier of fortune », des figurines en plâtre, un cadre pour photographie sans photographie. La cuisine était faite de gris opaque et de noyer, avec évier et plans de travail en acier. Le réfrigérateur à moitié vide ne m'inspira guère. Le sentiment de traverser une foire du meuble fut renforcé par la visite de la chambre à coucher : un lit avec structure de bois et couvre-lit en peau noire. Olegario ne vivait pas dans un appartement, il habitait plusieurs stands.

Le téléphone sonna encore. Il restait encore deux pièces à explorer. La première était fermée à clé. J'essayai successivement toutes les clés du trousseau, mais aucune n'était compatible avec la serrure. C'était peut-être la chambre secrète d'Olegario. Enfin, la dernière pièce. La nommer simplement pièce était comme d'appeler tente de camping un chapiteau de cirque. Cent mètres carrés presque totalement occupés par ce qui, à une autre échelle, constituerait une baignoire. On pouvait tranquillement appeler la chose une piscine. Je cherchai sans succès l'interrupteur. L'unique source lumineuse était constituée d'un plafonnier irradiant une lueur violette. On ne distinguait pas les parois. Seule la piscine avait le privilège d'être éclairée. J'entendis à nouveau sonner le téléphone. L'eau était tiède, j'eus envie de m'immerger et de me laisser aller à la dérive. La pièce d'eau circulaire en marbre bleu fut la dernière chose que je vis avant que la fatigue accumulée ne se dissolve en sels de bains hypnotiques. Un moment, juste un petit moment de repos. Impossible de lécher mes blessures sans être contorsionniste. Voilà. Un moment. Juste un instant.

Ce fut l'eau qui me réveilla. « Maman ! » criai-je. Puis je coulai. « Où suis-je ? » parvins-je à me demander tandis que l'eau affluait en traître dans ma bouche ouverte qui criait maman. Je touchais le fond. J'émergeai à nouveau. Les vêtements d'hiver, pesants comme un lest, conspiraient contre le moindre de mes mouvements. Maman n'était pas accourue à mon secours. Pourtant, il y avait deux pieds, des pieds immenses enfermés dans des chaussures fabriquées sur mesure. Deux poteaux enveloppés de flanelle grise surmontaient les pieds et au sommet, au-delà du buste, au-delà du thorax creusé comme un nid dans la roche, il y avait le visage d'Olegario. D'un coup de pied, il m'avait propulsé dans la piscine. La lumière violette du plafonnier badigeonnait sa chevelure de reflets étranges. Olegario, encore plus gigantesque vu à travers l'eau, semblait dire en me surplombant : « Ceci est ta vraie dimension, moi je suis Dieu. » J'approchai la main du bord et le pied d'Olegario m'écrasa les doigts. Je dus replonger pour éviter un coup en pleine figure. Je nageai vers le centre de la piscine, gêné par ma veste molletonnée. La fortune sourit aux audacieux mais ne pardonne pas aux imbéciles. Sacré mec, Lazare Santandrea : le seul homme au monde capable de s'endormir avec la tête sur le billot.

« Je ne sais pas skier, je ne joue pas au tennis, je nage couci-couça mais j'ai le "sens de la formule" », m'étais-je toujours répété avec orgueil.

Ah ! la belle jambe que ça me faisait maintenant d'avoir le sens de la formule, j'aurais préféré savoir nager mieux que couci-couça ! Je devais offrir un fameux spectacle tandis que je suffoquais dans la semi-obscurité. Mais le spectacle le plus impressionnant, je l'avais en face de moi. Plus de deux mètres de haut, illuminé de violet et armé, bien qu'il n'en eût pas vraiment besoin. L'arme qu'il avait choisie était digne de cette scène infernale. Une arbalète avec carquois solidaire de l'axe. « Vous aurez ce que vous cherchez », m'avait-il dit au téléphone. Eh oui, le téléphone. C'était Olegario qui n'avait pas cessé d'appeler. Il avait dû tenter de joindre Toni sur la route de Milan avec un portable. Puis, n'obtenant pas de réponse, il lui était venu à l'esprit qu'ayant déjà poussé une fois jusqu'à Mona je pouvais parfaitement entreprendre une seconde visite. Je tentai à nouveau de m'approcher du bord et cette fois-ci le coup de pied fit mouche. Il ne réussit pas à m'arracher la tête, ce fut mon équilibre déjà précaire qui me sauva la vie. L'eau et la douleur. La tentation de se laisser couler. Le spectacle du monde vu de la surface était pire, bien pire que le fond d'une baignoire de mégalomane.

L'instinct de conservation, même de conservation temporaire, fut le plus fort. Je me remis à faire la planche. Le tir de l'arbalète est plus puissant et précis que celui de l'arc. Mais un arc pouvait être tendu autant que l'étaient mes nerfs.

La fortune sourit aux audacieux ? J'avais peut-être mal compris. La fortune ne sourit peut-être qu'aux péteux, mais moi qui n'étais pas péteux, je ne pouvais que faire preuve d'audace pour obtenir la fortune et quelques instants de vie supplémentaires.

– Comment tu crois t'en tirer ? lui dis-je en crachant de l'eau et des dents.

– Depuis quand est-ce que nous nous tutoyons ? répondit-il.

C'était un assassin à cheval sur les formes. Aussi fonctionnel et aseptisé que ses appartements.

– Qu'est-ce que tu diras à la police ?

– Que j'ai surpris un voleur dans mon établissement. Je l'ai tué pour me défendre, après qu'il eut quasiment massacré le gardien.

– Comme l'autre fois, hein ? Quand tu as tiré sur le cambrioleur qui a voulu s'introduire ici ?

– Comment pouvez-vous savoir cela ?

Il persistait à me vouvoyer, pour maintenir la distance en dépit de mon tutoiement. Il se comportait comme ces petits nobles de campagne qui vouvoient le petit peuple en acceptant le « tu » avec un mépris tolérant.

– Je le sais parce qu'un ami policier me l'a dit. Ils connaissent un tas de choses sur toi, le soi-disant suicide de ta femme. Tu ne pourras pas faire une seconde fois le coup du voleur. Il vaut mieux que tu fasses comme avec Nicky. Tu l'as tuée et après tu t'es débarrassé du cadavre.

– Je n'ai pas tué Nicky, dit-il d'une voix moins assurée.

Mais quand je tentai de sortir, il brandit l'arbalète comme Yorisama poète et archer avait utilisé l'arc pour tuer le Nuye.

– Alors comme ça tu ne l'as pas tuée ?

– Non, je l'aimais. Moi, je n'ai jamais tué. Je n'avais jamais tué avant l'autre nuit.

– L'autre nuit ?

Il commençait à céder du terrain. Il allait me raconter des choses que je ne lui avais pas demandées.

– Oui, l'autre nuit. Ce sale maître chanteur, cette larve humaine, cet alcoolique…

– Ce pauvre type que tu as crucifié ?

– Vous savez aussi cela ? Dieu, quelle horreur ! Je ne sais pas ce qui m'a pris, je n'avais jamais été jusque-là.

– Pourquoi, qu'est-ce que tu faisais d'habitude ? Tu arrachais les ailes aux papillons, pauvre coco ?

La rage prenait le pas sur la peur, la curiosité sur la rage.

– Alors parle ! Tu as le privilège d'avoir un confesseur laïque.

– J'aimais Nicky. Je ne l'ai pas tuée. J'aimais aussi ses mensonges. Elle était là dans l'eau, elle avait bu, je lui avais bandé les yeux et nous avions joué à un de nos jeux…

La vérité passait devant moi. Je parvins à l'attraper par la queue.

– Vos jeux ?

– Oui, nos jeux. J'avais fait semblant de l'étrangler, puis je lui avais un peu tailladé les bras avec un couteau. C'était nos jeux… (Bon Dieu, une histoire d'amour sado-maso.) C'était la première fois que nous le faisions ici. D'habitude, je l'emmenais à l'hôtel… et… puis elle… comme ma femme…

La voix se fêlait toujours davantage.

– Comme ta femme… et quoi ?

– Elle s'est tuée quand elle a vu, quand elle a compris.

J'oubliais que j'étais en train de ramollir dans la flotte.

– Vu quoi ? Compris quoi ?

– Elle s'est tuée après que j'ai allumé la lumière.

Olegario s'éloigna, se dirigea vers un angle de la pièce et pressa un interrupteur. La salle tout entière s'illumina. Il y avait bien des parois. Elles étaient

320

tapissées de gigantesques tirages photographiques. Les photos représentaient des sujets variés, des sujets réduits à l'objet, objets nus. Il y avait des bandeaux sur les yeux, des cravaches, des chaînes, des pinces, des crochets. Banal matériel sado-maso si l'on exceptait les protagonistes du spectacle. Toutes les difformités physiques étaient représentées, de la plus innocente à la plus choquante. Femmes amputées d'un membre, naines, géantes, toutes exhibées dans des attitudes proches de la douleur ou du plaisir. Une fille avec un masque noir et le bout des seins transpercé d'épingles avait les cuisses recouvertes par un ventre qui pendait jusqu'aux genoux. Les jambes semblaient enterrer les pieds sous des coussins de chair. Le visage d'un autre «modèle» n'était qu'une pulpe sanglante mise à vif. Le menton énorme et tordu enfermait totalement les mâchoires. Sur un autre cliché, une petite fille de couleur montrait un membre en surnombre : le moignon d'un troisième bras. Fœtus et monstruosités à caractère tumoral formés de tissus embryonnaires mal différenciés et mal organisés. Une femme présentait l'amorce d'une troisième tête. Quelques photos étaient anciennes, mais d'autres montrant des affections de la peau ou des mutilations moins spectaculaires avaient été faites ici même. La piscine en arrière-plan ne laissait aucun doute.

Olegario ne trouvait plaisir au sexe qu'à travers des êtres physiologiquement anormaux. C'était pourquoi il n'avait ressenti aucune attirance pour Luana. C'était aussi la raison pour laquelle il avait choisi le thème de l'après-bombe à la fête de l'Open House en son honneur. Olegario n'était pas excité par les minijupes sous des visages d'anges. Pour l'exciter, il fallait une difformité, même simulée.

Je détachai mon regard des parois et je parvins à le fixer dans les yeux.

– Avant, je pensais que la chose à laquelle on pouvait t'associer était la guillotine. Je m'étais trompé : tu n'es que le fond d'une poubelle. Tu es tellement incrusté d'ordures que tu confonds malformation et zone érogène. Tu ne me fais plus peur. Tu me dégoûtes.

Ce fut inattendu, mais un homme de deux mètres qui s'écroule, cela fait du bruit.

– Ma femme a eu les mêmes mots. Elle a essayé de me tuer avec un arc et des flèches. Elle les avait pris dans la pièce à côté, celle que vous n'avez pas réussi à ouvrir parce que vous n'aviez pas les clés. C'est là que je garde ma collection d'armes. Pauvre Amelia, elle croyait que je l'avais épousée pour son argent tandis que je l'avais épousée à cause de son infirmité. Un jour, elle a pénétré ici à mon insu. Elle avait volé les clés parce qu'elle était convaincue que j'hébergeais une maîtresse. Elle est retournée dans notre maison de Bareggio. J'étais dans le jardin avec mes enfants. Giulio avait vingt ans, Daniela quinze. Amelia a décrit devant eux tout ce qu'elle avait vu, puis elle a tenté de me tuer. Je lui avais enseigné le tir à l'arc. Elle n'a pas eu le courage de me tuer, elle n'a pas réussi. Alors elle a pris une flèche et se l'est enfilée dans la gorge.

Olegario tremblait sur ses jambes, il paraissait être sur le point d'éclater en sanglots.

– Alors elle s'est tuée, comme Nicky, hein ? Quand Nicky a vu les photos, elle qui s'inventait tout et qui s'était même inventé un amour, elle a compris pourquoi tu l'aimais. À cause de son nez d'oiseau préhistorique. Elle a découvert qu'elle était aimée parce que tu la voyais comme un monstre.

– Non! cria Olegario avec un accent de désespoir. Je ne la considérais pas comme monstrueuse. Pour moi, elle était comme un Nuye, un être bizarre et magnifique. Yorisama, après avoir tué le Nuye, pleura pendant des jours et des jours…

– La voilà la morale de l'histoire, c'est toi qui es l'archer?

– L'archer et le poète. Le poète aussi, vous comprenez? Je voyais… Je voyais la beauté dans les moignons de bras, dans le sourire des mongoliens…

– Comme avec Letizia? La petite-fille du barman de Mona qui venait faire le ménage. Non, tu ne vois pas la beauté au-delà des difformités, tu vois la beauté uniquement dans les difformités. Et Nicky?

– Nicky était une amie de ma fille. Mon fils nous a quittés après le suicide d'Amelia. À sa majorité, ma fille est allée vivre seule. Elle ne m'a jamais totalement rejeté comme Giulio. Je suis également un bon père, vous savez? J'ai fait en sorte qu'elle ne manque de rien. C'est ainsi que j'ai connu Nicky: elle donnait des leçons d'anglais à Daniela. Elle m'a plu immédiatement. Je lui ai même demandé de m'épouser… (Nicky avait dit la vérité au moins une fois.) Puis, cette maudite soirée, ici même, Nicky a découvert tout ce que je cherchais à lui dissimuler. Elle a allumé les lumières, elle regardait les photos et moi il a fallu que je sorte parce qu'on donnait des coups de klaxon à l'entrée. C'était Daniela. Elle venait me voir précisément ce soir-là. Alors j'ai laissé Nicky seule pour accueillir Daniela. Quand je suis revenu ici, j'ai vu le corps de Nicky sous l'eau. J'ai cru qu'elle faisait semblant. J'ai pensé à un jeu qu'elle venait de commencer en m'entendant revenir. Mais elle s'était noyée. J'ai crié, j'ai pleuré, j'ai tout fait. Daniela a fini par accourir jusqu'ici. Elle a vu les photos et elle a assisté au second suicide de sa vie. Elle aussi a disparu. Je ne l'ai plus revue. Elle m'a crié que Giulio avait raison, elle non plus ne voulait plus être ma fille. Je suis seul, je suis terriblement seul.

— Tu n'étais toujours pas un assassin, du moins pas au sens technique du terme. Et tu as crucifié ce clochard. Il te faisait chanter, d'accord, mais pourquoi le crucifier?

— C'est de votre faute.

— Ma faute?

— Oui. J'ai conservé pendant un certain temps le corps de Nicky dans le formol. La police n'aurait jamais cru à un second suicide. J'étais innocent, mais comment le prouver? J'ai attendu le moment opportun et j'ai jeté le corps de Nicky dans la rivière. L'homme qui l'a repêché, un alcoolique stupide, est parvenu à le relier à moi. Il me connaissait, il me connaissait bien… C'était un mutilé qui en profitait pour extorquer de quoi vivre ici et là. Il était souvent en contact avec… avec…

— Des êtres à ton goût?

— Oui. Il m'avait déjà fait rencontrer des femmes… frappées d'infirmités. Contre dédommagement, bien entendu. Par malchance, il avait un jour croisé Nicky dans la cour et quand il a retrouvé le cadavre il lui a semblé la reconnaître, en dépit de l'état où elle se trouvait. À cause... du nez. Alors il a tenté le coup, il a essayé de me faire chanter. J'ai été obligé de céder, il menaçait de se confier à la police. Quand je vous ai rencontré à l'Open House, j'ai d'abord cru qu'il s'agissait d'un nouveau chantage. J'étais exaspéré, j'ai foncé jusqu'au taudis où logeait cet imbécile. Je voulais seulement le frapper, l'intimider.

– Laisse-moi continuer. Tu as dit qu'il était mutilé, non ? C'était un homme, pas une femme, mais il était mutilé. Dans un premier temps, tu ne voulais que le frapper, puis tu y as sans doute pris goût, l'idée de pouvoir mettre à exécution un de ces petits jeux que tu ne faisais qu'ébaucher avec les femmes.

Les rôles s'étaient désormais inversés. À présent mon tutoiement était une marque de supériorité. Son «vous», celle d'un désespoir soumis. Bien que je fusse encore plongé dans l'eau, j'étais beaucoup plus grand que lui.

– Je ne sais pas ce qui m'a pris, j'étais toujours parvenu à me contrôler. J'étais en état d'extase. Je me regardais en train de crucifier cet homme. J'étais comme dédoublé. Ce fut terrible... (et puis à voix plus basse) et splendide.

Olegario me tendit la main. Je l'acceptai et, ruisselant, me laissai tirer hors de l'eau. Il ne pouvait plus me tuer. En me racontant tout à voix haute, c'était un peu comme s'il s'était adressé à lui-même.

J'évitai de le regarder en face. J'évitai de regarder les photos.

– Vous êtes trempé. Si vous voulez, j'ai des habits à côté.

– Non merci, ils seraient trop larges pour moi.

Je me dirigeai vers la porte avant qu'il ne change d'idée. Un hurlement étouffé me retourna d'un bloc. Olegario venait de s'enfiler une flèche dans la bouche. Jusqu'à se transpercer la gorge.

Ses dernières paroles avaient été :

– Vous êtes trempé. Si vous voulez, j'ai des habits à côté.

Je courus loin de la piscine, espérant pouvoir un jour l'oublier. J'évitai les chiens et, totalement trempé, je laissai la Ol Oil derrière moi. Le taxi de Pogo était de nouveau en vue. Je l'atteignis en haletant. Pogo s'était endormi dans la voiture, après être revenu m'attendre. Il dormait, un sourire innocent aux lèvres.

13

Je ne mourus pas de pneumonie, ni noyé à l'intérieur de mes vêtements. La morsure au mollet ne suffit pas à m'achever, et la coupure que je m'étais faite en empoignant la lame du couteau ne m'avait pas vidé de mon sang. Eau, dents et lames pénétrèrent pourtant dans une zone ignorée de l'anatomie : l'âme. Et s'acharnèrent avec frénésie sur cette âme, telles des sauterelles affolées. Ma recherche s'était conclue par la vérité qui rejoint parfois les voies de l'instinct. Pourtant, cette rencontre ne me faisait pas sourire. Je me forçais, ça oui, parce que les sourires font barrage aux larmes. Mais, devant le miroir, les dents qu'Olegario m'avait cassées laissaient un vide inesthétique, un vide qu'on ne pouvait trouver sympathique que dans la bouche des enfants.

J'avais perdu les dents de lait depuis longtemps. Des fleuves de bière s'étaient jetés au fond de ma gorge en balayant l'obstacle de ma dentition. Plus de dents de lait et pas même de dents de sagesse. Deux dents en moins ne représentent pas un prix trop élevé pour la vérité. Les dents se remplacent et, avec du provisoire, on peut tout de suite se remettre à sourire. Sourires provisoires, naturellement.

Je marchais dans l'après-midi milanais, une jambe à la traîne et la bouche fermée. J'évitais même d'éternuer parce que, si ma main n'avait pas rapidement recouvert ma bouche, le vide des dents absentes aurait été rempli par la stupeur de gamins innocents par principe.

– Hé maman, regarde, le monsieur il a pas de dents.

Le drame des insolents.

Mes deux dents étaient restées au fond de la piscine d'Olegario. La police, tôt ou tard, s'y serait intéressée. Le suicide d'Olegario ferait verser des larmes de crocodile dans les nécrologies et couler des théories entières sur les écrans d'ordinateur. Plus personne ne faisait couler d'encre. À la rigueur, on faisait couler de l'encre dans les rivières. Quand on n'y jetait pas de cadavres. J'avais réussi à éviter toute explication à mes ascendants immédiats en quittant la maison tôt le matin. La matinée était devenue après-midi tandis que je traversais la ville à des fins thérapeutiques. Les promenades à marche forcée servaient habituellement de remède pour l'après-biture. Je parvenais à substituer à la fatigue artificielle des excès éthyliques la fatigue désintoxiquante d'un solide marathon, semant toutes les scories au long du chemin.

Mais cet après-midi était différent. Différent comme l'était ma randonnée. Mes itinéraires habituels ne me conduisaient à grands pas frénétiques vers aucun but particulier. Cette marche, au contraire, claudiquait, tout comme mon humeur.

« Tout est fini », me répétais-je en voulant simuler la satisfaction. Et pourtant non, tout n'était pas fini. Dans n'importe quelle fin, même celle d'un cauchemar, il y a des traces de regrets. Chaque fin nous laisse vide. Une pyorrhée dans l'estomac. Une diarrhée à la conscience du séant.

Milan, emplie de lumières et de festons, attendait Noël pour se vider. Je l'avais précédée. Je n'étais pas en symbiose avec la ville. À Noël, donc, je mettrais la cravate que Caroli avait laissée comme otage de notre amitié. Au début, le nœud me paraîtrait trop serré, mais je finirais par m'y habituer. Au fond, Antonello n'était qu'un maître chanteur de bas étage. Je ne pouvais m'ériger en juge alors que j'avais envoyé Alfredo à la mort. Le matin même, j'étais allé à son enterrement. La douleur au mollet s'était montrée opportune en adaptant mon pas au rythme du cortège qui suivait le cercueil. Dans cette histoire, les survivants méritaient une visite, tout comme les défunts.

J'aurais voulu retrouver Nicky, dont j'étais peut-être amoureux. J'aurais dû m'excuser auprès d'Ulli pour l'avoir expulsée sans préavis de mes sentiments. J'imaginai un dialogue avec elle. « Je dois te dire

quelque chose… » Quand, dans une histoire senti-
mentale à deux, un membre de cette chose étrange qui
s'appelle couple communique à l'autre qu'il doit « lui
dire quelque chose », le second membre peut avoir le
cœur en paix : le couple s'est scindé en deux individus qui ont des projets opposés pour le présent et
aucun pour l'avenir. Je n'avais pas envie de mentir à
Ulli. Je me sentais tellement à terre qu'un minimum
d'honnêteté n'aurait pas pu empirer la situation.

Dans un bar, tout en gardant la bouche fermée, je
commandai un café et un jeton de téléphone. J'ignorai le café et me dirigeai vers le téléphone. Dans l'intimité avec le récepteur, je pus enfin ouvrir la
bouche.

— Ciao Ulli, c'est Lazare. Je dois te dire quelque
chose…

— Ciao Lazare, ce n'est pas Ulriche, c'est Sabine.
Ulli est allée travailler. Je peux lui laisser un
message ?

— Non merci, je rappellerai.

— Sûr que tu ne veux pas que je lui dise quelque
chose ? Elle avait l'air plutôt préoccupée.

— Non Sabine, merci quand même.

Il était certain qu'Ulli s'était préoccupée pour moi.
Je ne pouvais pas lui donner tort. Comment allais-je
me racheter ? Elle s'inquiétait pour moi au lieu de
s'inquiéter pour elle-même. Moi aussi je m'inquié-
tais pour moi. Avec Ulli, nous n'avions peut-être en
commun que la source de nos préoccupations.

La conversation n'était que remise à plus tard. Je
sortis du bar en boitant avec ce sentiment de frustra-
tion que donne l'ajournement d'un rendez-vous désagréable. Le soulagement n'est que momentané. Puis

la mission demeurée en suspens remonte à la surface. C'est une épée dont Damoclès veut tester la lame sur votre tête. Un cadeau pas désiré, un bouquet de fleurs qui sent mauvais, quelque chose dont on flaire l'odeur à distance, tandis qu'on avance à contrecœur vers la source des miasmes.

L'angoisse ne voulait pas m'abandonner. Je me trouvais à mi-chemin entre ce que j'avais laissé derrière moi et cet objectif informel que je savais devoir rejoindre. La fin. L'histoire était finie, certes. *The end.* Et pourtant, je ne pouvais me résoudre à quitter la salle, au risque de me faire enfermer dans le cinéma en attendant la fin *de la fin.* Mais la fin ne finit jamais. Elle se prolonge, se dilate et, changeant de forme, donne l'illusion d'un autre commencement. C'est elle qu'un instinct de conservation poussait à lacérer les tissus humains et les habits neufs avec lesquels on espérait prendre un nouveau départ. La fin infinie montrait encore les dents. Moi, j'en avais déjà perdu deux.

Je me retrouvai dans la *via* Gustavo Modena, devant l'immeuble de Leone. Un groupe de badauds s'était rassemblé devant l'entrée. Je m'approchai.

La cousine de Leone, tout échevelée, était en train d'invectiver la concierge avec une violence hystérique. La gardienne, une créature à l'âge indéfinissable et qui portait des savates usées par le temps, répondait du tac au tac.

– Je vous ai déjà dit que je ne peux pas vous laisser monter. Je sais que vous êtes sa cousine mais Mlle Pavesi ne m'a pas autorisée à vous donner les clés.

— J'en ai rien à faire de vos autorisations. Ça fait deux jours que Leone ne répond pas au téléphone. Je me suis bousillée les doigts sur l'interphone et rien… Je suis inquiète, vous comprenez ?

— Qu'est-ce que vous voulez que je vous dise ? Je n'ai pas la permission de vous donner les clés. Demandez à la femme de ménage.

— Il n'y a plus de femme de ménage, madame, Leone l'a renvoyée il y a deux jours.

— Écoutez, ça sert à rien que vous fassiez des grands gestes. Quand Mlle Pavesi a quitté la maison il y a deux jours, elle se portait parfaitement bien. Je vous répète que je ne peux pas vous laisser monter.

— Alors j'appelle les pompiers, la police…

Exaspérée, la gardienne éclata.

— Appelez qui vous voulez. Vous savez pourquoi je peux pas vous donner les clés ? Parce que votre cousine ne me les a pas laissées. Elle n'a pas confiance, la petite demoiselle. Et je crois pas qu'elle ait renvoyé la femme de ménage. Elle s'est renvoyée toute seule pour ne pas rester là-haut. Ce serait pas la première fois, non ? Il en est passé, des Philippines, des Chinoises et Dieu sait qui, mais elles résistent jamais très longtemps. Vous voulez que je vous dise autre chose ? Votre cousine, elle est dingue. Elle est partie ? Tant mieux ! Appelez qui vous voulez, les pompiers, la police, la SPA, mais faites-moi le plaisir de ne pas déranger les gens qui travaillent.

Pour les avoir expérimentées, je connaissais les réactions de la petite cousine. Elle se rua sur la concierge en agrippant la chevelure incolore. La femme réagit.

— Salope! hurla la femme en griffant le visage de la jeune fille.

La véritable violence était là. Plus que les poings de Toni ou les coups de pied d'Olegario, l'agressivité déchaînée de deux corps qui se mélangeaient dans la parodie mortelle de l'acte sexuel. Les caresses se transformaient en coups de griffes, les baisers en morsures. Même à distance, Leone avait libéré deux lionnes en furie.

— Appelez les flics, proposa un vieux.

— Appelle-les toi-même, papy, répondit un junkie qui avait envie de voir quelqu'un dans un état encore pire que le sien.

— Police! Police! cria une petite bonne femme, tout comme si elle appelait un taxi.

Voilà, un taxi. Leone avait disparu, comme Lucy, comme Nicky. Mais ce serait quelqu'un d'autre que moi qui s'intéresserait à sa disparition. En ce qui me concernait, j'avais déjà rempli mon contrat. L'envie de marcher avait disparu. Je partis à la recherche d'un taxi.

Maman et grand-mère n'étaient pas à la maison. Quoique je me fusse juré de ne plus jamais entrer dans une baignoire, même de dimensions réduites, l'envie de me plonger dans la mousse fut la plus forte. On s'habitue à tout. Ou bien l'on meurt. Et quand on est mort, ce sont les autres qui s'habituent à l'idée de notre mort.

Je restai à tremper pendant au moins une heure, alternant eau chaude et eau froide. Mes dernières forces furent anéanties par la mousse qui, telle une sangsue, se collait à mon corps. Enveloppé dans un

332

peignoir en éponge jaune, abattu par la fatigue, j'envisageais de la remplacer par un pyjama, bien qu'il ne fût que cinq heures et demie de l'après-midi, quand le téléphone sonna. Je répondis en bâillant.

– Allô!
– Ciao, comment ça va?
– Qui est-ce?
– C'est Leone.

L'histoire se répétait, tout comme au début, quand à l'interphone je n'avais pas reconnu la voix de Leone. En ce lointain après-midi, la petite cousine de Leone s'était fait passer pour elle, avant de me frapper avec les ciseaux. Mais aujourd'hui, les choses étaient différentes.

– Ciao Leone, excuse-moi, je ne t'avais pas reconnue.
– Voyez-vous ça! Comment tu vas?
– Couci-couça. Où est-ce que tu es? Je suis passé cet après-midi chez toi et tu n'étais pas là.
– Oui, j'ai passé la nuit dehors. Tu as envie de me voir?

La voix s'était chargée d'une sensualité forcée et de lourds sous-entendus.

– Je suis épuisé.
– Je comprends, mais je ne te proposais pas une rencontre dans un bar. Tu pourrais venir me voir.

Je compris qu'en acceptant la proposition j'allais à la rencontre du coup de grâce, et pourtant…

«Quel âge as-tu, Lazare – me demandais-je mentalement – … trente… – me répondis-je – … et bien, allons jusqu'à trente et un», conclus-je entre moi et moi, un moi hors de lui.

333

– D'accord Leone, donne-moi l'adresse, je te rejoins.

– Je suis dans un appartement de la *via* Cavalieri del Santo Sepolcro, dans la zone de Brera. Au vingt et un.

– Parfait. Je dois demander qui à l'entrée ?

– Il n'y a pas de gardien. Appuie sur le numéro seize à l'interphone.

– Vingt et un, interphone numéro seize. Donne-moi une demi-heure et j'arrive.

– Je ne bouge pas d'ici.

Leone ne bougerait plus de là-bas.

Une rue silencieuse et arrogante dans son ignorance dédaigneuse du trafic citadin. Un passage secret, davantage qu'une simple rue. Une oasis élégante et funèbre. Isolée, insonorisée, la *via* Cavalieri del Santo Sepolcro était aussi sépulcrale que sainte, inviolée comme une vierge, résignée comme un martyr. Les chevaliers du Saint-Sépulcre avaient été remplacés par des jeunes mamans bien vêtues qui poussaient des voitures d'enfant, à la recherche d'un peu de verdure. J'en dénombrai une, deux, trois, quatre… Des jeunes mamans appétissantes comme des baby-sitters. À moins qu'elles ne fussent des baby-sitters ? Baby-sitters ou petites mamans ? Baby-sitters en baby-doll dissimulées par de sévères tailleurs ou petites mamans en habits de post-maternité haute couture cachant des poitrines désaltérantes ? Le taxi fut à deux doigts d'en renverser une. La jeune femme n'évita le choc que d'un poil pubien. Puis elle retrouva son allure altière et provocante pour pousser la petite voiture d'enfant. Je réglai la course et, la dépassant pour atteindre le numéro vingt et un, je jetai un coup d'œil dans la poussette. Elle était vide.

– Quel étage ?
– Troisième.

Après le portail, un sentier s'immergeait dans la végétation. Une verdure que les jeunes mamans n'avaient pas trouvée. La verdure au cœur de Milan était le privilège des habitants de cet immeuble. Dans le hall d'entrée, outre un vitrail de cristal, un Hercule de marbre étouffait des serpents. Le sculpteur avait volontairement omis pénis et testicules du gros garçon musclé pour ne pas offenser la pudeur de la moquette. Trois ascenseurs, le premier hors service, les deux autres occupés. J'étais pressé : je choisis les escaliers. Au troisième, un unique appartement. Le numéro seize. Dans ce genre de résidence pour milliardaires, mon sens de la formule valait zéro : les paroles étaient remplacées par des chiffres. Les noms et les prénoms étaient codés.

J'appuyai sur la sonnette. La porte s'ouvrit. Je m'attendais à trouver ce que je découvris et pourtant je n'étais pas prêt. J'avais identifié la voix du téléphone et comblé ainsi toutes les lacunes, mais je n'étais pas prêt. L'horreur est peut-être un terrain de golf où sur le green, au lieu des balles, on utilise des globes oculaires. Elle avait coiffé une perruque rousse. Elle avait endossé une combinaison de soie noire et ne portait dessous qu'un string en dentelle.

– Ciao Lazare.
– Ciao Leone, dis-je à Nicky.

L'autre Leone, la vraie, était affalée sur un lit

empire dont les coussins et les couvertures étaient couleur rouge cardinal avec des motifs dorés. La gorge tranchée avait enrichi le rouge cardinal d'une sève nouvelle. Sève mortelle. Nicky n'était pas armée, pas encore.

Avec une allégresse ostentatoire, elle me demanda :

— Et alors, comment tu la trouves, ma maison ?

J'observai les murs décorés de tissus en patchwork et entourés de baguettes dorées. Un mini-jardin intérieur, situé en plein milieu de la pièce, était la version Nicky de l'immense baignoire d'Olegario.

— Très belle. Où as-tu trouvé le lit ?

— Il vient de ma mère.

— Il était dans la villa de Bareggio ?

Nicky haussa les épaules.

— Tu sais, Leone, si tu m'avais donné ton numéro de téléphone, tu n'aurais pas eu besoin de la tuer, fis-je à Nicky, en montrant le corps de la véritable Leone Pavesi.

— Tu veux boire quelque chose ?

Elle s'approcha d'un meuble bar. Elle faisait la coquette, elle imitait Leone dans ses attitudes tout comme elle avait imité Nicky au White Bear. Elle avait été la fille de Joan Collins, à présent elle pouvait devenir une sociologue nymphomane.

— Je peux t'appeler… lui dis-je en m'approchant.

— Ouiiii, répondit-elle d'un ton vorace.

— Je peux t'appeler Daniela ?

Elle laissa tomber le verre et me fixa rageusement.

— Non, ne m'appelle pas Daniela. Personne n'a le droit de m'appeler Daniela.

— Ton père est mort. Il s'est tué comme ta mère s'est tuée, comme au fond toi-même tu t'es tuée.

Tout comme tu as tué la Daniela que tu étais pour devenir les Nicky ou les Leone que tu rencontrais.

– Je suis Leone !

– Non, tu es Daniela. Daniela Bizzi. Tu étais l'amie de Nicky, non ? Mais contrairement à ton frère, tu n'as jamais cessé d'aimer ton père, tu t'étais même rapprochée de lui. Quand tu as découvert que Nicky était morte à cause de lui, tu as décidé de…

– De ne plus être sa fille.

Elle avait la même lucidité dans la confession qu'Olegario. Elle était le portrait de son père.

– Je ne voulais plus porter le nom que cet homme m'avait donné. Quand j'ai vu Nicky morte, j'ai décidé d'être Nicky. Je ne lui ai rien volé, j'ai juste emprunté ses mensonges. J'avais de l'argent, mon argent, que ma mère m'avait laissé. Je voulais simplement vivre une vie qui n'existait pas, pour ne plus être Daniela. Et puis tu es arrivé.

C'était la scène de la veille qui se répétait, mais en sens opposé. La confession avait rendu Olegario inoffensif tandis que plus Nicky parlait, plus elle se laissait glisser sur la pente d'une haine et d'une folie latente contenues trop longtemps.

– Je suis arrivé, et tu as fait en sorte, en me révélant le nom de ton père, que je découvre que Nicky était morte. Pourquoi ?

– Parce que je voulais qu'il soit puni, maintenant qu'il se sentait en sécurité…

– Mais en découvrant la mort de Nicky, je t'enlevais la possibilité d'être Nicky. Tant qu'elle était disparue, c'était comme si elle n'avait jamais existé, mais Nicky morte redevenait un être à part entière, elle récupérait sa propre identité et tu ne pouvais plus la remplacer. Tu aurais été obligée de redevenir Daniela, à moins de prendre encore la place de quelqu'un d'autre. Et c'est ainsi que tu as trouvé Leone. Avant, tu n'avais jamais tué personne, mais la mort de Nicky t'a appris qu'il n'y a qu'aux morts qu'on peut voler quelque chose. À Nicky, tu avais volé les mensonges : elle avait une vie imaginaire. À Leone, tu as volé la vie, elle, ne mentait jamais.

— Cette fois, ça n'a pas marché. J'ai tué pour rien (elle arracha sa perruque rousse), je ne serai jamais Leone. Je ne le serai jamais parce que je t'ai invité ici. Les mensonges, quand on les vole, ne font pas mal. À personne. Pour voler une vie, il a fallu que je l'arrache.

— Jésus, c'est ma faute.

— Pourquoi ?

— Tu me l'as dit hier à la pâtisserie Tre Marie et je ne l'ai pas compris. Tu as dit que pour comprendre Leone, il fallait se mettre à sa place, et que tu étais en train d'essayer de le faire. Tu étais sur le point de prendre « sa place » en la tuant. Tu avais enlevé le manteau rouge et tu m'as dit : « C'est aujourd'hui la dernière fois que je le porte. » Cela non plus, je ne l'ai pas compris. Tu allais le remplacer par la lingerie fine de Leone. À propos, comment l'as-tu attirée ici ?

— Je lui ai dit que j'avais quelques amis qui désiraient la rencontrer. Facile.

— Tu sais ce qui est terrible dans tout ça ? Tout le monde est mort par ma faute. Si je n'avais pas cherché Nicky et si je n'étais pas arrivé jusqu'à ton père, sa folie homicide n'aurait jamais explosé. Ton père n'avait jamais tué personne, du moins pas matériellement. C'était un pervers à qui l'on pouvait attribuer deux suicides, mais pas un assassin. Et si je n'avais pas remonté la piste jusqu'à la mort de Nicky, tu aurais pu continuer à être Nicky pour toujours. J'ai mis le feu à toutes les mèches. Sans moi, Alfredo non plus ne serait pas mort.

– Alfredo ?

– Laisse tomber, ce n'est que le troisième mort que j'ai sur la conscience. Il va falloir que j'appelle la police, tu le sais ?

– Non, fit Nicky apeurée. Ne fais pas ça, renchérit Leone avec une langueur provocatrice. Je vais t'en empêcher ! hurla Daniela en tirant de sa poche un rasoir qui avait déjà tué.

Je la frappai au visage avec mes ultimes forces. Ce fut suffisant.

Une quantité d'explications à fournir à la police, des dents à remplacer, des amitiés à sauver. Par bonheur, Ulli n'était pas chez elle quand je l'avais appelée. À minuit, je fis son numéro. À défaut de pleurer sur son épaule, je pourrais pleurer sur mon téléphone.

– Allô !

– Lazare, où es-tu ? répondit-elle d'une voix ensommeillée.

– Je suis chez moi.

– Tant mieux. Sabine m'a dit que tu avais quelque chose à me dire.

– Je ne voulais rien te dire, je voulais juste te réveiller. Tu rêvais à quoi ?

– Tu me croirais si je disais : à toi ?

– Non. J'étais comment dans le rêve ?

– Beau.

– Quand tu vas te rendormir, il faut que tu apportes une correction au rêve. Il me manque deux dents de devant, je boite et j'ai causé la mort de trois… – je songeai à Olegario – … non, peut-être quatre… – je revis Daniela qui me regardait tout en suivant un policier – … non, en tout cinq personnes.

– Je ne peux pas y croire.

– Moi non plus. On se rappelle demain peut-être.

Ulli protesta.

– Mais… tu me laisses comme ça? Tu ne me dis rien de gentil… Une phrase…

– Tu te contenterais de cela?… une phrase?…

– Oui, s'il te plaît, répondit Ulli, une de tes petites formules.

– Une formule, s'il suffit d'une formule, bien sûr…

Silence.

– Et alors, Lazare?

Aucune formule ne me venait à l'esprit. Je ne sais pas skier, je ne joue pas au tennis, je nage couci-couça mais j'ai le « sens de la formule ». Mais à présent les formules n'avaient plus, n'ont plus aucun sens.

Rivages/noir

W.R. Burnett
  Romelle (n° 36)
  King Cole (n° 56)
  Fin de parcours (n° 60)
Jean-Jacques Busino
  Un café, une cigarette (n° 172)
  Dieu a tort (n° 236)
  Le Bal des capons (n° 278)
Daniel Chavarría
  Adiós muchachos (n° 269)
George Chesbro
  Une affaire de sorciers (n° 95)
  L'ombre d'un homme brisé (n° 147)
  Bone (n° 164)
  La Cité où les pierres murmurent (n° 184)
  Les Cantiques de l'Archange (n° 251)
  Les Bêtes du Walhalla (n° 252)
Andrew Coburn
  Toutes peines confondues (n° 129)
Michael Collins
  L'Égorgeur (n° 148)
  Rosa la Rouge (n° 267)
Robin Cook
  Cauchemar dans la rue (n° 64)
  J'étais Dora Suarez (n° 116)
  Vices privés, vertus publiques (n° 166)
  La Rue obscène (n° 200)
  Quand se lève le brouillard rouge (n° 231)
  Le Mort à vif (n° 241)
  Bombe surprise (n° 260)
Peter Corris
  La Plage vide (n° 46)
  Des morts dans l'âme (n° 57)
  Chair blanche (n° 65)
  Le Garçon merveilleux (n° 80)
  Héroïne Annie (n° 102)
  Escorte pour une mort douce (n° 111)
  Le Fils perdu (n° 128)
  Le Camp des vainqueurs (n° 176)

Rivages/mystère

Charlotte Armstrong
  Le Jour des Parques (n° 13)
  L'Inconnu aux yeux noirs (n° 15)
  Une dose de poison (n° 21)

Francis Beeding
  La Maison du Dr Edwardes (n° 9)
  La mort qui rôde (n° 12)
  Un dîner d'anniversaire (n° 18)

Algernon Blackwood
  John Silence (n° 8)

Jypé Carraud
  Tim-Tim Bois-Sec (n° 22)
  Le Squelette cuit (n° 25)

F. W. Crofts
  Le Tonneau (n° 24)

Amanda Cross
  En dernière analyse (n° 23)
  Insidieusement vôtre (n° 26)
  Justice poétique (n° 27)

Mildred Davis
  Crime et chuchotements (n° 14)
  Passé décomposé (n° 16)
  Un homme est mort (n° 20)

Michael Dibdin
  L'Ultime Défi de Sherlock Holmes (n° 17)

John Dickson Carr
  En dépit du tonnerre (n° 5)

William Kotzwinkle
  Fata Morgana (n° 2)

Alexis Lecaye
  Einstein et Sherlock Holmes (n° 19)

John P. Marquand
  À votre tour, Mister Moto (n° 4)

Anthony Shaffer
Absolution (n° 10)

J. Storer-Clouston
*La Mémorable et Tragique Aventure
de Mr Irwin Molyneux* (n° 11)

Rex Stout
Le Secret de la bande élastique (n° 1)
La Cassette rouge (n° 3)
Meurtre au vestiaire (n° 6)

Josephine Tey
Le plus beau des anges (n° 7)

Achevé d'imprimer sur rotative par l'imprimerie Darantière
à Dijon-Quetigny en janvier 1998

Dépôt légal : janvier 1998 - N° d'impression : 97-1474